少年帝王传

南宫不凡　著

少年朱元璋

南京大学出版社

图书在版编目(CIP)数据

少年朱元璋 / 南宫不凡著. — 南京：南京大学出版社，2018.5

(少年帝王传)

ISBN 978 - 7 - 305 - 19345 - 3

Ⅰ.①少… Ⅱ.①南… Ⅲ.①传记小说－中国－当代 Ⅳ.①I247.5

中国版本图书馆 CIP 数据核字(2017)第 246362 号

本书经上海青山文化传播有限公司授权独家出版中文简体字版

出版发行	南京大学出版社		
社　　址	南京市汉口路 22 号	邮　编	210093
出 版 人	金鑫荣		
丛 书 名	少年帝王传		
书　　名	**少年朱元璋**		
著　　者	南宫不凡		
责任编辑	吴盛杰　官欣欣	编辑热线	025 - 83686452
照　　排	南京南琳图文制作有限公司		
印　　刷	南京大众新科技印刷有限公司		
开　　本	880×1230　1/32　印张 11.125　字数 281 千		
版　　次	2018 年 5 月第 1 版　2018 年 5 月第 1 次印刷		
ISBN 978 - 7 - 305 - 19345 - 3			
定　　价	35.00 元		

网址：http://www.njupco.com

官方微博：http://weibo.com/njupco

官方微信号：njupress

销售咨询热线：(025) 83594756

导 读

一个地主家的放牛娃,一个备受欺压的小和尚,一个为保命而奔波的小乞丐,一个战无不胜的乱世英豪,一个权倾天下的开国皇帝,所有的身份都指向同一个人——明太祖朱元璋。这个贫家子弟,依靠着自己的努力和决心,一步步改变着自己的命运,成就了从朱重八到朱元璋、从乞丐到皇帝的传奇人生。

出生在灾难重重的元朝末年,灾荒年年,家庭赤贫,官兵残暴,地主刻薄,小小重八该如何面对这一切,顽强地长大呢?

重八与好友亲见元军暴行,非常痛恨,忍不住火烧元军营地,遭到追杀。他们该如何逃脱此劫?重八好心救人,谁知对方却是山贼头目,他因此被举报到官府,面对危机,他应该怎么做呢?

天灾人祸,父母、长兄接连病

朱元璋像

故,重八身单力薄,走投无路,投入寺院为僧。谁知道一场瘟疫,寺庙缺粮断炊,小重八被迫出外游方,艰难世道,他能找到生存的希望吗?

天下大乱,红巾军起义轰轰烈烈,朱重八脱下僧衣,加入红巾军。红巾军内部明争暗斗,各不相让,身处风口浪尖,朱重八备受猜疑,他能安然度过危机吗?

眼见红巾军难成大势,朱重八决定自立门户,但在众多军事势力的夹缝之中,他又该如何巩固势力?

目 录

4

第一章

一碗鱼汤　贫寒农家诞天子

第一节 一碗鱼汤的故事

三个儿子求富贵

元朝年间，在金陵句容通德乡朱家巷(今南京市境内)生活着一户姓朱的普通农民。这家人祖籍为江苏沛县，世代务农。全家人面朝黄土背朝天，在土地上挣扎度日。不幸的是，随着元朝统治日趋腐败，社会矛盾激化，这种勉强度日的生活也渐渐难以为继。当时，元王朝为了稳固统治，将所有臣民进行重新编制，每家每户都有固定的户籍，包括军户、匠户、灶户、矿户，等等不一，不同户籍的百姓须提供不同的劳役和供纳。朱家是淘金户。所谓淘金户，就是每年需要向官府缴纳一定量黄金的家庭。可是当地不产黄金，朱家只好每年将收获的粮食换成钱财，然后到外地买金上交。可想而知，这样折腾来折腾去，没有几年，朱家就入不敷出，无法生活下去。无奈之下，户主朱初一带着妻儿离家逃走，来到淮河岸边的盱眙(今江苏盱眙)落户。

当时，由于元政府忽视农业生产，加上连年暴政，淮河两岸大片土地荒芜，朱初一来到这里后，凭着老实能干的农民本色，很快开垦了一片荒地，一家人靠此生存下来。几年后，他们盖了简陋的房舍，拥有几亩田地，朱初一还为两个儿子娶了媳妇，幸福的日子似乎已经在向他们招手了。

淮河

　　但是,在暴政肆虐之下,老百姓不可能过上舒服日子。随着此地住户的增多,官府开始将魔爪伸向略有喘息之机的农民。各种名目的税收摊派不期而至,加上天灾不断,再次把朱初一一家逼上绝境。不久,朱初一染病身亡,他的两个儿子朱五一、朱五四各自带着妻儿踏上新的逃难之路。

　　朱家兄弟来到五河(今安徽五河),在此居住了一段时间后,依旧觉得难以生存下去。于是两人商量:老大往南去濠州钟离(今安徽凤阳)定居,老二往北去灵璧(今安徽灵璧)定居。他们约定,如果哪里条件好就通知对方,然后一同到那里生活。

　　这样,兄弟二人各自带着家眷分了手。朱五四和妻子陈二娘带着两儿一女来到灵璧,男的给人打工,女的为人缝补浆洗,勉强维持一家五口的生计。不久,他们租种田主家的土地,过起了佃农生活。遇到风调雨顺的年景,收入略微好一些,全家人可以吃饱饭;年景不好,除去税租外,几乎没剩下什么,一家人只有勒紧腰带过日子。这时,朱五一从钟离传来消息,那边的情况与这里差不多,一家人也是挣扎在温饱线上。朱五四于是打消了去钟离的念头,与妻子家人安心在灵璧过日子。

可是,天有不测风云。尽管身处社会最底层的朱五四除了温饱别无他求,却不得不因为一碗鱼汤被迫再次搬家。

此事说来非常离奇。朱五四夫妇到灵璧几年后,又生了一男一女,这样他们家共有五个孩子,七口之家依靠微薄的租种收入难以维持生计。朱五四夫妇非常勤快,他们跟着当地人学会了做豆腐。朱五四除了耕种收作外,每天早起晚睡,挑着担子沿街卖豆腐。陈二娘也不闲着,她的手艺好,被一户人家雇去做了女佣,烧火做饭、洗刷缝补、打扫卫生,每天都要做很多活,很晚才能回家。

雇佣陈二娘的这家主人是个风水先生,远近驰名,通晓天文地理,卜卦看相,十分灵验,他靠此拥有了土地田庄,也算当地的一个富户。他有三个儿子,都已经娶妻生子,孩子们眼看着父亲一年年老去,却从不曾为自家人看相算卦,担心地想:老头子为人看了一辈子风水,许多人因为他过上了好日子,可是我们兄弟几个却没有得到好处,要是老头子去世了,岂不是终生遗憾?他们不甘心,商量一起请求父亲为他们看卦相面。

风水先生看着三个已过而立之年的儿子,摇着头苦笑:"我是你们的父亲,要是你们命大福大,我不早就给你们看了?实话跟你们说吧!不是我不给你们看,而是你们没有福气,看了也白搭!"

三个儿子不服气,小儿子抢着说:"我们不信,为什么很多贫寒人家后来能过上富贵日子,我们就没有机会?"

风水先生知道儿子们不死心,就答应他们说:"既然你们这么执意要算，那我就给你们一次机会，让你们试一试，省得你们不相信，将来抱怨我。"

三个儿子很高兴，各自回屋喊出自己的妻儿让父亲看相。风水先生摇摇头，对儿子们说："我天天看见你们，还用特地看相吗？唉，我看了这么多年风水，你们竟不知道风水的精髓所在，去做你们的工作吧！我看好了自然会告诉你们。"他打发走了儿子们，独自一人细心琢磨。过了几天，正好是腊月二十三，农历的小年，风水先生看好了自家的风水，带着儿子们来到一条小河边。离河岸不远就是他家的祖坟地。风水先生说："这是块风水宝地，你们从今天开始日夜在这里守着，发现什么立即告诉我。"儿子们向父亲询问其中奥秘，风水先生却什么也不说就走了。

年关逼近，三个儿子不能在家里准备过年诸事，反而日夜守着一条冰封的小河沟。天寒地冻的，他们很快就不耐烦了，考虑到好不容易才请动父亲，只好强忍着。转眼间，大年三十到了，三个儿子心想：总不能守在这里连年也不过了吧！不如先回去过完年再说。就在他们主意打定之时，突然从河沟里跳出一条小鱼，活蹦乱跳的，特别引人注目。小儿子一个箭步上前抓住小鱼，高兴地说："这下好了，可以告诉父亲了。"

三个儿子手提小鱼回家，兴高采烈地议论着，大儿子说："天这么冷，河里都结冰了，怎么会有鱼跳上岸呢？"二儿子说："不管那么多了，父亲不是说发现什么就告诉他吗？我们先把鱼交给他，听听他怎么说。"

风水先生看到儿子们提着小鱼回家，眼前顿时一亮，惊喜地说："老天助我，大功告成，来，把鱼给我，我要亲自为你们熬制鱼汤。"

看到父亲满脸喜悦的神色,三个儿子知道,事情如愿了,他们一个个非常激动,暗自向往未来荣华富贵的好日子。

陈二娘误喝鱼汤

风水先生亲自下厨,将小鱼做成一道美味鱼汤,父子四个围桌而坐,边喝边吃,很快鱼肉吃尽,只剩下鱼头和鱼尾巴可怜地漂在鱼汤里。风水先生擦擦嘴唇,似乎这才想起儿媳妇们来,刚要让儿子去喊她们,却听门外一声怯怯的喊声,女仆陈二娘走了进来。

昨天风水先生就给陈二娘结算工钱让她回家过年了,她今天怎么又回来了?看着风水先生疑惑的眼神,陈二娘从怀里掏出一双崭新的女布鞋说:“少奶奶让我帮她做鞋,今天早上刚做好,怕耽误了她过年穿,所以赶过来送给她。”

二娘为人厚道能干,风水先生一家都很敬重她,听她这么说,便点点头让她进去。陈二娘正迈步向后院走,风水先生突然叫住她说:“二娘,你顺便把这碗鱼汤端到后院,让少奶奶们喝了。”他觉得二娘做事稳妥,这件事交给她会更加保险。

陈二娘忙接过鱼汤,小心翼翼地朝后院走去。

再说风水先生的三个儿媳妇,正忙着收拾衣物被褥、干粮果品准备过年,听说公公让陈二娘端来一碗吃剩的鱼汤,一个个气得眉毛都竖起来了。老三媳妇说:“看风水看风水,年三十了家里什么也没准备好!一条小鱼算什么!”老二媳妇说:“嘿,还小鱼呢!你看看,除了鱼头就是鱼尾,大过年的,这点剩汤剩水要它做什么!”老大媳妇不耐烦地说:“你们别吵了,不喝倒掉就算了。唉,公公也是,过年了这么办事,真叫人扫兴!”

三个儿媳妇嘟嘟囔囔，抱怨公公轻视她们，抱怨丈夫们不体贴她们，然后异口同声地吩咐陈二娘把鱼汤倒了。陈二娘端着鱼汤左右为难，她心想，老先生做事一向认真，吩咐下来的事情要是无法完成，一定会受到责骂，可是少奶奶们不喝，这可怎么办？她想了想，端着鱼汤回到前面，向风水先生说明这件事。

谁料风水先生态度强硬，对陈二娘说："再端回去，一定要让她们喝了！"

这可难为了陈二娘，她再次来到后院，向三个儿媳妇说明风水先生的意思。三个儿媳妇又把公公、丈夫数落一通，并且指责陈二娘说："一碗鱼汤，叫你倒你不倒，端来端去的耽误工作，真是的！赶紧倒了去。"

陈二娘端着鱼汤，强忍着委屈，心里想，唉，倒了就倒了吧！省得他们一家人来回埋怨。可她又一想，一碗好好的鱼汤，倒了就糟蹋了，穷人家想喝还喝不到呢！想到这里，她也不知道哪来的勇气，端着鱼汤咕噜噜一饮而尽，随后到前面复命。风水先生看见鱼汤被喝光了，大瞪着眼睛问："是哪房媳妇喝的？老大、老二还是老三家？"陈二娘低着头，涨红着脸回答："三位少奶奶都不肯喝，叫我倒了。我害怕糟蹋东西，先生训斥，就……就把鱼汤喝了。"说完，心里的一块大石头终于落了地。

风水先生一听，瞪着陈二娘，瘫坐在椅子上。陈二娘可吓坏了，忙扶起先生说："先生，您可别吓唬我，我这就回家做碗鱼汤给您端回来。"她还以为风水先生心疼那碗鱼汤呢！

过了好一会儿，风水先生有气无力地坐起来，望着陈二娘说："不用了，你走吧！我们这里可用不起你了。"

陈二娘听到此言，惊慌地说："先生要撵我走？我喝了一碗鱼汤就闯下这样的大祸?"她实在不明白,不就是一碗没人喝的鱼汤吗? 有必要辞退她吗?

　　风水先生的三个儿子从来没有见过父亲这么吝啬,走过来劝解:"一碗鱼汤不值什么,父亲何必苛责二娘。大过年的,让她回去安心过年吧!"

　　风水先生生气地指着儿子们咆哮:"哪是一碗鱼汤的事?!跟你们说了你们没福气,偏偏不听,非要看什么风水!"他对着儿子们怒吼一通,转过脸看着二娘说:"二娘,不是鱼汤的事,你回去吧! 过完年我们再说这件事。"

　　陈二娘既疑虑又羞愤,她无论如何也不清楚今天到底怎么回事,不知道先生为何因为一碗鱼汤而大吵大闹。她一路走一路想,都怪自己,要是不喝那碗鱼汤不就什么事也没有了? 再想一想,也不对,先生说什么风水福气,难道鱼汤与风水有关? 她左思右想,很快回到家,远远地看着朱五四正带着孩子们挂灯笼。这个灯笼是朱五四前几天外出卖豆腐时捡回来的,虽然破旧,依旧鲜红,孩子们高兴了好几天。如今,红红的灯笼挂在门前的大树上,在苍茫灰白的天地之间显得格外耀眼。她心情一振,加快了回家的步伐。

　　这个新年就这样过去了。过完年,风水先生果然辞退了陈二娘,还让儿子多给了她两个月的工钱。生性刚强的二娘不明不白被人辞退,她当然不肯接受风水先生的恩惠,愤怒地对丈夫说:"我们在这里吃不饱穿不暖,还要受人欺负,不如搬家吧! 俗话说'人挪活树挪死',我就不信天底下没有我们安心过日子的地方。"

　　朱五四也很气愤,妻子辛辛苦苦地工作,不就是喝了一碗没人喝的鱼汤吗？风水先生就把人撵走，真是太欺负人了。如今官府和地主天天上门催缴杂税粮租，陈二娘又没有工作，这不等于把一家人逼上绝路吗？想来想去，他听从妻子的建议，决定南下淮河寻找新的出路。

他们夫妻哪里知道风水先生撵走陈二娘的真正原因。原来，风水先生为自己家看风水，安排儿子们守护祖坟旁边的小河沟，并且幸得小鱼，按照他的意思，他们父子几个吃了鱼肉，儿媳妇们要是肯喝鱼汤，那么就会生下至尊至贵的后辈来，他们一家也就会因此兴旺发达。哪会想到半路杀出个陈二娘，一股脑儿把鱼汤全喝了。风水先生由此断定二娘不是个凡人，将来她的儿子要是得势了，自己还留她在家里做女仆，岂不是罪过，所以他下决心辞退二娘，并且多给她工钱帮助她。

事也凑巧，二娘被辞退后不久发现自己怀了身孕。她已是四十多岁的人了，先后怀孕多次，顺利生产长大的孩子就有五个，再度怀孕对她来说不但没有喜悦，反而充满了忧愁。在这困苦的岁月里，忧愁似乎笼罩了一切，愁吃愁穿，愁住愁行。总之，要想生存下去，就是不断发愁。再添人口，对于这个处于风雨之中的家庭来说，真是雪上加霜。

朱五四夫妇一心愁着如何度日，何曾想到，他们这个最小的、即将出世的孩子，有朝一日竟然成了皇帝，开创了一代盛世伟业，这个孩子就是大明朝开国皇帝朱元璋。

第二节　诞生的传说

梦吞仙丹的传说

朱五四一家被迫离开灵璧后,辗转逃难,先在虹县(今安徽泗县)居住了一段时间。在这里,夫妇二人给人打工出力,维持家人生活。他们的大儿子和二儿子开始给地主家放牛、割草,大女儿帮着母亲做饭、缝洗,为家里增加点收入,减轻负担。大约过了半年时间,朱五四接到大哥的消息,说在钟离为他租了块地,让他前去种田谋生。在土地上劳作惯了的朱五四听说后非常高兴,当即辞了工作带着家人再度南迁。

凤阳

上路前,恰好陈二娘的父亲前来看望他们。说起二娘的父亲,倒有些与众不同。他名叫陈大,年轻时参军入伍,是南宋大将张世杰手下的一名亲兵,曾经参加过抗击元军的崖山战役。后来南宋灭亡,他偷偷返回家乡扬州。后来,为了躲避元朝的兵役,他从扬州又逃到盱眙津里镇,在那里依靠为人看相念咒养家糊口。可以说,陈大也是一位风水先生,不过没有雇用二娘的那家先生有名,只是勉强度日而已。陈大没有儿子,只有两个女儿,先后嫁给了当地农民。二女儿陈二娘嫁给朱五四时,朱家在盱眙有地有房,没想到几年后被逼逃荒,一走就是三五年。他思念女儿,听说他们在虹县,就不远百里来到这里看望他们。

陈大已经六十多岁了,见到久别的女儿,他老泪纵横,泣不成声。陈二娘一边安慰父亲,一边也是唏嘘哀叹。家境贫寒,父亲来了,连顿像样的饭菜也招待不起,这叫什么日子啊!二娘从小聪明能干,父亲很喜欢她,教她识字读书,给她讲古往今来的传说故事,还对她讲自己当年参加战斗的亲身经历,以及游走各地的风土民情,开阔了二娘的眼界。二娘十八九岁时,前去他家提亲的人很多。陈大经过观察琢磨,同意了朱五四父亲朱初一的提亲。他为什么同意这门亲事呢?说起这件事情还有个小插曲。

陈大看相算卦,虽不出名,但多少也有些能耐。有一年,他路过朱初一家所在的村子,正好看到朱初一躺在村庙前睡觉。陈大走上去与他闲聊,朱初一认识陈大,知道他能掐会算,就对他讲了自己的一段经历,让他算算凶吉。朱初一说,不久前,他在庙前土墩里蹲着睡觉,突然来了师徒两个和尚。师父说:“这个土墩比外面暖和,是块风水宝地,种什么收什么。”徒弟好奇,随手折断路边的柳枝插在地上。他们说十天后再来看结果。朱初一迷迷糊糊的，心想，是不是自己做梦了？可是一看，身边果真插着柳枝。他十分惊讶，为了验证此事的真假，他拔出柳枝扔在一边，想十天后再来观看动静。十天后，他早早地来到土墩，像上次一样躺下假寐。果然两个和尚很快来了，他们看到柳枝不见了大感惊奇，师父说："肯定有异人在此，不然我们的柳枝怎么不翼而飞？"徒弟四下张望，指着旮旯儿里的朱初一说："师父，会不会是那个人？"师父疑惑地看着朱初一，好一会儿才说："就是他，没想到我的算术被他识破了。他是个贵人，不出三代他家必定会出了不起的人物，我们不要惹他，为他种下几棵柳树就走吧！"说着，带着徒弟折柳插到土墩四周，随后就不见了。朱初一起身观看，果见土墩四周插满了柳枝。

朱初一一边为陈大讲述，一边指着不远处一片小柳苗说："瞧见了吗？就是那片树苗，长得可快了。"

陈大定睛细看，心里惊讶万分。他想，朱初一刚才讲的像是个梦，可是这片树苗如何解释？从此，他对朱初一格外留意，觉得他为人处事厚道老成，是个可靠的人。所以等到朱初一上门为儿子提亲时，他想起土墩种柳的事，便同意把女儿陈二娘嫁给朱五四。

想起那段往事，看看眼前困境，陈大望着女儿憔悴瘦弱的脸庞，心里有种说不出的滋味，念叨着说："你公公还说遇到仙人指点了，将来家里会出贵人，哪想到二十年了，反而一天不如一天。"陈二娘很坚强，劝慰父亲说："孩子一天天长大，都能帮着工作了，怎么会一天不如一天呢？我看啊，等着三个小子长大了，都是工作的好手。女儿也很乖巧，缝补浆洗，到时候我可熬出头了。"对未来的憧憬和期望,让她脸上露出会心的笑容,看上去人都显得有精神了。贫寒之家,能够有所憧憬也是莫大的宽慰了。

陈大后来随着女儿家去了钟离。他听了陈二娘喝鱼汤一事的前后经过后,联想到女儿即将生产,不禁想到,那位风水先生费了不少力气得来的鱼汤,硬要自己的儿媳妇喝,其中一定蕴藏着玄机,莫非喝鱼汤与后代富贵有关? 这样想来想去,他对女儿肚子里的孩子充满了期待与想象,恨不能立即见到这个孩子,为他看相算卦。

转眼间,陈二娘临盆的日子来临了。公元 1328 年 10 月 21 日(元天历元年九月二十八日)下午,秋阳高照,万里无云,湛蓝的空中偶尔飞过一排大雁,高鸣低吟,似乎抒发着无限情怀。望着它们不知疲倦的身影,坐在门外的朱五四不免发出这样的感叹:"不如做只大雁自由飞来飞去,省得受到官府欺凌。"

朱五四家的茅屋里,陈二娘躺在单薄的草席上待产。朱五四陪着陈大坐在门外,他们正在议论昨夜陈二娘的一个梦:陈二娘梦见自己在麦场里工作,忽然一个道士走过来递给她一颗白色仙丹,告诉她这个仙丹包治百病。二娘毫不犹豫吞下了仙丹,随后觉得浑身轻飘飘的,很快就醒来了。

陈大认定女儿做这样的梦,暗示即将出世的孩子命运富贵。朱五四勉强笑笑,心里有股说不出的感觉,对梦半信半疑。他们二人说话间,产婆走出来大喊:"快进来看看,孩子出生了。"

陈大和朱五四慌忙走进草屋,看着新生的孩子愣住了。孩子躺在席上,静悄悄地一声不哭! 这是怎么回事? 他们忙让产婆想办法。产婆说:"我提着他的腿打了好几次了,他就是不哭。"一般情况下,新生婴儿哇哇啼哭说明他身体健康,可是这个孩子不哭不叫，莫非有毛病？几个人围着孩子左看又看，只见他身材瘦小，四肢不停地蹬来蹬去，黑色的小眼珠水汪汪的，一点毛病也没有！陈大悄悄拉过朱五四说："看见了吧！这个孩子生来就与别人不一样，说不定将来有出息。"朱五四欣喜地点点头，在他心里，将来孩子能够拥有自己的土地和房屋，不用四处逃难谋生，就是最大的出息了。

朱元璋宫廷标准像

注：明太祖朱元璋流传下来的画像有十多幅，但画像中所绘样貌有截然不同的两个样子，其真实相貌如何，至今仍还是一个谜

不管家里如何贫穷，孩子的出生还是给家人带来了无尽的欢乐。他们尽可能给予孩子关心和温暖，让孩子开心地度过来到人世的最初岁月。由于朱五四夫妇孕育过五个孩子，所以他们这次很有经验。细心的喂养和照料使得孩子看起来相当舒服，很少哭闹；几个年长的儿女很喜欢刚出生的弟弟，主动多工作少惹事，多少也减轻了父母的负担；陈大呢？他每天盯着孩子看，希望发现一两个奇特之处，却始终未能如愿。陈大不甘心就

这么放弃,多年游走江湖的经验告诉他,所谓风水相面,基本上是一种心理作用,于是搬出朱初一土墩插柳和陈二娘梦吞仙丹的故事,鼓励朱五四夫妇说:"我看这个孩子生有异相,将来会帮助你们过上好日子。"他以一位长辈的关爱和企盼来安慰女儿全家,随后踏上归程,回了老家盱眙。

红罗幛和躲避追杀的传说

由于朱元璋出身贫寒,后世关于他出生的说法很多,其中还有不少颇具神奇色彩的故事。

据说,朱五四夫妇被迫离开灵璧后,拖儿带女辗转在淮河岸边赤地千里的原野上谋生。一个秋风萧瑟的黄昏,朱家七口人艰难地奔走在逃荒的路上,四野苍苍,大地荒凉,他们希望早一点寻到今晚的落脚之地。突然,大儿子朱重四指着前面高兴地叫起来:"快看,前面有座庙,我们到那里过夜吧!"

朱五四眯着眼睛看了一会儿,回头看看妻子高高隆起的肚子说:"到前面的庙里就能歇一会儿了。"他把手里的包袱交给儿女,然后双手搀住妻子,夫妻俩深一脚浅一脚地带着五个孩子往寺庙的方向走去。

这是一座极小的庙宇,建在两座小山中间,人称二郎庙。二郎庙四周人烟稀少,遭逢如今世道,已是残破不堪,无限凄凉。对朱家来说,终归有处遮风挡雨的地方,一家人还是很高兴,你拖我拉地走进庙门,放下不多的家当,准备在这里过夜。不多时,庙里走出一老一少两个和尚,老和尚非常瘦弱,一副弱不禁风的模样,看起来倒也慈眉善目;小和尚十三四岁年纪,一看就是缺衣少食,无法度日才到寺中出家的少年。师徒二人简单询问了朱家的来历，看到陈二娘是待产之身，没多说什么，就让他们一家暂且在此留宿。

夜里，二郎庙里突然红光闪闪，似乎着火了一般，附近的农民以为失火了，纷纷前来救火。当然，小庙并没有着火，而是一个婴儿诞生了——他就是朱元璋。

朱元璋像

这时，庙门前突然进来一位仙风道骨的道士，手里拿着一块鲜艳的红罗幛，说是从庙前河里捞上来的，交给陈二娘让她给孩子遮体。野外庙内生子，陈二娘正愁没有布片包裹孩子，道人相赠，她感激地接过来披在孩子身上。后来，二郎庙附近的河流就被称为红罗幛，以纪念朱元璋在此地诞生的奇闻。

关于朱元璋出生的传说，还有一个十分有名，就是他为了躲避追杀在娘肚子里待了三年的传说，听起来更是匪夷所思。

据说，元朝后期，有懂得相术的人向元朝皇帝进言，说三十年后，将有汉人灭元取而代之，这个人现在刚刚在淮河一带出生。

元帝听说，当即下旨，命令官兵将两淮境内一岁之内的男婴统统杀了！

圣言一出，天下震惊，淮河两岸惨遭杀戮的无辜小生命不知有多少，为此四散逃难、家破人亡的家庭数不胜数。经过一年多的追查惨杀,元帝觉得清杀工作进行得相当顺利,该结束了,就请高人测算。没想到高人摇着头说祸患依旧!

元帝非常生气,下旨放宽范围再行杀戮,从刚出生的婴儿到三岁的小孩格杀勿论!

朱元璋这时已经在娘肚子躲了两年多,前次清杀,他该出生,躲过了;这次清杀,他还藏在娘肚子里不出来。后人说这是朱元璋有帝王之象,所以上天保佑他。过了半年多,淮河两岸已经没有三岁以下的男童可杀,可是杀红眼的元军不肯放过百姓,在淮河流域杀人放火,坏事做绝。当地百姓看穿元人的阴谋,扶老携幼逃离家园,躲避灾难。朱元璋的母亲也夹在逃难的人群中。这天,她路过一片树林时,实在跑不动了,就钻到路旁一个大树洞里躲了起来。携带武器追赶百姓的元兵没有发现她,却把在路上逃跑的百姓全部杀害了,抢夺了百姓的财物扬长而去。

朱元璋的母亲躲过一劫,在树洞里安全地生下了朱元璋。后人附会这段传说,说朱元璋出生就会说话,安慰母亲说:"不要害怕,元军已经走远了,他们不会回来了。"

果然,元军屠杀了几年,觉得再无危险存在,就回京复命去了。朱元璋幸而存命,开始了苦难的童年时光。

尽管上面这两个故事充满神话色彩,但是我们应当看到,不管哪个传说,都反映了同样一个事实,那就是朱元璋诞生在赤贫农家,而他出生的时代恰逢元朝的残暴统治时期,人们在朝不保夕的生存线上苦苦挣扎。在这样的背景下,朱元璋如何从呱呱婴儿长大成人,推翻元朝统治,一跃登上九五至尊之位,期间的经历确实值得人们探索与追寻。

第三节 小小重八

取名重八

不管后人如何凭想象描绘朱元璋初临人世的日子,公元1328年10月21日,元天历元年九月二十八日,这个日子永远被载入史册,贫寒农家的孩子朱元璋降临人间,开始了自己充满传奇色彩的一生。虽然这个孩子来得不是时候,朱五四还是按照习俗很快为儿子取了名字——朱重八。至于为人们熟知的朱元璋这个名字,还是他参加红巾军以后才取的。

在宋元社会,不做官的、地位低下的农民一般不取正式名字,只用行辈,或者用父母年龄合计一个数目字,或者以出生日期称呼,例如丈夫年龄二十九岁,妻子年龄二十五岁,合计五十四岁,生的儿子即取名五四,或者叫作六九,即六乘以九得五十四之意。像朱元璋的祖父,出生在初一,所以叫朱初一;而朱元璋的伯父和父亲,他们出生时父母的年龄分别合计是五十一岁、五十四岁,所以取名朱五一、朱五四。而朱元璋为什么得名朱重八呢?原因有二:一是在他们朱家,到了这一辈时男孩居多,所以按照行辈取名,他伯父家的四个儿子分别取名朱重一、朱重二、朱重三、朱重五,而朱元璋的三个哥哥,分别叫作朱重四、朱重六、朱重七,轮到朱元璋了,自然取名朱重八;另外一个巧合的原因是朱元璋诞生在农历九月二十八日,二十八当然是"重八",所以他取这个名字既合天意又合人意。

八口之家,无田无地,无房无业,仅凭赤手空拳生存下去谈何容易！他们辗转落户在钟离县东乡,依靠朱五一为他们暂时租种的土地安顿下来。这里邻近淮河,俗话说"走千走万,不如淮河两岸",可见淮河岸边适合生存的条件多么优厚,就是这样一处沃野田地,却由于连年天灾和暴政,人口大量减少,土地歉收减产,已经无法与昔日盛景相比。朱五四一家在此开始了新一轮的生存抗争。

朱元璋像

当然,尚在襁褓之中的朱重八不会知道家境的艰难,他一天到晚瞪大着眼睛等着有人来喂自己东西吃。朱五四已是近五十岁的人了,连年劳累奔波,让他看起来苍老憔悴,但他老年得子,对小重八还是十分宠爱的,竭尽所能为儿子准备吃喝用品,让这个小生命尽可能快乐地生存下来。

小重八不负父命,一天天健康长大,既结实健壮又活泼好动。一家人看在眼里,喜在心上,似乎这个孩子代表了他们所有的梦想与未来。重八的大姐姐十来岁了，每天下了工就抱着他跑出去，摘草掐花逗他玩。重八对什么都好奇，不是抓过来乱咬乱啃就是用手乱撕乱扔，每次大姐都假装训斥他说："不可以破坏东西，不然会被姐姐打喔。"说着，故意在他眼前晃动巴掌。小重八哪管那么多，依旧咿咿呀呀地叫着，似乎不服气。有时候，姐姐会给他编好看的草玩具，像蝈蝈、跳蛙，十分有趣。重八喜欢玩，可是不一会儿就把它们拆烂了，为此没少挨姐姐骂。生活虽然艰苦，但是充满亲情的时光却非常难得，这些幸福的岁月温暖着小重八的心灵，是他人生当中极其宝贵的一笔财富。

但是，生活的艰辛容不得片刻安宁和喘息。父母忙着工作，大一点的孩子也要工作，小重八学会走路后就成了街头的孩子，从早到晚蹲在门前，看着大人们过往劳作，那一张张愁苦的面容留给他深刻的印象。在他幼小的心灵中，愁苦不堪就是大人们生活的全部。

结缘寺庙

尽管穷苦像鬼魅一样笼罩着全家，小重八还是在家人的关爱下快乐地成长着。但是有一天，小重八的日子变得不再那么单纯了。这天，小重八从早到晚都没有吃一顿饱饭。傍晚时分，他望着落日的余晖，翘首等待家人归来。可是他的脖子伸得比平时长出一寸多了，依旧不见父母和姐姐、哥哥的影子。小小重八的心情越来越沮丧。在饥饿的驱使下，他开始乱抓东西吃，一会儿拔株野草，一会儿寻觅点野果子，放进嘴里啧啧有声。穷人家的孩子都有这样的经历，在村旁田间的野草间寻觅食物不仅是他们幼年时的一大乐趣，更是他们解除饥饿感的唯一法宝。

小重八走着走着，不知不觉远离了村子，走进了荒草野坡之中。他太小了，根本没有预料到眼前的危险，而一味采食野果野菜的快感又让他无法停住脚步。他太饿了，需要吃东西来填饱空空的肠胃，安定因饥饿带来的慌乱心神。

就在重八专心采摘野果野菜的时候，荒地里突然跳出一匹饿狼，狰狞着向他扑过来。中原大地，沃野之乡，竟有野兽出没，可见百姓之稀少，年景之萧条。说也奇怪，面对饿狼，小重八不但不惊慌害怕，反而好像没有看见饿狼一般，毫无戒备地继续采食野果。饿狼被小重八镇静自如的行为镇住了，停下进攻的脚步注视着重八，寻找可乘之机。

饿狼与重八对峙时，天边最后一抹余辉慢慢消散，天色渐渐暗下来。这时，不远处寺庙传来声声钟鸣，估计僧人们吃晚餐的时间到了。听到钟声，饿狼不甘心地看看重八，突然转身跑走了。重八看到天色已暗，而自己身处荒野，不知家在何方，不由得放声大哭。

哭声在野地里传出很远。不一会儿，朱五四夫妇踉踉跄跄地跑了过来，他们一把把重八搂在怀里，抱着儿子一起痛哭。

原来这些天缺粮断炊，朱五四夫妇无奈去地主家借粮，可是地主说他们家的粮食也不多了，不肯借给他们。朱五四夫妇好说歹说，把自己大一点的孩子都叫去，让他们在地主家工作抵债还粮，这才借了一斗米。回到家时，他们却发现小重八不见了。夫妻二人慌忙寻找，听到哭声才找到这里。

在回家的路上，陈二娘叮嘱重八："以后不能乱跑，荒地里有狼，会吃人。前几天老刘家的小儿子不就被狼吃了吗？"

重八天真地说："狼不吃人,刚才一匹狼就在那边,站了半天也没吃我啊!"

朱五四夫妇听到这话,吓出一身冷汗,害怕地瞧瞧刚才重八站立的地方,似乎看到一匹饿狼正盯着他们。朱五四拍拍重八的肩膀:"不怕不怕,福大命大。"

重八说:"我饿了,刚才庙里都打钟了,我们也该吃饭了吧!"

陈二娘把儿子搂得更紧了,一边擦着眼泪一边说:"吃饭,回家就吃饭。"

这件事过去以后,陈二娘特地带着重八去寺庙进香拜佛,感激菩萨救了儿子一命。她许愿说:"大慈大悲的观音菩萨,我儿子重八险些让狼吃了,多亏您显灵相救。我求菩萨再显神通,保佑他平安长大成人。我在这里替儿子许愿,他长大了一定亲自来洒扫祝拜,烧香还愿。"说完,让重八不停地磕头。重八第一次来到寺庙,他对形态各异的菩萨塑像非常好奇,这里瞧瞧,那里看看,哪肯停下磕头。陈二娘着急地拉住他说:"快磕头,再不磕头就留下你不让你走了。"

"留下就留下,"重八昂着小脑袋说,"我要在这里当和尚。"童言无忌,本是一句玩笑,谁会想到十几年后竟会成真。陈二娘不理重八,独自虔诚地磕头拜佛,祈祷菩萨保佑他们家丰衣足食,平平安安。

第二章
牧鹅放牛　聪颖顽童显神威

　　苦难的环境，赤贫的家庭，朱重八出生之后面临的最大问题就是如何活下去，如何填饱肚子。他的父母辗转各地，辛勤劳动，依旧无法保证全家人吃饱穿暖，小重八不得不从小就为地主家放牛、牧鹅，争取一点可怜的报酬，为生存下去苦苦挣扎。

　　生性活泼好动的重八在苦难面前表现出强烈的求存欲望。他采食野果，掏食鸟蛋，和一般农家孩子一样度过了贫穷而不失快乐的童年时光；他勇敢地反抗压迫和欺凌，进行着天真而纯朴的抗争。在谋求生存的过程中，他不畏强暴，聪颖的个性得到彰显。

第一节　牧鹅惹祸

牧鹅小儿

尽管朱重八的母亲陈二娘在寺庙一再乞求菩萨保佑全家能够吃饱穿暖,平安过日子,但由于年景不好,庄稼歉收,而官府逼迫甚紧,苦日子难以维持,他们全家只好再度搬迁,在钟离县太平乡孤庄村落了户。这是附近最大的村子,良田沃土,人口上千,绿树掩映间草屋座座,显露出难得一见的太平气象。这个村里最大的地主名叫刘德,说起来,他还是对于重八少年时代的成长很有影响的一位人物。

刘德的父亲名叫刘学老,曾经做过元朝总管。元朝各地驻军称镇戍军,按照兵丁多少分为万户、千户、百户,总管就是万户以下的军阶。刘学老身为汉人军队的万户总管,地位还是非常高的,但他是个见微知著的人。他眼见官贪民困,官府腐败,于是急流勇退,辞职回乡,依靠家里的肥沃土地耕种收获,过起自由自在的清静日子。刘学老是当地最富有的财主,但他从不仗势欺人,反而乐善好施,修建学堂,济贫斋僧,颇有善名。后来,刘学老病逝,他的两个儿子刘继祖和刘德继承了家业。刘继祖为人厚道,颇有其父之风。而刘德就不同了,他为人贪婪,是个贪财暴戾的人,虽然继承了百亩良田和成群牛羊,依然不知满足,反而刻薄经营,对租种他土地的人进行苛刻的盘剥,每年收取的租税都非常多;遇上灾年,他还放高利贷,榨取穷人的血汗钱。经过这样残酷的剥削,他的收入和财富明显超出刘继祖,成为附近最富有的地主。刘继祖很不赞同刘德的为人和做法,但是兄弟两人早就分家另过,他又能如何? 也就只好任其为之。

初到孤庄村的朱重八一家,正是依靠租种刘德家的土地生活。刘德见朱五四本分老实,做了一辈子庄稼工作,工作态度不错,便租给他几亩地,并且答应让他的孩子到家里工作。朱五四很高兴,回家对孩子们说:"有工作了,有饭吃了。"除了大儿子、二儿子帮助朱五四务农外,老三朱重七和小重八也负责给刘德家放鹅。

陈二娘看到儿子们都有事做,念着阿弥陀佛说:"重八不到六岁就能工作了,看来我们家以后的日子好过了。"在她心目中,家里没有白吃饭的人了,生活还能不好转? 大女儿利落地挑菜做饭,笑着回应母亲:"母亲,妹妹能帮您做饭了,我以后就多帮父亲务农。"

一家人愉快地展望未来的幸福生活,以为从此再也不用忍饥挨饿了,却不知道往后的日子依然充满了艰辛和磨难,最终将这个完整的家庭逼上绝路。

不说朱五四如何带着儿女耕田劳作,但说重八与他三哥两人,每天早早起床,吃完几口粗糙的饭菜,然后去刘德家赶着一群鹅走向村外的草地溪边。重八手里拿着一根长长的竹竿,一会儿驱赶脱队的鹅,一会儿阻止鹅脱离队伍。这种有组织的活动也许让他觉得很有意思。他看起来比他三哥更认真,也做得更好。这群鹅非常听话,不一会儿就到了溪水边。在那里,鹅群或者戏水游泳，或者埋头吃草，或者悠闲地踱步小憩，倒是一幅天然自得的田园风光。

小重八开始在草地上无拘无束地玩耍。他追蝴蝶，抓蜻蜓，捕蛐蛐，玩蚂蚁，大自然带给他无穷无尽的乐趣，让他在此间快乐地成长。重八乐此不疲地跑啊玩啊，好像不知疲倦。三哥看他玩得起劲，闷声闷气地说："别玩了，去看看鹅跑了吗？"小重八看着躺在地上的三哥，不服气地说："你怎么不去看？我要玩蚂蚁打架，我不去看！"三哥见他不听话，走过来一脚踩烂他的一窝蚂蚁，狠狠地说："看你还怎么玩！"重八见此，哇哇哭着扑向三哥，兄弟两人在草地上扭打成一团。

结果，傍晚两个人满身污泥回到家里。陈二娘吃惊地问："你俩怎么啦，跟谁打架啦？是不是鹅跑了东家打你们了？"

重八委屈地扑到母亲怀里，指着三哥说："他踩烂了我的蚂蚁。"

重七不甘示弱，粗声粗气地说："他就知道玩，什么也不做！"

陈二娘阻止他们争吵，问明事情的前因后果，拉着他们的手说："孩子，你们是亲兄弟，为了这点小事就动手打架，这可不对啊！你们知道孔融让梨的故事吗？"听说讲故事，重八立即高兴地叫起来："不知道，母亲，这是个什么故事？"他从小爱听故事，经常缠在父母身边让他们讲各种故事。父亲朱五四大多给他讲乡间传说，鬼啊怪啊的居多。母亲陈二娘呢？她因为小时候跟父亲读过书，了解一些历史典故，所以有时候给孩子们讲这类故事。每每听这些故事，朱重八都特别专心，比他的哥哥姐姐们都爱听。今天，听母亲说出"孔融让梨"几个字，小重八断定这又是个动听的故事，十分激动。

朱元璋像

听母亲讲完故事，小重八陷入沉思，过了一会儿，他才开口说："母亲，我知道了，兄弟之间要谦让，不能争抢。"说完，他朝三哥扮鬼脸。

朱重七不爱说话，在家里是个闷葫芦，听了母亲和重八的话，一声不吭地走开了。

这件事之后，兄弟二人友善了许多。不过他们毕竟都是孩子，谁也不会束缚自己的个性。大多数时候，小重八依旧在草地上跑着玩。重七呢？依旧闷闷地躺着假寐。时光似乎就这样惬意地过去，怎料好景不长，一件祸事降临到了他们头上。

丢鹅事件

时光流逝，冬去春来。这天重八和三哥像往常一样在村外放鹅。中午过后，两人都饿了，就拿出菜窝窝啃着吃。这是他们家最常吃的东西，今天也不例外。就在他们努力啃吃菜窝窝的时候，刘德家的二管家王顺走过来，看也不看他们一眼，径直奔向鹅群抓鹅。一群鹅正趴在溪边休息，猛然有人闯过来抓它们，顿时惊慌失措地嘎嘎乱叫。

重八以为有人偷鹅,冲过来大叫:"你要干什么?快住手!"

重七认识王顺,拉着重八的胳膊说:"他是管家,他是管家。"

重八哪里管什么管家,大声说:"他把鹅偷走了,一会儿我们怎么交差?"

王顺瞪了重八一眼,恶狠狠地说:"哼,交差,交你个头!"说完,他不理重八,继续抓鹅。

重八生气了,一挥竹竿指挥着鹅群与王顺对抗。这群鹅习惯了重八兄弟的指挥,当然十分听重八的话,伸长着脖子围攻王顺。王顺吓得乱躲乱藏,一个劲地喊:"朱重八,你这个小坏蛋,快把鹅赶走。"

重八见管家害怕,高兴地哈哈大笑。他三哥见状,一把夺过重八手里的竹竿,把鹅群赶走,王顺这才脱离鹅群,狼狈逃走。

朱重七扔下竹竿,拉过重八说:"你还笑,一会儿等着挨骂吧!"

果然,过了不久,王顺带着刘德来了。刘德个头不高,身材粗壮,满脸横肉,一张嘴喷着恶气,责问朱重七兄弟为什么不让王顺抓鹅。朱重七看着怒气冲冲的刘德,早已吓得没了言语,呆呆地不敢回话。重八瞪着一双天真的大眼睛,认真地说:"父亲交代过我们,无论如何也不能丢了鹅,要是他抓走了鹅,那就无法交差了。"

刘德听到这话,一脸怒气慢慢消散,他笑嘻嘻地说:"好,看不出你年纪不大还挺有心,知道保护我的财产,不像有些人不工作还搞破坏。就凭这,今年年底我要多给你父亲工钱。"

告状的王顺见刘德转怒为喜,有点丈二和尚摸不着头脑,迟疑地说:"这小子……这小子刚才欺负我。"

"胡说!"刘德制止王顺,"他一个几岁顽童能欺负你? 肯定是你不会办事。"说完,他满脸笑意地看着重八说:"老爷我今晚需要一只肥鹅,你去帮我抓来。"原来,他今天要招待上门催税的元兵,所以才命王顺前来抓鹅,王顺以前抓鹅没遇到过阻力,以为这次重八兄弟也不会为难自己,哪会想到被朱重八赶了回去。他回去后诉说被鹅追咬的经过,并怂恿刘德赶走重八兄弟,不让他们放鹅。刘德信以为真,跟着他来责骂重八,一问才明白事情的真相。他觉得重八机灵能干,保护了自己的鹅群,当然非常高兴,哪里还有气生。

朱重七疑惑地看着刘德,不明白他前后判若两人的表现,更不明白他为什么还要给自己家加工钱。重八却没有想那么多,他快速地冲进鹅群,很快就拎出一只肥肥的鹅交给刘德。刘德竟然破天荒地拍拍重八的小脑袋,鼓励他说:"好好放鹅,好好放鹅。"然后,与王顺一前一后走了。

这件事让朱家上下非常兴奋,他们对刘德感恩戴德,觉得终于遇到了善人,全家的生活有望了。为此,朱五四还特意去集上买了肉,让妻子为孩子们做顿好吃的。这也许是朱重八第一次如此开怀地吃饭,他摸着自己鼓起的肚子,得意地对小伙伴们说:"你们猜,这里面装的是什么?"小伙伴都是穷苦人家的孩子,猜来猜去也猜不到重八吃肉了。

就在一家人幻想着美好的明天时,灾祸从天而降。这天傍晚,朱重八和三哥准备赶着鹅群回去,却发现丢了一只鹅。他们慌忙四处寻找,就连溪水对岸的小山包也找遍了,始终不见鹅的影子。这可是个沉重的打击。他们垂头丧气回到刘德家,打算据实相告,乞求原谅。朱重八甚至天真地想,上次刘德说要多给工钱,现在我把他的鹅放丢了,我不多要工钱了,他肯定会同意。

事情哪有这么简单。刘德听说丢了一只鹅,大发雷霆,咆哮着斥责重八兄弟,不但扣下工钱赔偿损失,还不让他们继续放鹅。朱重八非常愤怒,他盯着刘德口沫横飞的嘴脸,头也不回地转身离去。幼小的他心里备感委屈,他不明白为什么突然丢了一只鹅。刘德的责骂使他更感羞愤,他决心寻找丢失的鹅,挽回损失。

小重八人小胆大,不肯受委屈。第二天一大早,他又跑到昨天放鹅的地方寻找鹅,遇到一个与自己年龄相仿的男孩子。男孩名叫汤和,是本村的农家孩子,家有几亩薄田。他听说重八的遭遇后,悄悄对他说:"我看见王顺家昨天吃鹅了,肯定是他偷了鹅。"重八一听,二话

汤和像

不说就往王顺家跑,汤和紧随其后,他们来到王顺家,看到他家门前还有几根鹅毛,重八马上生气地拍门叫喊。王顺二十多岁,游手好闲,依附刘德欺压佃农,说白了就是刘德的打手。他眯缝着眼睛走出家门,看到重八怒气冲冲地责问丢鹅一事,不怀好意地说:"老爷不是夸你能干吗?鹅丢了,没活干了,栽赃到我头上,你小小年纪可真是有能耐!"说着,他伸手抓住重八的衣领

子,转了两圈,把重八扔出好远。原来,王顺记恨上次抓鹅时重八戏弄自己,决心报复。恰好昨天他的一个酒肉朋友从远乡来,两人便合伙偷走一只鹅,一来解馋,二来嫁祸重八兄弟。

汤和扶起重八,劝慰说:"王顺是无赖,我们不跟他计较。"重八不服输,捡起几根鹅毛说:"我找老爷评理去!"他幼小的心里充满正义感,认为对与错应该分得很清楚。他哪里知道穷人哪有讲理的地方。这次上门讨公道,不但没有为他挽回损失,反而给他带来更大的羞辱。

第二节　鸟蛋风波

烤吃鸟蛋

朱重八到刘德家诉说冤情，如同绵羊遇见饿狼，有理说不清。他被阻挡在门外，让人连骂带打赶回家中。不久，刘德家传出一则消息，说穷小子朱重八兄弟不好好放鹅，竟敢偷吃东家的鹅，还拿着几根鹅毛去骗东家，真是太不像话了！

丢鹅之事给朱家蒙上了一层阴影，他们又恢复了往日战战兢兢的生活。朱五四夫妇到刘德家赔礼道歉，乞求他再委派点工作给朱重七兄弟做，并保证不再出错。

刘德惯于做精细的打算。他想，这两个小子给我放了半年鹅，虽说丢了一只，可是我也没给他们工钱，两相比较，还是我占便宜了。哼，既然穷小子还想工作，就让他们捡拾柴草吧！反正这个工作不怕出错，还不用付工钱。这个工作就是到村后小山林中捡柴，按照规定量交给刘德家，完成这个工作量以后，孩子们捡拾的柴草可以带回自己家，供家里烧火做饭用。

受到屈辱的重八，不愿继续为刘德家工作，他伸着脖子说："他们冤枉人，我才不替他工作呢！"

朱五四阴沉着脸，重重地咳嗽几声，训斥重八说："不工作，你吃什么？"

　　陈二娘心疼儿子,擦着眼泪说:"重八,你好好做,像你这么大的孩子都要学着工作,长大了才能养家糊口。看你大哥,他多能干,现在都有人给他提亲了。唉,人不工作怎么吃饭。好孩子,母亲知道你机灵,但是机灵不管用,在田里讨生活要出力能干才行。"

　　经过全家人训斥劝说,重八接受了捡柴的工作。从此以后,他每天吃完早餐就跟着三哥提着篮子去后山捡柴。转眼已是深秋时节,叶落草黄,小山坡上到处都是枯黄的树叶干枝,捡拾柴草倒也不难。不过,重八喜欢玩,强烈的好奇心使他不能安心捡柴,而是不停地爬树,折槐弄榆,很快就从这里找到了另一番乐趣,与沉闷苦干的三哥形成鲜明的对比。这天,重八爬上一棵高大的榆树,冲着下面的三哥喊:"三哥,这里有窝鸟蛋。"

　　朱重七闷头捡柴,胆怯地说:"重八,这是刘德家的山林,你别捣乱,又惹出是非。"

　　小重八满脸笑容地将鸟蛋放进怀里,不一会儿就跳到地面上,拍拍手说:"树是他的,鸟又不是他的,你怕什么!"

　　望着一脸淘气的重八,朱重七无奈地说:"你越来越调皮了,小心父亲打你。"说着,把篮子扔给他,让他赶紧捡柴。

　　朱重八不接篮子,反而掏出鸟蛋仔细揣摩观看,过了一会儿嘟囔着说:"三哥,你饿了吗?我肚子饿了,我们吃了鸟蛋再工作吧!"

　　朱重七早就饿了,不过他老实胆小,四下望望才低声说:"重八,我们到那边背风地去。"兄弟二人经不起鸟蛋的诱惑,背着篮子匆匆跑到山的背风处。重七掏出火石,打了半天才打出一点火苗,赶紧放到干草上。火光闪耀,柴草点着了。重八手忙脚乱地把鸟蛋放到燃烧的柴草上。在劈里啪啦的燃烧声中，鸟蛋烧熟的香味很快飘散开，惹得重八二人口水直流。

小小的鸟蛋带给重八兄弟无尽的享受，他们擦着嘴唇上的黑灰，满足地站起身来，猛然被身后的一人吓了一跳。那是一个小孩，瘦弱矮小，看起来比重八年龄还小。他背了个和自己差不多高的大篮子，满脸馋相地看着重八兄弟。

重八手里还握着最后一个鸟蛋，他伸手递给眼前小孩说："你吃吧！"

小孩怯怯地接过鸟蛋，迟疑了一下很快就把鸟蛋吞食了。朱重七不满地说："你不是说拿回家给母亲吃吗，怎么给他吃了？"

重八拍拍乌黑的小手，看着眼前可怜的小孩，没说什么。那个小孩却很懂事，吃完鸟蛋后紧跟在重八身后，似乎寻找到了保护神一样。重八也不嫌弃他，拉着他说："走，捡柴去。"

三个单薄的身影在林间穿梭奔波，日落西山时，他们才回到家中。这群贫穷人家的孩子多么像流浪在山间的小动物，饥渴无人疼惜，为了填饱肚子不

徐达像

得不想尽办法,掏鸟蛋,摘野果,只要是果腹之物都可以入嘴充饥。

很快,重八就知道了那个小孩的名字。他叫徐达,家里本有几亩田地,由于父母多病,变卖田产,竟也成了无业之主。小徐达比重八还小一岁,却不得不背上篮子为刘德家工作谋生,加入到捡柴的队伍中。

就在重八满心喜悦地捡拾柴草,自由自在地在山林间穿梭时,又一件让他深感不满的事情发生了。

怒斗王顺

这天,重八和徐达正围着树林乱转,忽然听到外面传来叫骂声,他们忙寻着声音跑过去。却见王顺正在殴打一位老人。老人是本村的张三公,重八经常去他家玩,听他讲故事。看到三公挨打,小重八怒火中烧,握紧拳头说:"王顺又欺负人。"徐达点点头,轻声说:"大坏蛋。"

他们躲在树后,看到王顺走了,急忙跑过去拉起三公,扶着他坐下歇息。重八问:"三公,王顺为什么打人?"

三公叹气说:"唉,还不是捡了他家的柴草。"

重八不解地问:"哪是他家的柴草?"

张三公看看重八,再次叹口气说:"你们不知道,这片山林本来是村里人共同拥有的,可是自从元人坐了天下,收取的税租五花八门,像什么撒花钱,常例钱,弄得我们晕头转向。那一年,也不知道为了什么,突然来了一群元兵,说刘德缴了所有税租,就把山林划归给他了。我们这个地方的百姓多年依靠这座山林取柴用,刘德霸占山林后就不让其他人捡拾柴草了。冬天来了,不备点柴草怎么度日？刘德就对大伙说了，你们想烧柴好办，拿钱买不就得了。可怜我们穷苦百姓，吃不饱，穿不暖，还要拿钱买柴草，这不是要逼死人嘛。"说着，他眼里泪水闪烁，早已泣不成声。

重八气愤地折断手里的树枝，扔到一旁说："三公，你别担心，我捡了柴草给你送去。"

张三公忙说："不用了，不用了，你家里人口多，需要的柴草也多。我一个孤苦老人，怎么都好应付。"他说完后，又坐了半天才跟跟跄跄地转身回家。

这件事让重八郁闷了很长时间，他常常蹲在大树上半天也不下来，既不工作，也不玩耍。徐达忍不住喊他："重八哥，你在干什么？快下来抓蚱蜢呀！"

重八不答腔，心里十分郁闷。终于有一天，他开口问三哥和徐达："你们说刘德霸占了这片山林，穷人连柴草都要花钱买，这样是不是不合理？"

朱重七闷闷地回答："这有什么，人家是地主，山林是人家的。"

徐达说："不对，山林本来是大伙的。"

朱元璋像

重八接着说："对啊！山林本来是大伙的，现在被刘德霸占了，我们不得不为他捡拾柴草，那些捡不到柴草的人冬天都会冻死、饿死。"从重八关心的事情中可以看出，他开始关注社会和民生,开始思考许多社会现象。正是他勤于观察和思考的特性,决定他在将来的岁月中渐渐超出一般少年,将自己锻炼成关心国家天下的人才。苦难的岁月并不可怕,可怕的是丧失了善良和进取的心胸,那么人就变成了一个废物。

几个孩子议论着令他们困惑的大事,不知不觉已经天黑。这时,村子里炊烟袅袅,不时看见归巢的鸟儿拍打着翅膀在空中徘徊低飞。该回家了。他们背起篮子,顺着林间小路边说边笑向村子走去。到刘德家时,天完全黑了,负责查收柴草的大爷赶忙卸下他们的柴草,让他们回家吃饭。他们蹦跳着走出后院,却听有人喊叫一声:"唉,你们几个听着,今天又偷鸟蛋了吗?"

重八三人吃了一惊,忙回身看,只见王顺叼着烟袋站在那里,贼眉鼠眼地盯着他们。重八三人你看看我我看看你,不知道他想干什么。王顺皮笑肉不笑地说:"偷就偷,没偷就没偷,藏着干什么。来,交出来吧!"原来他想讹几个孩子掏的鸟蛋。

重八拧着眉头,不客气地说:"没有,我们没有。"说完,拉着三哥和徐达转身就走。

王顺上前几步拦住他们,伸手推了重八一下,吓唬他们说:"交不交,不交我就告诉老爷,以后不让你们捡柴了。"

重八怒火中烧,冲王顺嚷道:"鸟蛋又不是你的,为什么要交给你?"

"山林是老爷的,里面的鸟是老爷的,鸟生的蛋当然是老爷的。"王顺如数家珍地数落着,"你们偷吃老爷的鸟蛋,老爷知道了肯定生气,生气就会把你们赶走!你们每天乖乖把鸟蛋交给我,我保证不告诉老爷,这样对你我都好不是吗?"

看着他一脸无赖样,重八打从心里厌恶他,瞪了他一眼,愤愤地说："我们没有,就是有也不交给你! 你死了这条心吧!"

　　王顺见他们不听自己的话,张牙舞爪就要揍人。重八手里恰好有根木棒,准备拿回家练习武功呢! 顺势一挡,正好打在王顺的脸上,疼得他捂着脸乱叫。重八见状,忙拉着三哥和徐达夺路而走,跑回各自的家中。

　　这件事过后,重八三人一直很担心,害怕王顺找他们算账。奇怪的是,过了几天,依然风平浪静,好像什么事也没发生。这天,三人聚在林子里议论此事,朱重七不安地说:"那天不小心打了王顺,他怎么没报复我们呢?"徐达也说:"我这几天特别害怕,总怕他打我。"重八手里舞着木棒,镇静地说:"我以前也怕他,自从上次打得他哇哇叫后,我就不怕他了。他要是再来耍威风,我们一起打他。"重七忙说:"别别别,千万别再打了,他不找我们的麻烦就好了。要不,像上次一样被辞了工,回家少不了挨父母骂。"

　　不管几个孩子如何担忧,事情都不会按照他们的意愿发展。王顺强索鸟蛋不成之后,打算像上次一样告状,让刘德把重八赶走。说起刘德,他虽然吝啬贪财,却不至于像王顺那样无赖撒泼,听说几个孩子掏鸟蛋吃,不耐烦地对王顺说:"小孩子掏鸟摸鱼,这不是正常的事吗? 他们不糟蹋我家的财产就罢了,难道掏几个鸟蛋我也要管? 那片林子本来就不是我的,我好不容易弄到手已经得罪不少人了,我要是不让几个孩子掏鸟蛋,你这不是让那些穷人指着背骂我吗?"

　　王顺没想到刘德还有这副心肠,嗫嚅半天说不出话。这时,刘德的儿子刘小德突然窜过来,伸着头问:"哪有鸟蛋? 我也要,我也要!"

　　刘德刚想阻止儿子吵闹，突然眼珠一转，有了新主意。他忙对王顺说："对了，让那几个穷小子去掏鸟蛋，别忘了每天送给少爷几个玩。"

　　事情转瞬间有了变化，王顺呆愣半天才明白过来，随后像奉了圣旨一样跑走了。刘小德听说让别人送给自己鸟蛋玩，不满地说："我也要去掏，我也要去掏。"

　　刘德笑眯眯地安慰儿子："爬树危险，你在家里等着，风吹不着雨淋不着的多好啊。咱可不比那几个穷小子，他们掏鸟蛋为了填饱肚子，咱家里鸡鸭鹅蛋都有，冒那个险干什么。"边说边哄着儿子去读书了。

第三节　杀狗放牛

恶狗夺鸟

鸟蛋之事一波未平一波又起,王顺强索鸟蛋不成、告状失策,本以为无法刁难重八几人,没料到少爷刘小德帮了他的忙,催着他为自己要鸟蛋。王顺这下可高兴了,他马上跑到山林里狐假虎威恐吓重八,让他们必须每天交出鸟蛋,供少爷玩耍。

重八气愤地瞪着王顺,不接他的话。朱重七担心被辞工,忙点头答应。徐达站在重八身后,低声嘟囔着说:"哼,走狗!"

王顺传达完命令,得意洋洋地让重八立即上树掏鸟蛋。重八弯腰挎起篮子,理也不理转身去捡拾柴草。王顺气得瞪着眼睛喊:"你干什么? 叫你掏鸟蛋你没听见! 告诉你,你要不交出来小心挨揍!"

朱重七上前劝解:"您别急,重八都是上午捡柴,下午掏鸟蛋,您放心,下午肯定完成您交代的任务。"

王顺与重八交过几次手,想了想觉得似乎拿他没有办法,听了劝解歪着头嘴里嘟囔着走了。

山林里,三个孩子一边捡柴一边讨论,到底要不要把鸟蛋送给刘小德? 朱重七说:"当然要送给他了,他是少爷。"徐达说:"少爷又怎样? 他想要怎么不自己来?"朱重七说:"人家少爷都在家读书，才不会掏鸟蛋呢！"徐达说："你要送你送，我就是不送！"

重八见他们两人吵得脸红脖子粗，互不相让，制止他们说："别吵了，送就送，不就是几个鸟蛋嘛，我以后天天给他送去。"

徐达着急地说："重八哥，你害怕了？为什么要送给他？"

朱重七拉着徐达说："你不害怕你别送，别怂恿重八！"

重八弯腰捡起一根木柴，挥舞两圈，看着徐达说："王顺欺负人，可是少爷没有欺负我们，他也是个小孩，送给他没什么。"

听了这番解释，徐达摸摸脑袋，似乎明白了些道理。朱重七没想到弟弟这么痛快答应此事，高兴地说："就是啊！重八说得对，少爷也是个小孩，我们用不着得罪他。"

这件事情就这样定了下来。此后，重八每天都要上树掏鸟蛋，久而久之，山林里的鸟窝被掏遍了，哪还有鸟蛋。这天傍晚，他到刘德家说明此事，希望少爷不要继续催讨鸟蛋了。

刘小德从小娇生惯养，只知道吃喝玩乐。这几天，他天天玩鸟蛋，要么扔着玩，要么打碎了玩，要么煮熟了喂狗，要么放到树丛里孵小鸟，正玩得起劲，听说鸟蛋没了，坐在地上哇哇大哭。

刘德心疼儿子，忙拉起小德安慰说："有有有，父亲叫他们继续掏，你别哭，别哭，小心哭坏了身子。"说着，转过脸怒气冲冲训斥重八："看见了吧！少爷还要鸟蛋，你赶紧想办法去弄！"

重八垂头丧气地回到家里，对家人说了刘小德哭闹催逼的事，皱着眉头说："我都掏遍了，哪里还有蛋呢！"

陈二娘正端着簸箕收拾粮食，回头说："你再四处转转，应付过这几天。听说少爷快过生日了，刘德打算让你父亲去他家做豆腐呢！你别得罪他们，要不你父亲就不能去了。"

朱五四咳嗽几声，走进屋子，他手里攥着一把弹弓，递给重八说："我给你做了个新弹弓，你要是掏不到鸟蛋就打鸟，少爷也很喜欢鸟。"

一家人为了不得罪刘德家，可谓费尽心思。重八明白他们的心思，硬着头皮继续四处上树掏鸟蛋。不管是山林还是树丛，不管是野草坡还是黄土岗，到处都留下小重八辛苦奔波的足迹以及瘦小却顽强的身影。

时光匆匆流逝，小重八在奔忙中一天天成长着。冬季是农村

朱元璋像

最为宁静的时节，田里的庄稼收获完毕，家家户户不用日夜在田间操劳，没有工作可做的人开始蹲在村口或躺在草垛上晒太阳。孩子们三五成群，玩各种有趣的游戏，你争我吵，为寂静的村庄增添了不少情趣。这天，重八和徐达跑出村子老远才掏了一窝新出生的小鸟，他们捧着小鸟兴高采烈地回去交差。路过村口时，看见汤和跟几个小孩正在玩打架游戏，他们每人手里拿着一根木棍，玩得正起劲。重八忍不住跑过来，也要加入"战斗"。汤和扔给他一根木棍，允许他加入打架游戏。徐达捧着小鸟喊："重八哥，这些鸟怎么办？"重八头也不回："你去交差吧！交完差回来玩。"

徐达不情愿地噘着嘴走了。重八早就手舞足蹈地加入打斗

游戏中。这些日子的奔波锻炼了他的体魄,他身手敏捷,手中木棍左挥右舞,一时间压制住所有孩子的进攻。汤和是这群孩子的头,他看重八十分勇猛,高兴地为他加油喝彩。

就在他们玩得开心时,徐达哭叫着跑回来,他断断续续地说:"小鸟……小鸟被狗吃了。"原来,徐达捧着小鸟去刘德家时,路上突然窜出一条黄狗,徐达害怕,手里的小鸟滑落到地上,黄狗立刻扑过去三两下就把小鸟吃了。

重八一惊,拖着木棍就去找吃鸟的黄狗。汤和招呼一声,所有孩子都跟着跑去。那条吃了小鸟的黄狗,正在路边草丛里假寐,猛然听到急促的脚步声,一下子惊醒了,竖起了耳朵听动静。重八赶到黄狗面前,看着地上还有散落的羽毛,怒不可遏,举起木棍就打。黄狗好像知道犯了错,迅速跳开,一溜烟逃走了。看

徐达像

着远去的黄狗，重八想了想，并没有追赶，而是摸摸身上的弹弓，自言自语地说："等着吧！早晚有一天我会收拾你。"后来，他果然联合几个伙伴射杀了那条偷吃小鸟的黄狗。为此，他们还美餐了一顿，一个个摸着滚圆的肚皮，好不惬意。也是，这群孩子长这么大，恐怕还没有如此开怀地吃过肉呢！

丢了小鸟，重八免不了挨刘德父子责骂。不过，刘小德不再喊着要鸟蛋、小鸟了，他过生日时收到不少礼物，好吃的、好玩的样样俱全，哪还顾得了玩鸟。从此以后，重八又恢复了轻松自由的日子，天天与汤和、徐达等人在一起玩耍，贫穷的时光倒也充满乐趣。

谁能料到，就是这几个不起眼的草根孩子，日后成了开创大明江山的帝王将相，他们南征北战，驰骋沙场，为大明王朝的创立立下了万世战功。朱重八开国做天子，徐达封魏国公，汤和封中山侯，荣华富贵集于一身，英明功绩流传后世。

打斗游戏

穷苦岁月中，朱重八与一帮小兄弟玩耍，度过了一段快乐的时光。日复一日，万物复苏，春天来了。每年这个时候都是穷苦农家最难熬的日子，青黄不接，衣食无着，只有靠勒紧腰带过日子。美好的自然风光与生活状况如此不协调，真是让人叹息唏嘘。生活总是非常现实和残酷，光有哀叹不管用，要紧的是填饱肚子。

重八已经八岁了，个头高高的，脸庞瘦瘦的，一双大眼睛忽闪忽闪格外明亮，分外有神。最近，他父亲又为他讨了个工作——给刘德家放牛。从此，小重八成为孤庄村的一个放牛娃，日日赶着牛群在山坡上吃草放牧。说起放牛这个差事，在孤庄村也算常见，大多数孩子八九岁以后就要为自己家或者他人放牛，度过自己的童年时光。重八家是佃农，租种田主的田地，当然没有耕牛，只好为他人放牛，换取的报酬就是可以用他人的耕牛来为自己家耕田。春天正是耕种的时节，重八为刘德家放牛，那么他家就可以用刘德家的牛犁田。

放牛娃重八的伙伴很多，除了徐达、汤和外，还有周德兴。他们几个人有的为自己家放牛，有的为别人家放牛，成了非常要好的放牛朋友。一群要好的小伙伴聚在一起放牛，日子过得倒也相当开心，他们只需要把牛群赶到草地上让它们自己吃草，就可以开始玩耍了。

大多数时候，这群男孩子喜欢打斗，喜欢比拼力量和勇气。一天，他们像往常一样把牛群赶到草地上，然后飞快地跑到树丛下，从树底下找出昨天藏好的武器——诸如木棍、木刀、弹弓等等，准备开始新一天的打斗游戏。重八有一把非常结实的木刀，是他大哥为他制作的，虽不美观，但在孩子们简陋的武器当中，也算比较出色和引人注目的，为此，重八暗暗得意了很长时间。

几个孩子挥舞着武器正要开始打斗玩耍，突然听见远处传来笑骂声。他们顺着声音望去，原来附近村子的一群小孩们也在放牛，看见重八几人玩耍，有意取笑他们。汤和平时与这几个小孩不和，见此便跑到前面骂道："笑什么，有胆子你过来打一架！"那几个小孩听到挑战，笑得更厉害了，一个孩子还说："打架？就你们几个吗？"汤和脸色通红，挥着木棍就想冲过去。重八一把拉住他，高声对那几个小孩说："怎么打？你说出个办法，我们奉陪到底！"

经过一番商量，对方提议一对一单打独斗，重八当即否定说："一对一不是本事，有能耐我们排兵布阵打一仗，那才是真正的作战打仗呢！"听了这话，孩子们有些莫名其妙，他们从来不知道排兵布阵一词，更不知道如何去做。徐达悄悄问："重八哥，什么叫排兵布阵？"朱重八一挥木刀，低声说："你忘了昨天张三公讲的故事了？！"

徐达眨眨眼睛，这才记起昨天的事。昨天，他们正在这里放牛，张三公背了个包裹从远处走来，看到几个孩子就过来歇脚。重八听说他去城镇赶集了，便缠着他讲讲外面的事情。张三公孤身一人，特别喜欢孩子，经常为他们讲故事，看到他们手里拿着木棍、木刀的，想了想，就对他们讲起了古代的战争故事。张三公小时候读过书，还听过很多关于宋元之间的战争，因此对战争十分熟悉。这次，他为几个孩子讲了诸葛亮唱空城计的故事。重八听说诸葛亮一人退了司马懿十万大军，惊讶地赞叹说："诸葛亮真有胆量！"张三公笑眯眯地说："诸葛亮能掐会算，有头脑。后来司马懿眼睁睁看着诸葛亮带着兵马撤退了，称赞他懂得排兵布阵。"重八点点头，对战争有了新的理解，也记住了排兵布阵这个词语，认为这是战争中超出力量和勇气的东西。

今天，重八就提出排兵布阵与对方较量。对方几个孩子商量一下，同意了重八的提议。重八立即安排汤和带领周德兴占领一处小土包，他和徐达埋伏在半路草丛中等待对方进攻。对方小孩子只知道乱打乱杀，一窝蜂地朝着小土包冲过来。汤和和周德兴站得高看得远，从高处俯冲进对方的队伍中，气盛力大，杀得对方只有招架之功，没有还手之力。这时，重八带着徐达从后面冲出来，将对方团团围在中间。

　　经过一番打斗,对方认输投降。他们觉得这样的游戏很好玩,便不再嘲笑挑衅重八几人了。从此,这群放牛娃经常在重八的指挥下玩些打斗游戏,玩得倒也开心自在。小重八在伙伴中的地位逐渐提高,成为大家的领袖。

　　他们除了打斗之外,还喜欢到附近的河沟抓鱼,在草地上寻觅可以吃的野果菜根。夏天到了,他们会拿着长长的竿子粘知了。在这些活动中,小重八表现出许多与众不同的特点,比如捞鱼时,他总能发现鱼多的地方,然后大公无私地告诉大家,让大家一起捞,因此大家都很尊重他,也乐于听从他的安排和指挥。重八还会讲故事,他记性好,理解能力也强,往往他与伙伴们在村头一起听的故事,其他孩子转眼忘了,可是重八就会牢牢记在心里,并且能够根据自己的想象编出新故事,为同伴们讲述。所以,闲暇时大家围在他身边听故事,也成了他们童年时光的一大乐事。

　　总之,当放牛娃的这段日子,成为重八一生当中最无忧无虑、最快活的时光。不管是春天的早晨,还是夏日炎炎的午后,或者晴空万里的深秋,孤庄村外的草地上总有他们的身影和欢乐的嬉闹声。蓝天下,碧草间,牛儿默默地啃食着青草,小伙伴们凑在一起游戏、玩耍,度过了一段快乐的时光。

　　尽管生活艰难,这群穷孩子还是发现了生活中的许多乐趣,却不知道这种简单、贫穷却又美好、快乐的时光能够持续多久?

第三章
结朋交友 人穷亦有鸿鹄志

　　放牛是重八童年时代生活的主题，他日日与伙伴们一起在山坡地上驱赶着牛群，自由自在地玩耍娱乐。这群草根孩子在共同成长的岁月里，缔结了纯真的情谊。他们玩做皇帝的游戏，烤吃小牛犊。小重八的放牛生涯还有哪些传奇的故事？他又为什么能够成为伙伴们的领袖，带领他们与地主进行抗争？

　　苦难的生活没有消磨重八的意志，他怀有大志，心胸远大，对于时事和人生的关注与众不同，常有惊人的见解。有一次，他不愿意下田劳作，受到父亲责骂。这时，他脱口说出自己的志向，让家人大吃一惊……

第一节　当皇帝的游戏

一首民谣

就在朱重八在淮河岸边度过贫苦却不乏快乐的童年时光时，元王朝内部正在经历着剧烈的、血腥的权势之争。从公元1321年到1333年，短短的十二年间更换了七个皇帝。权力更迭，篡位夺权者采取非常手段彼此攻击残害，大大削弱了本来就缺乏稳固统治的元王朝，也给广大百姓带来深重的影响。

说起公元1333年继位的元顺帝，他本是元明宗的长子，其继位经历非常离奇曲折。元明宗是元武宗的长子，武宗死后，皇位让弟弟仁宗继承。仁宗不按照预先约定将皇位传给明宗，而是将其传给自己的儿子英宗。结果，明宗联合其父武宗的旧臣和亲信造反，在阿尔泰山一带自立为王。英宗做了三年皇帝后被刺身亡。因元朝建立时间短，他们由奴隶社会直接过渡到封建社会，内部统治不够完善。此时，追随元朝开国皇帝忽必烈的功臣后代大有人在，势力很大，他们拥立忽必烈的长孙后人也孙帖木儿称帝，称泰定帝。可是朝廷内部拥护武宗一脉的人也不少，他们打着武宗是忽必烈次子后代的名号，坚决拥立武宗后人继位，因此纷争不断。

泰定帝像

泰定帝做了六年皇帝后一命呜呼，权臣燕帖木儿实时发动政变，迎立远在边陲的明宗。为了稳定人心，他首先让明宗的弟弟文宗继位，然后慢慢迎接明宗。可想而知，追随明宗十余年的大臣们不会服从燕帖木儿的安排，对他首先迎立文帝极为不满。双方由共同作战的友人转眼间成为拔刀相向的敌人，燕帖木儿一怒之下毒死明宗，带着皇帝宝玺跑回大都，继续拥立文宗。

但文宗对明宗的两个儿子很不放心。文宗将明宗八岁的大儿子妥欢帖木儿流放高丽，禁锢在一个海岛上，不许他与其他人交往，并将四岁的老二伊勒哲伯留在大都严加看管。三年后，文宗撒手人世，临死前对自己毒死哥哥夺取皇位的做法十分后悔，于是诏令明宗的儿子继位。燕帖木儿无奈之下只能拥立留在大都的七岁的伊勒哲伯继位，史称宁宗。可惜，宁宗命薄，做了四十三天皇帝就死了。燕帖木儿有意拥立文宗的儿子，文宗皇后却执意执行文宗的遗训，命他迎立明宗的大儿子。就这样，不满十二岁的妥欢帖木儿如履薄冰般登上了皇帝的宝座，他就是元朝末帝顺宗。

不久，权臣燕帖木儿去世，政权落在大臣伯颜手里。从此，经过十几年皇位更迭的元朝得到片刻安息。不过，新权臣伯颜很快就暴露出凶残的本性。他为了独掌朝政，残害燕帖木儿的儿子，制造了一起起血腥案件。同时，伯颜推行与汉人分化治理的国策，强化蒙古贵族地位和特权，进一步加深了民族矛盾，导致各地汉人时有叛乱发生。

伯颜像

乱纷纷的朝廷更迭和残暴统治，直接带给老百姓更加深重的灾难，他们既要担负沉重的赋税徭役，还要忍受各级官吏的剥削欺压，稍不小心就被冠以反贼罪名，株连九族，死得很凄惨。这种胆颤心惊的状况波及全国各地，就连在草地上放牛玩耍的重八等孩子也有所耳闻。这群少年最近听到一首民谣，便乐此不疲地传唱着："天雨线，民起怨，中原地，事必变。"传唱声中，他们似乎感觉到一股无形的力量在聚拢，在膨胀，在不停地召唤着他们。

村头草地，孩子们的传唱非常自由，一天，重八站在高处大声吆喝着，徐达站在他身后随声附和。他们吆喝够了，坐在地上休息，一群孩子围拢过来。重八将身边的筐篓拉过来垫在屁股底下，说："听说山阳闹大水灾了，淹死不少人，房子、牲畜都冲走了。"汤和说："那人怎么办？还不得四处逃荒。""当然得逃荒了，"另一个孩子接嘴，"我们家就是逃荒逃到这来的。""是呀！"重八说："我家也是。"他们数了数，八个孩子中竟然有四家是逃荒来此的。

孩子们议论着逃荒灾难,一个个心神慌乱,似乎灾荒马上就要降临。顿时,往日欢乐的气氛消失了,取而代之的是恐惧和惊慌。大家沉默许久,汤和重重地跺跺草地,低声说:"听说皇帝是个小孩,管不了事。"孩子们立即伸过头来,听他叙述遥远的朝堂之事。

原来,汤和有一个亲戚在县城做小吏,有时候到他家与他父亲喝酒聊天,汤和便有机会听他们议论国家大事。重八忙问:"皇帝怎么会是个小孩? 他不管事谁管事?"当时,民族之间矛盾很深,元朝统治者不敢重用汉臣,许多有才华的汉人只能担任官府小吏。

徐达恨恨地说:"鞑子有什么好东西,鞑子皇帝也好不到哪里去!"汉人们痛恨元朝统治,往往称呼蒙古贵族为鞑子。

汤和神秘地说:"我听说鞑子们抢着当皇帝,打起来了,换了好几个小皇帝了。"重八听到这,眼睛里闪着光彩,不禁脱口而出:"打得好! 把小皇帝打跑,我们就可以当皇帝坐天下了,中原大地本来就是我们汉人的。"

周德兴笑着说:"皇帝由小孩轮流做,我们也是小孩,我们也来玩当皇帝的游戏吧!"在他看来,皇帝接二连三地更迭,就像一种游戏。孩子们一听,先是一愣,继而哄笑着表示赞同。

稳坐"皇位"

听说玩当皇帝的游戏,孩子们的反应很激烈,你争我吵都要当皇帝。汤和岁数最大,见闻也广,他制止了大家的吵闹,认真地说:"你们知道吗? 当皇帝要坐龙椅,谁坐稳了谁才能当皇帝。"

重八记起听过的隋唐故事,招呼大家聚在一起,为他们讲了瓦岗寨众英雄轮流坐宝座,结果只有好汉程咬金坐稳的故事。隋朝末年,天下大乱,反王并起,瓦岗寨上聚集了一帮英雄好汉,他们攻击官府,打算推翻隋炀帝的暴虐统治。后来,英雄好汉越来越多,大家就要推举一位领袖,可是谁做领袖合适呢?有人想出一个办法:准备一个华丽的宝座,谁能坐上去并且坐稳了,谁就当领袖。大家听了这个故事,七嘴八舌地说:"我们也来搭个宝座,谁坐稳了谁就当皇帝。"

"好!"重八当即同意,带着伙伴们七手八脚开始搭建宝座。他们就近取材,用随身携带的筐篓搭建宝座,他们先在最低层摆放四个筐篓,然后一层层迭上去,最上面放上一个,就是龙椅。金銮宝座建成了,为了演得逼真,几个孩子还把草叶子撕成细细的长丝,围在嘴边当胡须。有个孩子跑到河边捡块木板,顶在头上喊:"瞧,这是皇帝的帽子。"

孩子们兴奋地忙着,这个游戏充满了乐趣,也充满了期待。终于,一切工作准备就绪,大家开始轮流登上宝座试验当皇帝。汤和率先迈步跳上筐篓,很快就爬到最上层。他挪动屁股刚要坐上去,就见筐篓一晃荡,最上面一个滚落到地上,看来汤和坐不上皇帝宝座。

接着,周德兴小心地放好筐篓,慢慢爬了上去。就在他快要接近最上面"宝座"时,筐篓像上次一样滚落在地。随后,又有几个孩子轮流攀爬,都没有成功。后面只剩下徐达和重八了,徐达说:"重八哥,你先上,你一定行。"重八笑着说:"好,我试试!"

朱元璋徐达对弈图

就见重八轻捷地攀爬上筐篓,然后轻轻一跳,正好坐到最上面的"宝座"里,不偏不倚,好像这个座位是专为他设置的。孩子们发出一阵欢呼,高喊着:"重八当皇帝了,重八当皇帝了!"汤和立即招呼大家说:"重八是皇帝,我们都是大臣,我们要磕头跪拜。"果然,一群孩子俯身磕头,有模有样地施礼参拜。

再看坐在"宝座"上的重八,目不斜视,接受跪拜时心平气和,毫无戏耍之态,威风凛凛的样子俨然是皇帝的气度。重八稳稳地在"宝座"上坐着,徐达捡起地上的木板递给他让他当皇冠,重八比划一下,样子更加像皇帝了。

后来,徐达也试着攀爬宝座,不过照样没有成功。从此,这个游戏成了这群放牛娃特别爱玩的活动。他们怀着各样心态挑战"宝座",用了各种方法试图坐稳"宝座"。奇怪的是,除了重八外,其他人无一达到目的,没有人能够坐上"宝座"。而重八呢?他每次都能轻松坐上宝座,并且坐得稳稳当当,想坐多久就坐多久,接受小伙伴们叩头参拜,一点也不含糊。小孩子们信守承诺,大家觉得重八能够坐稳宝座,就是他们的皇帝,所以开始称呼重八"皇帝"。在他们心里，重八本来就是个有勇有谋、仗义豪爽的人，因此，渐渐把他当作真正的领袖，心甘情愿听从他的安排或者指挥。

自从坐稳"宝座"，重八心中也燃起说不清的火苗。他常常猜想现实中的皇帝究竟是什么样子，为什么他远在大都，天下百姓却要听他的命令？想来想去，他觉得不明白的地方太多了，于是暗下决心，将来有一天自己也要做个真皇帝，赶走鞑子，让老百姓过上好日子。当然，这些想法在一个孩子的心中不会停留很久，不过不时萌发的念头已经让他超越了伙伴，超越了许多逆来顺受的穷苦大众，其中就包括他的父亲朱五四。

有一天，汤和在大门外直呼重八皇帝，朱五四听见了，大吃一惊，训斥他们，不让他们乱来。重八顶撞说："您怕什么，我要是做皇帝肯定要比现在的皇帝强，我们都不用忍饥挨饿了。"朱五四拿他们没辙，气得吹胡子瞪眼，叫骂着不让他回家吃饭。

骂归骂，朱五四对这个老来子一直十分疼爱，看着重八远去的身影，兀自摇着头说："你要当皇帝，好啊，我们一家人就吃饱穿暖了。"他念叨着这件事回家，告诉了妻子陈二娘，二娘说："你也别小看重八，我看他聪明机灵，心胸豁达，比他的哥哥们都强，将来肯定有出息。听说村里的私塾又开始招生了，让重八去读读书吧！要不家里没个识字的人，走到哪里都要受人欺负。"

朱五四闷着头，他不是不想让孩子读书，只是读书就要花钱，他这样的佃农哪有能力供孩子念书？大儿子刚刚娶了媳妇，大女儿出嫁不久，二儿子和二女儿马上就要到说亲的年龄，三儿子和重八正是成长的时候，天天叫喊着吃不饱。送重八去念书，他能担负起书本费、学费吗？可是在六个孩子中，有五个一字不识，要是重八再不念点书，自己一家就像二娘说的一样，走到哪里都会受人欺负、被人瞧不起。

　　就在夫妇二人为重八念书的事发愁时，一件让他们意想不到的事又发生了。

第二节　杀牛悬尾

杀牛充饥

来年的初夏时节，淮南大旱，钟离县遭受大灾，草枯地荒，使得本来青黄不接的时日再添新愁。灾害面前，孤庄村百姓肩挑手抬，运水耕种，与干旱抗争，希望能够维持今年的收成，保住家人的性命。

这时，重八等放牛娃的工作也加大了：草地干枯，牛儿无法吃饱，他们只好赶着牛群远离村庄，走很远的路程放牧，牛儿才能吃饱。这就苦了几个放牛娃，他们每天吃不饱饭，却要赶着牛群走很远的路，其辛苦可想而知。

这天，他们赶着牛群走了一程又一程，来到离村子很远的一座小山下才停住脚步。山上树木稀疏，草叶枯黄，显得十分荒凉。好在此处远离村庄，很少有人前来放牧，不算丰茂的草木暂时还能满足牛群的需求，一头头牛慌忙低头吃草。

重八几人看着牛儿吃草，跑到树旁或者草丛里寻找可以吃的东西，诸如小野果、小蚱蜢等等。可惜寻觅了半天，收获甚微。几个孩子跑累了，仰头躺在草地上休息，他们摸着瘪瘪的肚皮，谁也不肯开口说话。

日头越升越高，阳光越来越刺眼，几个孩子浑身疲乏无力，一个个懒洋洋的,似乎再也不想站起来了。也不知道过了多久,空中突然飘来云朵。很快,黄色的云朵聚集成团,变成昏黑一片。紧接着狂风骤起,呼啸着卷起阵阵尘埃,雷声轰鸣,闪电霹雳,似乎有千军万马吼叫着俯冲向大地,转瞬间豆大的雨点铺天盖地砸下来。孩子们措手不及,惊慌地跳起来,飞快地跑到山崖下一个山洞中避雨。

牛群"哞哞"地叫着,跟随孩子们狂奔,也来到山洞前。大雨不停地下着,狂风不住地肆虐,天色昏暗,躲在洞内的孩子们衣衫单薄,又冷又饿,一个个缩成一团,紧紧地依偎在一起,眼巴巴地等着雨停风歇。可是老天爷似乎有意跟孩子们作对,整整半年滴水未下,今天似乎要下个够。最后,孩子们坚持不住了,一个个吞着口水喊饿。汤和身上带了把斧头,他本想路上遇到小野兽可以砍杀充饥,哪会想到自己被困在洞里出不去,真是有力使不上。徐达从汤和背上扯下斧头,说:"前几天我们还用它杀了只野狸,味道真不错。"他这一说,其他孩子都记起那只野狸的美味,一个个肚子里咕咕作响,饿得更厉害了。

天色完全黑下来,已经到了夜里。重八见洞里有不少柴草,就用火石打着火,点起柴草烤火。火光映照着一群终日难以吃饱饭的孩子的枯黄面容,让人备觉凄惶心酸。一个最小的孩子手里攥着一根木柴,放在火上烤了烤,张嘴就去啃,木柴一下扎破嘴唇,他疼得哇哇叫。其他孩子见状,皱着眉头,有气无力地说:"老天爷要把我们饿死在这里了。"

重八站起来,迈步走到洞前,一群牛正湿答答地站在那里,看起来垂头丧气、精神不振。一头小牛犊歪歪斜斜地挤在牛群中,似乎无力支撑自己的身体。看着这头小牛犊,重八心里突然闪起一道亮光，他兴奋地回到洞内，大声对孩子们说："有办法了，有办法不挨饿了。"

听到这话，孩子们来了精神，一个个瞪起眼睛，握起拳头，脸上闪动着希望的光彩，七嘴八舌问："什么办法？""哪里有吃的？""吃什么？"

重八指着洞口的牛群，斩钉截铁地说："杀了那头小牛犊，足够我们几人吃顿饱饭。"

徐达立即捧出斧头交给重八，重八摆摆手说："你们等着，我把小牛犊牵过来，然后我们动手杀牛。"说完，他拿根绳子走到小牛犊面前，轻轻套住它的脖子，很快就把它牵到洞内。小牛犊出生才几个月，经过风吹雨淋已经非常虚弱，被重八牵进洞内就趴在火堆旁不起来了。汤和拿过徐达手里的斧头，瞅准牛头砍下去，这一下砍得正准，小牛犊哼也没哼就毙命了。

顺利杀了小牛犊，孩子们高兴地拍手叫好。接着，汤和用斧头将小牛剁成几块。重八指挥着大家剥皮割肉，架起篝火，用木棍叉着牛肉烤着吃。不一会儿，洞内肉香四溢，孩子们口水都流下来了。第一块牛肉烤熟了，大家你一口我一口狼吞虎咽，眨眼就把肉吞到肚子里。很快，第二块熟了，第三块、第四块……不多时，一头小牛犊就只剩下一张残缺的牛皮，一堆骨头，还有砸扁的牛头和一根牛尾巴。

再看一群孩子，一个个满嘴流油，小肚子鼓鼓的，精神焕发，兴高采烈，再也没有人愁眉苦脸、喊饥叫饿了。他们有的躺在火堆旁，有的跑到洞前看雨，有的你推我拉斗着玩。徐达坐在重八身旁，擦擦油光的嘴唇，刚想说什么，突然睁大眼睛呆住了，重八看他一眼，不解地问："怎么啦？哪里不舒服？"徐达呆呆地看着重八,好一会儿才哭咧咧地说:"我们把刘德家的牛吃了,回去怎么交差?"

这句话犹如晴天霹雳,震惊了洞内所有的孩子,大家聚拢在重八身边,直愣愣瞅着他,喜悦、满足的气氛一下消失了,取而代之的是恐惧和惊慌失措。

牛头山和牛尾山

沉默了一会儿,十岁的重八镇定地说:"这件事情我已想好怎么办了。"说着,他低声对大家说出了自己的想法。聪颖胆大的小重八了解刘德的贪婪吝啬,他知道如果告诉刘德几个放牛娃饿得受不了,吃了牛犊,刘德一定会暴跳如雷逼着他们吐出牛肉来。几年前的丢鹅事件曾经让他吃了大亏,这次他想出个新办法:他决定对刘德说下大雨时,电闪雷鸣,山头被炸裂了条缝,小牛犊不小心掉进去出不来了。

毕竟都是十来岁的孩子,他们听了重八的主意,点着头说好,认为这样一定可以瞒过大地主刘德。周德兴还补充说:"刘德最怕山神了,有一次我看见他在我们村的山林里磕头。"孩子们信心大增,重八指挥大家埋好牛骨、牛皮,只留下牛头和牛尾巴,然后倒在洞内呼呼大睡。

第二天一早,雨停风歇,重八带着伙伴们跑出山洞,带着牛头和牛尾巴寻找安插的地方。他们发现山洞对面有一座小山头。重八抱着牛头跑过去,找到一处凹陷之地,把牛头放进去,上面盖上一块石头。然后,他转到山头的背面,把牛尾巴使劲插到山缝里,拍拍手对大伙说:"我们就说小牛掉进这座山里了,刘德要是不信,就让他亲自来看看。"看着如此逼真的场景,孩子们放心地高声叫好。徐达还跑过去扯扯牛尾巴，牛尾巴一动也不动，他惊喜地说："牛尾巴长在山上了。"周德兴神秘地说："肯定是山神帮助我们。"于是重八带着几个孩子合掌在山前祈祷，祈求山神帮助他们逃过一劫。

朱元璋像

随后，他们打扫洞内现场，赶着牛群慢悠悠转回村子。再说村里的大人，昨日一天一夜狂风暴雨，不见放牛娃们的身影，他们早就担心死了，三番两次跑到村口路边打探消息。地主刘德也很担心，他担心自己的一群牛，要是牛群被洪水冲走了，那损失可就大了。大家在焦躁中度过了一个上午，仍然不见放牛娃们的影子。中午，有些人家开始分头外出寻找。就在大家各怀心事，企盼放牛娃们归来时，远远传来重八等几人欢乐高亢的笑闹声。顿时，人们放下心来，知道这群孩子没有遇到危险。

重八他们雨后赶路，走得比较慢，再加上牛群一路吃草饮水，到家已是午后。刘德看到牛群回来了，望着一头头肚腹饱满的牛，眉开眼笑，念着阿弥陀佛说："感谢老天爷，我的牛没有被冲走，过几天我一定去庙里烧香磕头。"他语无伦次地感激神仙，对这群一天一夜没有回家的孩子却毫无表示。孩子们面面相觑，忐忑不安地等着他追问小牛犊的事。

果然，刘德细心地将牛一头头赶进牛栏时，发现自己的小牛犊不见了，他先是一愣，继而面容骤变，怒视着放牛娃，从嘴里蹦出几个字："小牛犊呢？哪去了？"孩子们被他喜怒无常、恶狠狠的样子吓住了，一个个直往后躲。重八挺身而出，按照事先想好的，说牛犊掉进山缝出不来了。

刘德听了这话，先是责骂他没有看好牛犊，接着似乎明白了什么，嘿嘿地冷笑着说："掉进山缝里去了，世上有这种事吗？我看你人小鬼大，说，到底怎么回事？牛犊是不是让你们弄丢了？还是被你们吃了？"

听他说出"吃"字，几个胆小的孩子不由得捂着肚子，好像害怕被刘德看穿他们偷吃牛犊的事。刘德是个狡猾的地主，多年与穷人打交道，让他掌握了很多对付穷人的办法。他从孩子们惊慌的眼神中发现问题，逼着他们交代牛犊的下落。重八一口咬定牛犊掉进山缝里，并且说要是他不信，可以亲自去看。这时，前来寻找孩子的家长们陆续赶到，他们听说了事情的经过后，心疼孩子，纷纷求刘德暂时放过孩子，让孩子们回家吃饭再说。刘德没办法，只好打发这群放牛娃暂时回家。

刘德丢了牛犊，像丢了魂一样，坐卧不宁，茶饭不思。他想来想去，决定亲自去丢失牛犊的小山查看清楚，于是不顾天黑路滑，带着王顺急匆匆赶往小山。重八他们听说刘德去了小山，商量后抄小路奔小山而去。结果，他们事先赶到小山，重八安排徐达和汤和钻进山缝里，两人拉住牛尾巴，又让两个孩子藏到放牛头的地方，见机行事迷惑对方。

刘德赶到小山时天色刚刚擦黑，他找来找去果然看到一座山缝里夹着条牛尾巴，急忙跑过去往外拉。里边徐达和汤和使劲攥着牛尾巴呢，刘德哪里拉得动。而且，奇怪的是，随着他拉动牛尾，山缝里传出"哞哞"叫声，好像小牛痛苦地喊叫，唬得刘德不轻，站在山前不敢轻易行动。

这时，王顺从山的另一侧找到了牛头，他扑上去就抱，哪会想到被早已埋伏在此的孩子伸腿绊倒了，咕噜噜滚下山坡，摔得龇牙咧嘴直叫唤。刘德和王顺围着小山转来转去，再也不敢下手拉牛头、牛尾。

天色越来越黑，王顺害怕地说："老爷，这山上不安全，听说有野兽出没，我们回去吧！"躲在山后的重八趁机模仿狼嚎叫了一声，吓得刘德靠在王顺身上，差点摔倒在地。他虽然舍不得牛犊，却又不敢停留，只好离去了。

这件事过后，关于小山吞食牛犊的神话就传开了。后来，人们把那座小山亲切地叫作牛头山，把牛尾巴指向的对面的小山叫作牛尾巴山。直到今天，两座小山还矗立在重八的家乡，似乎在印证着那段传奇的岁月，纪念那些传奇的人物。

第三节　人小志大

勇担罪责

　　尽管重八想了很多办法保护自己和同伴，但他们杀牛充饥的事还是暴露了。这天，刘德怒气冲冲地喊来重八等几个放牛娃，吓唬他们如果不承认吃牛的事，就要把他们捆绑起来去见官。几个孩子吓得面如土色，战战兢兢，重八再次挺身而出，从容地说："这件事是我提出来的，也是我逼着他们做的，与他们无关，要抓你就抓我吧！"说着，他伸出双手等待捆绑。

　　刘德几次与重八打交道，知道这个孩子有些胆识，今天见他果真带头偷吃了自己的牛，还如此狂妄大胆，不肯服软，气得围着院子转圈，指着重八骂道："你放鹅吃鹅，放牛吃牛，我看你是吃了熊心豹子胆，你比天王老子还要厉害。好啊！你想把我这点家当毁坏干净对吧？我可跟着你这帮穷鬼倒霉了。"重八顶撞说："我没有偷吃鹅，鹅是别人偷吃的。"

　　"谁，谁，谁偷吃的？"刘德口沫横飞，将重八逼到角落里，目露凶光。

　　重八毕竟只是一个十岁的孩子，面对凶暴的刘德，一时没有话说，心里乱七八糟地想着这些事情，不知道后果如何。刘德指着重八骂了个够，累得一屁股坐在台阶上不动了。刘德的老婆站在他身后，给他捶背捎肩，出主意说："既然牛已经被他们吃了，再打再骂于事无补，不如叫他们赔偿损失得了。"

刘德气哼哼地说："当然要赔偿损失，可是这几个穷小子怎么办？就这么放他们走岂不便宜了他们？你说，以后放牛娃都跟着他们学怎么办？我的牛还不叫他们吃光了！我的牛啊……"他说着说着，一把鼻涕一把眼泪地哭起自己的牛来，那样子比死了老子还要伤心十倍。

重八和伙伴们站在角落里，默默地听着刘德哭诉，从上午一直站到下午。后来刘德走了，他们依旧一动也不动地站着。到了晚上，依然没有人让他们离开。到了深夜，蚊虫嗡嗡飞鸣，叮咬他们稚嫩的手脚、脸颊，可是刘德就是不肯放他们走。

孩子们一天一夜没有吃饭。天快亮时，徐达一头栽倒在地，昏了过去。重八几人俯身呼救，好不容易才把他喊醒。看着徐达虚弱痛苦的神情，重八顾不了那么多了。他大步走到前院，正好遇到刚刚起床的刘德，他义正词严地说："一人做事一人当，这件事是我的错，你别再惩罚他们了。"

刘德睐着眼说："嗯，惩罚你？这是你说的，叫他们都走，你继续留下来！"

重八高兴地跑回去，让伙伴们赶紧离开回家。徐达不放心地说："重八哥，你留下来有危险怎么办？"

重八说："放心吧！不会有危险。"果然，重八猜得没错，刘德之所以扣住孩子不放，无非向他们家里讨回损失费，惩戒他们不要再次犯错。不一会儿，朱五四夫妇匆匆赶来了，他们手里捧了个小包裹，看样子包着值钱的东西。朱五四走到重八面前，生气地骂道："你就不能给我省点心？！做什么都出错，我们家非要败在你手里!"陈二娘拉过丈夫劝说:"重八不是说了吗? 那天他们实在饿极了,要不是吃了那头小牛犊,恐怕有人要饿死!"朱五四没好气地接话说:"饿,饿,饿,从小到大就知道饿,我看你非得饿死!"

看到父母争吵,重八心里十分难受。他双手搓着破旧的衣角,头也不敢抬起来。朱五四数落重八一通,小心地拿着包裹叹气说:"这是给你二姐订亲用的,先拿来赔偿牛钱吧! 唉!"包袱里是一块绸缎布料,这是全家辛苦几年才攒下的啊!

陈二娘抚摸着重八的额头,无可奈何地说:"孩子,以后可要小心点,我们穷人的命就像是风中的灯火,说灭就会灭啊!"说着,泪水涌上眼眶,止不住哗哗流下来。

重八忍不住扑在母亲怀里抽噎起来,断断续续地说:"母亲…… 母亲,重八记住了,重八以后要好好做事,为母亲分担忧愁。"这件事对重八影响很大,苦难和寒微的出身束缚了他活泼的本性,使得他变得早熟和沉稳。正是这些成长经历磨练了重八,重八善于从中发现规律,总结经验,为他日后在变幻莫测的元末农民运动中脱颖而出打下了基础。

再说这次杀牛事件,刘德收下朱五四的绸缎后,答应放重八回去,不过不让他继续放牛了,另外,还要扣下他家的粮租抵债。重八随着父母离开刘德家,拐过一条胡同时,突然汤和等人一拥而上,他们围住重八问这问那,听说刘德扣下他家的粮租,汤和招呼伙伴们说:"我们大伙都吃牛了,不能把所有责任都推到重八头上。刚才他替我们受罚,现在我们也要替他交粮。"

看着这群天真义气的孩子,朱五四夫妇十分感动,劝说他们:"你们不要操心了,赶紧回去吧! 别让父母担心。"朱重八站在中间,对大伙儿说:"都回去吧!我们吃饱了睡,醒了再玩。"大伙儿这才记起一夜没有睡觉,揉着眼睛打着哈欠各自回家去了。

朱重八被辞了工,家里还要赔偿牛债,这下日子更难过了。

惊人的志向

重八被辞工,不用去放牛了,可是他已是十岁少年,必须承担一些家务,不能白吃饭不工作。朱五四为了培养孩子务农的本领,从很小就让他们跟着下田劳作。重八最小,哥哥姐姐又多,所以直到如今他也没有正式下田劳作过,现在不去放牛了,正好可以跟着下田学习务农。于是,朱五四天天带着重八在田间地头除草、施肥、捉虫,每天日出而作,日落而息,父子俩默默相处,似乎过得非常平静。

重八聪明伶俐,对于父亲教授的各种技巧一看就懂,一学就会。为此,朱五四没少在人前人后夸奖他,说他比他的三个哥哥机灵,只要肯努力,一定会是庄稼田里的好手。可是朱重八对父亲的夸奖不以为然,不到半个月,他就对这项单调、重复的工作失去了兴趣。他不愿意在田里劳作,觉得既不好玩又没有意义。他悄悄地问自己的三个哥哥为什么喜欢在田里辛苦劳作。大哥回答:"我们生来就是种田的。"二哥

朱元璋像

说："好好种田才能吃饱饭。"三哥更干脆："不种田吃什么?"

听着哥哥们的回答,重八心里有股说不出的感受,他无数次仰望着蓝天反复追问自己:我生来就是种田的吗? 我不种田就吃不饱饭吗? 追问过后,他的心里又产生另一个问题:为什么父母兄长们辛苦劳作,拼命工作,全家依旧终年忍饥挨饿,很难吃饱喝足? 为什么刘德家不用工作,吃穿住行却超过村子里所有人? 还有那些官兵老爷,他们来一趟就会拿走许多粮食财物,他们也不用种田? 还有教书的先生……

这些问题困扰着重八,经常使他无法安心劳作。终于有一天,这个问题在他心里憋不住了。这天,朱五四打算带他去田里除草。他们走到村口,恰好遇到几个官兵,官兵们敲锣打鼓喊着奉皇帝的命令前来收取税租。老百姓非常不满,朝着官兵乱嚷嚷:"庄稼没收,怎么又要收税租,这次收的是什么税租?"一个官兵手拿黄纸,摇晃着说:"别吵别吵,告诉你们,今天这个税租叫做预定钱,什么意思呢? 就是每年庄稼丰收以前,你们都要缴纳一份税租,这样与官府预定,到了庄稼丰收时,就可以正式缴纳税租了。"话音刚落,就传来百姓纷纷的唾骂声。关于元朝的苛捐杂税,可算是古往今来最为繁杂和离奇的,明人叶子奇在《草木子》一书中记载:"元朝末年,官贪吏污。始因蒙古、色目人惘然不知廉耻之为何物。其向人讨钱,各有名目:所属始参曰拜见钱,无事白要曰撒花钱,逢节曰追节钱,生辰曰生日钱,管事曰常例钱,送迎曰人情钱,勾追曰赍发钱,论诉曰公事钱。觅得钱多曰得手,除得州美曰好地分,补得职近曰好窠窟。漫不知忠君爱民为何事也。"

百姓的唾骂却无法阻挡官兵横行霸道,税租照样执行下去。

朱五四夹在人群中，愤怒地朝官兵方向吐口水，带着重八向田里走去。路上，朱重八忍不住提出了自己的疑问，并且说："照这样下去，不管我们怎么努力工作，永远也吃不饱。"

朱五四叹口气，半天才说："那又能怎么办？不种田靠什么吃饭？"

朱重八心里闪过在草地上当皇帝的游戏，脱口而出："我要当皇帝，当了皇帝不但可以自己吃饱饭，还能让天下人都吃饱饭。唐太宗就是个好皇帝，他当皇帝时国家很强盛……"

听着儿子侃侃而谈，老实憨厚的朱五四惊慌地看看四周，制止他说："你乱说什么，没看见官兵就在村里吗？小心他们把你抓走！"

重八并不害怕，他说出自己的志向，心里反而踏实了许多，这些天来的疑虑消失了。他激动地想着自己的梦想，再也不愿意埋头在田里劳作，不愿意继续暗无天日的生活。

看到重八不愿劳作，朱五四打算强迫他工作。陈二娘却及时提出自己的观点，她对丈夫说："去年我就说让重八念书，他脑子聪明，不是出力工作的命。你让他务农，他也不愿意做啊！不如让他去念两年书吧，好歹识几个字！对全家都有好处。"朱五四听了，陷入了沉思。

不知朱五四同意陈二娘的意见没有？朱重八的生活能出现转机吗？

第四章
幸读诗书　活学巧用才智高

　　祸兮福之所倚，重八失去放牛的工作，却意外获得读书的机会，这对他来说是件非常有意义的事。他不肯错过任何书籍，"盗"书苦读，进步飞速，成为同学中的佼佼者。聪明的他不仅乐读诗书，还善于运用书中的知识开导同伴，帮助他人。他无忧无虑地读书求进，却引起一人的嫉妒，这人将无情地断送掉他的读书生涯……

第一节　幸入私塾

窗外答题

年少的朱重八下田劳作不久，发现在田里耕作永远无法实现家人吃饱穿暖的梦想，于是他在穷苦面前抒发心志，畅想未来，不肯像父兄一样终生埋没在田地之间。重八的心思被母亲察觉，陈二娘决定送他去读书。

本来，孤庄村有一所规模较大的私塾，私塾由一位年过花甲的于老先生创办，村里的孩子大多数都来接受蒙学教育。但随着年景一年不如一年，前来读书的孩子越来越少。于老先生教了一辈子书，如今倒落得生活无着落，常常吃了上顿没下顿，甚是凄惨。最近，朝廷又传出取消科举考试的消息，读书的孩子更少了。

朱重八以前经常从私塾外面路过，每每听到朗朗的读书声，他都会驻足聆听，产生无限向往之情。他很机灵，往往听过几次就会背诵一段诗词文章，久而久之，他虽没有入学，却已经知道不少篇章。如今，他听说母亲打算让他读书，格外激动。还没有等父母决定下来，他就悄悄跑到私塾外面探听观看。

重八趴在私塾外面的窗子下，听到里面诵读声阵阵，心里非常着急，恨不得自己也能立即进去坐下来读书。突然，读书声停了下来,老先生轻咳几声,开始向学生提问题。接连提了三个问题,学生都对答如流。老先生很高兴,捻着胡须提出第四个问题:"子贡问政,孔圣人的回答是什么?"学堂里半天无人回应。

原来,我国古代的教育分为蒙学和大学两种,蒙学又称为小学,古籍记载儿童"八岁入小学"、"十五入大学",小学学习"六甲五方计之事,始知室家长幼之节",大学学习"显圣礼乐,而知朝廷君臣之礼"。简单地说,就是对少年儿童首先进行蒙学教育,从识字开始,孩子们逐渐了解各种社会知识、自然知识,并为进一步深入学习儒家思想打下基础。但由于教育条件简陋,大多数乡村之中的学堂采取混龄学制,学生不论年龄大小都在同一间教室上课。所以,刚才于老先生提出的前三个问题是小学知识,都是《千字文》、《千家诗》、《百家姓》里面的内容,而第四个问题就不同了,是《论语》之中的知识,属于大学范畴。

私塾外的朱重八听到里面静悄悄的,无人回答先生问题,心想,我以前听他们背诵过这一段,不就是"子贡问政。子曰:'足食,足兵,民信之矣。'"想到这里,他冲着窗子大声读出这句话。

于老先生听到回答,惊奇地看看学堂内,问道:"谁?谁回答先生的问题了?"

学生们纷纷转向窗子,指着那里说:"窗外有人。"

于老先生慌忙来到窗下,打开窗子喊道:"是谁啊?怎么不进来?"

朱重八仰面看着先生,一脸渴望地说:"是我,我叫朱重八。"

于老先生看看重八,见是个十来岁的孩子,好奇地问:"你在哪里读书?怎么跑到这里来玩?"

重八回答:"我母亲打算让我到先生这里来读书。"

　　于老先生仔细打量重八,见他黝黑的脸庞,大大的眼睛透着灵气,高兴地说:"记起来了,你是村东头老朱家的小子。怎么,你父亲同意你读书? 快进来。"

　　重八高兴地转过院墙,一溜小跑进了私塾。他第一次跨进私塾大门,看着整齐的桌椅,一本本发黄的书,当真觉得进入了另一个天地。他的心怦怦跳个不停,手心都冒出汗来了。这个在草地山林间打斗玩耍、杀牛掏鸟无所畏惧的孩子转瞬间像变了一个人一样,拘谨而安稳。

　　于老先生奇怪地问重八:"你以前不是在放牛吗? 刚才怎么会回答我提出的问题?"

　　重八腼腆地说:"我放牛时常常路过这里,听到大家诵读就记下了。"

　　原来是这样,于老先生点着头低声说:"我说嘛,你家也没人识字,你怎么知道这么深奥的道理。"他嘟囔几句,随即问重八:"你还记住什么了? 背背我听听。"

　　重八抓抓脑袋,把平日里听过的唐诗背了几首。于老先生非常激动,他来回转了几圈后,站在重八面前说:"太好了,重八,你很聪明,还没有入学就记住这么多内容,要是跟我读两年书,以后肯定有所作为。"

　　听到先生夸奖,重八十分开心,更加渴望立即入学就读。想到这里,他转身跑回家去告诉父母这个消息。朱五四夫妇还在为重八要不要读书的事各持己见、互不服气呢,听说重八已经跑到学堂去了,还回答了先生的问题,并得到先生夸奖,真是出乎他们的意料! 陈二娘借机说:"我说重八是块念书的料,你还不让他去。"朱五四说:"不是我不让他去,去了不是得花钱?"停了一下,他闷着头继续说:"既然他想去,就想办法让他去。"

重八听到这句话,高兴地跳起来,围着父母跑了一圈,俯身问:"当真叫我去念书,不用我下田工作了?"

朱五四沉沉地说:"念书就是一两年的事,认识几个字以后还要下田工作。"

陈二娘看了丈夫一眼,拍拍重八衣服上的灰尘,轻声说:"去,叫你二姐帮你洗洗衣服,我们明天就去学堂。"

这天傍晚,朱五四全家正坐在院子里吃饭,一人捧着一碗稀面糊,里面漂着几根菜叶子,大家正吸溜喝着,于老先生从门外走进来。于老先生是村里最有学问的人,很少去一般人家串门,今天破天荒踏进朱家,真令全家人惊喜。陈二娘眼疾手快,搬来家里唯一的木制椅子请先生落座。朱五四老实,非常拘谨地坐在于老先生旁边一块石凳上与他搭话。于老先生也不客气,看着朱五四说:"重八是个聪明孩子,还没有入学就懂得'子贡问政'这样深奥的问题,他要是读两年书,以后肯定有出息。"朱五四嗫嚅两声,好像不知道如何与先生对话。陈二娘过来说:"重八今天回来对我们说了,我和他父亲商量好了,明天就叫他入学念书。先生,以后您可要多管教他。"

于老先生点着头说:"好,下决心让孩子念书不容易啊!"停顿一下,他叹口气说:"虽然现在朝廷不鼓励读书,可是读书是我们祖祖辈辈流传下来的传统,对不对?'学而优则仕',这样的时代肯定会回来的。"朱五四夫妇恭敬地站在一侧,听着先生说话。于老先生为了鼓励朱五四家人支持重八读书,还特意为他取了字,兴宗,意思是长大了光宗耀祖,兴盛门第。朱五四欣喜地听着,默默念叨着"兴宗"二字。

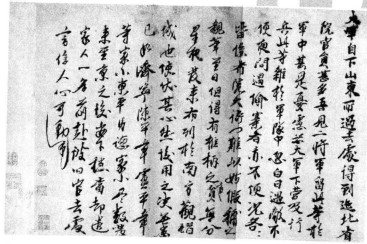

朱元璋手迹

重八虽然不明白"学而优则仕"是什么意思,但他看出大家对读书这件事很尊重,这让他对读书更加充满了渴望。这天夜里,他翻来覆去难以入眠,害得他三哥一个劲儿地嚷他:"你折腾什么? 你明天不工作我还要工作呢! 念书,念书,看你念书当吃当喝?!"

重八也不反驳,心里美滋滋地等待着黎明到来。

"盗"书苦读

朱重八终于进了学堂,开始了捧着书本诵读的岁月。对他来说,这可是个难得的机会,毕竟家里用了两年时间才同意他读书。读书既新奇又富有吸引力,他很快就学会《百家姓》《千字文》《千家诗》等蒙学知识,开始迷恋上了四书五经。于老先生看着重八进步飞速,当然很得意,经常与他讨论问题。每每听到重八说出准确的答案,于老先生会对他夸奖一番。可见,重八幸读诗书的日子非常快乐,他吸收的知识也相当丰富。

这天,于老先生问重八:"你没有入学就知道'子贡问政',那么你知道圣人的回答是什么意思吗?"

重八平静回答:"圣人说'足食,足兵,民信之矣',意思就是充足的粮食,充足的军队,再加上老百姓对官府朝廷的信任,就能保证政权稳固。"

朱元璋像

于老先生点着头,欣喜地说:"嗯,解释得非常好。"他对这个只有十岁的农家孩子能够如此轻易地参透政事要领深感惊奇。确实,重八出生成长在村野农家,接触的是农人、土地,怎么会对国家政事如此敏感呢?

其实,好男儿志在四方,关心国家天下是大多数少年男子的情怀,这种壮志将伴随他们度过美好的少年时光。在成年以后,有些人会慢慢埋没在日常琐事中,有些人会满足于一些微小的成就停止探索,有些人则始终不忘少年时的梦想,不断探索追求,最终实现理想。所以,我们在教育孩子的过程中,常常会有意无意地损伤孩子的梦想,挫伤他们进取的勇气,这都是非常不对的。而我们需要做的,就是保持孩子的好奇心和进取心,鼓励他们勇往直前去实现自己的理想。由此可见,出身寒微却能登上九五至尊宝座的重八,如果缺乏少年时代的梦想,甘于平庸的生活,恐怕也就丧失了他的致胜法宝。

重八心气极高,人又聪明,善于思考问题,对于四书五经里的内容当然充满探索的欲望。在我国,从汉朝以来一直把四书五经当作儒学经典,其中包括《论语》、《大学》、《中庸》、《诗经》等著作。到了两宋时期,经过程颐、朱熹等儒学家的编撰提升和深入的理论研究,儒学经典的地位和作用更显突出。所以,重八接受的儒学教育已经相当完善。而他对这种正规的儒学教育非常喜欢,尤其是其中关于议论治国、学习的内容,重八最为着迷。

重八还常常把书里的内容与现实作比较。比如,他了解“苛政猛于虎”后就想,圣人先哲们教育当权者不要采取苛政,为什么现在还在施行苛政呢?这样下去,国家不就面临灭亡的危险吗?当然,这样的问题,他想归想,很少与人讨论,偶尔与先生讨论一下,先生总是以“我们读书,不关心政事”打发他。

读的书越来越多,重八的思想境界提升得越来越快。他渐渐不满足于先生平时讲授的内容,也不满足于天天翻来覆去读的那几本书,他希望读更多的书。可是,在孤庄这个村子里,到哪里去找更多的书读呢?

重八经过观察,发现于老先生有个书柜,里面装满了书,可是老先生从不拿出里面的书给外人读,这是为什么呢?有几次,重八鼓起勇气向先生借书,可是先生都没有借给他。这件事一直缠绕在重八的心头,让他时刻都想打开书柜阅读其中的书籍。

终于有一天傍晚,重八有机会翻阅先生的书柜了。这天,学生们陆续离开私塾后,重八发现先生的书柜敞开着,他悄悄走过去翻阅里面的书籍,都是些颜色深暗、看起来年代久远的书。重八抽出一本,看到上面写着"孙子兵法"字样,他奇怪地想,兵法是什么东西? 好奇心促使他很快翻阅下去。读了一段,重八才知道,这是一本讲述行军作战的书籍。他激动地想,原来打仗还有专门的书籍,真是太神奇了。

这时,门外传来先生的脚步声,重八慌忙把《孙子兵法》藏到书包里,仓促地跟先生道别回家了。回到家中,重八来不及吃饭,坐在门前埋头阅读《孙子兵法》。朱五四看他认真读书,高兴地问:"重八,今天学会什么字了?"重八头也不抬头,回道:"兵法。"朱五四一愣,心想兵法是什么? 有什么用处? 还想再问几句,看重八看得认真也就不再去管他。

晚饭过后,月亮升上天空,照耀着村廓田野,静谧而安详。朱家的东窗下,少年重八正捧着《孙子兵法》苦读。他看得十分入迷,就连蚊虫叮咬也毫不在乎。重八的三哥迷迷糊糊起来看到重八读书,低声喝斥他:"白天一整天都干什么了,还不睡觉去,干吗在这里喂蚊子?"重八似乎没有听见喝斥,依旧埋头读书,毫不在乎。三哥生气地过来推他说:"睡觉去,明天再看。"重八这才注意到三哥,轻声说:"别说话,这是我偷偷拿了先生的书,明天还要还回去。"三哥听了,吃惊地指着重八说:"你……你偷书?"重八忙说:"没有,我明天就还给先生。"说着,不理三哥继续读书。

第二天早上,三哥醒来时发现重八依旧坐在窗下读书,惊讶地问:"重八,你一夜没睡?"

重八笑笑说:"我哪有那本事,我这不是刚刚起来嘛。我要早早地赶到学堂还书,去晚了会被先生发现。"说着,他匆匆洗脸,饭也不吃就赶往学堂。

每天早晨,于老先生打开大门后就出去散步,今天也不例外。重八瞅着先生出去了,急忙跑进学堂放好《孙子兵法》,然后坐下来阅读先生昨天教过的文章。

就这样,重八用这种办法偷偷地苦读了不少书籍,大大开阔了他的视野,增长了他的知识,对于他的成长产生了深远影响。

第二节　活学巧用

智劝汤和

重八不但刻苦读书,还善于为大家讲故事,分析书中的知识。他读书很有长进,在同窗好友之中的名声越来越响。每每不在学堂时,总看见他身后跟着一群大大小小的孩子,大家在缠着他讲故事呢!

汤和像

半年过后,恰是隆冬腊月,汤和、徐达、周德兴几人也陆续进入学堂,与重八一起读书学习。这下热闹了,他们几人喜欢打闹,为此,于老先生常批评他们。可是汤和是个闹事的祖宗,哪肯听从管教,整日里爬上爬下,打东闹西,弄得大家无法好好读书。一开始,重八觉得好玩,渐渐地,他发现这样下去耽误学习,对先生也不尊重,就想了个办法劝说汤和。

一天,重八约汤和上学。路上,他们看到旭日东升,又大又红的太阳像个车轮子一样悬挂在天边,看起来暖烘烘的,使人感到一丝丝暖意,好像冬日不再寒冷。重八指着太阳说了句:"汤和,你说早晨的太阳离我们远,还是中午的太阳离我们远?"

汤和被问得莫名其妙,想了一会儿才说:"这有什么区别?太阳离我们还分远近吗?"

重八装作困惑地说:"你看,太阳刚出来时,大的像个车轮子,一到了中午,就小的像个盘子。我们知道一件东西离我们近时就显得大,离我们远时就显得小,照这样看来应该是早晨的太阳离我们近。"

汤和认真地点点头说:"对啊!这么说早晨的太阳比中午的离我们近。"

"可是,"重八接着说:"太阳刚出来时,光线并不强烈,我们也感觉不出多么暖和。等到中午呢?就非常热了,大家都会挤到村头晒太阳。我们烧火做饭时都有这样的经验,靠得近就觉得热,离得远就觉得凉。要是这么看,中午的太阳应该离我们近才对。"

听他这么说,汤和也觉得很有道理,急地抓抓脑袋说:"到底哪个太阳离我们更近?"

重八摇摇头,拍拍书包说:"这可是我们书上的内容,你到学堂好好看吧!"

汤和以前几次入学,只知道书本上讲些诗词文章,枯燥无味,所以几次辍学。这次贪恋和重八几人玩耍,再次入学,依旧不爱那些诗词文章,也就只顾玩耍取闹。他今日听重八讲出这么有意思的问题，当然非常好奇，立即跑到学堂翻阅书本，寻找答案。

看到汤和主动翻阅书本，徐达不解地说："怪了，今天太阳从西边出来了。"

重八笑眯眯地说："要是太阳果真从西边出来，恐怕汤和会更喜欢读书了。"

这件事过后不久，重八又从书本中发现一个有趣的问题：孔子年轻时到齐国去，当地宫殿前飞来一只鸟，这只鸟只有一条腿，在那里舒展着翅膀跳来跳去。大家都很奇怪。齐王派人去请孔子，问他是不是认识这种鸟。孔子博学广闻，看到鸟就说："这只鸟叫商羊，有水的征兆。从前有些小孩子喜欢三两人牵着手，每人抬起一只脚，边跳边唱：'天将大雨，商羊鼓舞。'现在发现了商羊舞蹈，不久就要下大雨了。请国主赶快带领百姓们，治理河道沟渠，修堤防洪，防止大雨造成灾难。"齐王听了孔子的话，就命令人们赶紧疏通河道，修筑堤坝，做好各种防止水灾的准备。果然，不久下起倾盆大雨，持续数月，好在齐国有备无患，所以没有受灾。齐国人们感激孔子，纷纷传言说："圣人的话可信。"

重八读完这个故事，一方面感叹孔圣人知识渊博，一方面想到商羊舞的游戏。他心想，几个人手拉手蹦跳，汤和一定喜欢这样的游戏。于是，他找到汤和和徐达，拉着他们模仿故事中讲的样子，围成圈单腿蹦跳。跳来跳去，果然很好玩，汤和高兴地说："重八，你从哪里学来这么好玩的游戏？"重八趁机递给他书本说："瞧，就是这上面的。"

汤和吃惊地接过书本，低声嘟囔着说："书上还有游戏？我怎么从来不知道。"

"书上的知识多着呢!"重八说,"你要是好好读书,会发现很多神奇的事情。我从书中了解了古往今来许多帝王将相的故事,真是令人感叹啊! 你知道吗,有本书专门讲述行军作战,叫《孙子兵法》;还有本书专门介绍计谋,叫《三十六计》。可多了,数都数不清。"

汤和惊讶地听着重八说着从没有听过的事情,既感到好奇又觉得佩服,不由得说:"我以后也要用心读书,亲身体验一下书中的乐趣。"

从此,调皮的汤和安静了不少,他和重八、徐达一起刻苦用功,进步很快。可以说,这段时间的读书学习对他们影响很大,为他们日后由一介赤贫布衣最终登上人生至贵巅峰打下了基础。

巧填春联

新年马上就要来到了,于老先生给学生们放了假,让他们回家好好过年。这下,学生们开心极了,一个个眉飞色舞,高谈阔论,预想着假期的快乐,新年的美好。临行前,重八悄悄来到于老先生书柜前,看着许多还没有来得及阅读的书,低低地念叨:"明年春天,我再来读你们。"这时,于老先生慢步走过来,看着重八问:"重八,怎么还没有回家?"重八吓了一跳,慌乱地说:"先生,我这就走,这就走。"说完,背着书包一阵风跑走了。

于老先生望着重八远去的身影,摇着头微微笑着。原来他早就留意到重八偷拿书看的事情,他知道重八聪明,读这些书对他有益,所以不去制止。但他为什么不直接把书借给重八看呢?

原因有二：其一，这是祖辈藏书，父祖们叮嘱他不要轻易示人，以免弄丢弄坏。借给重八看没关系，可是要是引起其他人注意，其他人也要借着看，久而久之这些藏书还能不毁坏？其二，于老先生教书多年，从来没有遇到重八这么聪明的孩子，对他十分偏爱，有意让他多看些书。于老先生发现让重八偷着看效果更好，更能激发重八读书求进的兴趣，也就有意这么去做。

再说重八，放假后与伙伴们像出笼的小鸟，又一起开始奔跑在村头野外，严寒的天气依然无法减少他们玩耍的热情。重八除了带着伙伴们玩以外，还常常蹲在村头为大家讲故事。重八见闻广博，喜欢听他讲故事的人不光是孩子，就连老人、青年也爱听他讲。看吧！今天围着村头草垛听故事的人就不少。重八正在神采飞扬地讲述汉高祖刘邦斩蛇起义的故事。看重八的神情，他对出身寒微、勇夺天下的汉高祖充满敬佩之意。

转眼间，日头偏西，人群渐渐散去，大人们思虑着准备过年诸事，小孩们商量着天黑去抓鸟玩。重八带着一群孩子刚要走，就见邻居汪大妈急急忙忙走过来，老远喊住重八说："重八，过年了，你帮大娘写副对联，省得我请人写还要花钱。"

汪大妈是重八家的邻居，为人本分善良，与重八家关系不错。她只有一个儿子，今年外出谋生，至今未归，所以平日里重八常去她家帮她劈柴、挑水，帮了她不少忙。汪大妈是个热心人，常在人前人后夸奖重八，说这个孩子懂事有出息。

今天，汪大妈托人到集上买了张红纸，打算找人写副春联，她突然记起重八已经读书了，许多人都夸他书读得好，心想何不叫他帮我写春联？这才寻着找到了重八。

重八听说写春联，当即答应着跟汪大妈跑回家。他拿出笔墨纸砚,兴高采烈地准备写春联。朱五四正在院子里磨豆腐,听说重八要写春联,担心地说:"你行吗? 大过年的,你写的春联能贴出来吗?"

重八冲着父亲说:"您放心吧! 没问题的,先生都夸我写得好。"

汪大妈打趣说:"老朱,人家都说重八写字写得好,你偏说他写的无法贴,我看你是不是心疼儿子,怕他写几个字受累?"这番话逗得众人开怀大笑,贫寒农家小院里飞扬出阵阵笑声,这是身处穷困之中的人们真心的欢乐之声。

重八裁好纸,研墨,手握毛笔,回过头来问:"大娘,写什么字?"

汪大妈一直看着重八,听到问话这才回过神来,想了想说:"写什么呢? 我也不识字,以前都是我儿子找人写,也不知道写了些什么。"她着急地搓搓手,突然拍着重八的肩膀说:"今年我们自己写,不用求人了,就按大娘的意思去写。就写个'平安富贵,招财进宝'。我们明年也过上好日子,你看怎么样?"

重八对于春联不甚了解,想了想说:"可以吧! 我听着挺吉祥的。"于是,重八挥动毛笔,很快写

朱元璋像

完了这副春联。字体虽说稚嫩,但是工整匀称,还算不错。墨迹一干,娘俩就把春联贴到大门上。大红的纸张,墨黑的文字,贴上去果然显示出庄重和喜庆之气,汪大妈和重八都很高兴。他们哪会想到,这副普通的春联很快就招惹来了麻烦。

第二天,刘德恰巧路过汪大娘门前,他看着"平安富贵,招财进宝"几个字,气不打一处来,喊出汪大妈训斥说:"你家贴的是什么春联?你家配贴这样的春联吗?穷得叮当响还硬充什么富贵人家!去,赶紧揭下来重新写。"

汪大妈莫名其妙,心想自己一辈子第一次作主写春联,难道有什么不对?到底错在哪里?有人悄悄对她说:"刘德看你贴这样的春联,嫉妒你,害怕你家明年真的发达了,把他家比下去了。"汪大妈这才有所领悟,明白刘德是忌恨自己家春联上写的几个字,与他家抢风头,叹口气说:"唉,这人穷了哪都不如人啊!"说着,她又去了一趟重八家,打算让重八为自己重新写副春联。

重八听了事情的经过,愤愤不平地说:"就他家富贵,就他家能招财进宝,别人家写副春联都碍到他了。"汪大妈小声说:"唉,这世道你上哪讲理去!"陈二娘安慰说:"算了,快过年了,让重八再给你写一副。"汪大妈泪眼汪汪地说:"家里剩的红纸不多了,一会儿我托人捎回来了再让重八写。"

重八灵机一动,对汪大妈说:"大娘,你把剩下的红纸拿来,我有办法了。"

汪大妈半信半疑拿来红纸,问重八:"这一点纸能干什么?"

只见重八将剩下的红纸裁成两份,很快研墨拿笔,在一张上写上"家家盼",另一张上写上"户户愿",然后对汪大妈说:"一会儿我把这两张贴到昨天贴的春联下面,就万事大吉了。"

汪大妈和陈二娘面面相觑,不知道重八葫芦里卖的什么药,只好随他去。过了一会儿墨迹干后,重八拿着新写的两副字,来到汪大妈家门前,认认真真把它们贴到原先对联的下面,而后高兴地念道:"平安富贵家家盼,招财进宝户户愿。"

跟在后面的汪大妈和陈二娘听到这两句话,围上来喜悦地说:"好,这两句好。"她们抚摸着重八的脑袋,有着说不出的激动和企盼之情。

下午,刘德溜到汪大娘家门前,发现春联变了,细一琢磨,虽说仍不合己意,可是也找不到刁难之处。上面写得清清楚楚,平安富贵是每家人都企盼的事情,招财进宝也是人人的心愿,这没有什么不对,也不能说汪大妈在显摆什么。他正在琢磨,重八带着一群孩子从这里跑过,他们高声吆喝着"平安富贵家家盼,招财进宝户户愿",好像故意在气他。刘德喊住重八问:"这是你写的春联?"

"是,"重八答道,"全村人都说这副春联好,代表了大家的心声,我想你也一定盼望平安富贵,希望招财进宝吧!"

刘德含糊地答应一声,嗯嗯啊啊地走了。

第三节　被迫辍学

风筝比赛

又是一年春暖花开时，孤庄村的孩子们趁着午后纷纷跑出家门，来到野外草地上放风筝玩。这群孩子中少不了重八。此时的重八已是十一岁的小小少年，是孩子们之中放风筝的高手，每次都能把风筝放得最高、最远。重八家贫，买不起风筝，但因为他放得好，大家都愿意把风筝借给他。

这天，他们放学后又在草地上放风筝。大家玩得正高兴，刘小德在王顺的陪同下也来放风筝。刘小德的风筝是一只飞鹰，又大又威风，他看到穷孩子们破旧不堪的风筝，不屑地撇撇嘴，嘲笑地说："那么破的风筝还能飞？"重八几人听到他的嘲弄，忍气吞声没有说话，而是埋头修理风筝，不去理睬他。

过了一会儿，刘小德的风筝飞起来了，很快就飞上高空，只见风筝上的鹰圆睁双眼，一对翅膀迎着风呼呼作响，威风凛凛，当真如一只雄鹰展翅云中，给人不可一世之感。刘小德得意地拍着手又叫又跳，生怕他人不知道自己的风筝飞得高。可是不管他如何喊叫助威，草地上的孩子们就是不领他的情，无人过来为他喝彩加油。

刘小德喊叫半天，见那群穷孩子不理自己，生气地叫嚷着：

"哼,你们为什么不给我叫好? 没看见我的风筝飞上天了吗?"

周围的孩子们一阵窃笑,低声议论着:"才不给你叫好呢!""有什么本事? 不就是风筝比别人好吗?"他们说笑一会儿,拿着风筝准备到远处去放。

刘小德见他们要走,更生气了,不甘心受到冷落,故意叫道:"破风筝吓跑喽,破风筝吓跑喽。我第一啦,我第一啦。"

听到他狂妄的叫喊,孩子们愤怒地转过头来,汤和指着他说:"你别得意,我们的破风筝照样可以赢你的新风筝!"

"那你们怎么不敢放?"刘小德斜眉横目地说。

徐达站出来说:"谁说不敢放,现在就放给你看看。"说着,他转身看着重八说:"重八哥,放给他瞧瞧,让他知道知道我们的厉害。"

重八站在大伙中间,他对刘小德嚣张的表现早就不耐烦了,不过几次与刘德家产生摩擦后,父母曾一再叮咛他:"不要招惹是非,遇事惹不起还躲不起吗? 我们人穷家贫,哪能跟他们斗?"这些话在重八的心里留下印象,为了不让父母操心,他确实非常隐忍自己的个性。今天,在刘小德的挑衅和伙伴们的鼓动下,小重八终于无法控制自己,他伸手接过风筝,走出来面对刘小德,从容不迫地将风筝放上空中。

重八放的是一只形似飞燕的风筝,小巧玲珑、行动敏捷,在春风吹拂下扶摇直上,直追刘小德飞鹰的高度。刘小德眼看飞燕要追上飞鹰,忙拉着线急跑,打算让飞鹰飞得更高,但飞燕毫不示弱,舒展着轻快的翅膀一路紧逼,在蓝天白云下,宛如一只北归的小燕子,正在轻松地浏览着山川大地。猛然间,飞燕越过飞鹰直冲云霄而去。

飞燕超越了飞鹰,草地上的孩子们手舞足蹈,开怀大笑,高声叫喊着:"飞燕打败了飞鹰,飞燕赢了,飞燕赢了。"

刘小德急了,紧跑慢走抖落手中线绳,希望飞鹰追上飞燕。可是他太着急,线绳放得过快,飞鹰在空中摇摇晃晃就像喝醉了酒一样,根本飞不动。刘小德眼看比不过重八,恼羞成怒,不小心摔倒在地上,线轴摔出去老远,只见空中的飞鹰像被射中了,歪歪扭扭地翻着跟斗,向着地面栽下来。孩子们看到这个场面,指着落地的飞鹰说:"好一只飞鹰,不在天上待着,摔到地上来干什么? 地上可没有兔子吃啊!"

在孩子们的奚落声中,刘小德爬起来恶狠狠地说:"你们等着,我还有更好的风筝跟你们比。"说完,他拖着风筝跑走了。

草地上,重八他们依旧玩耍嬉闹,却没有想到刘小德记恨在心,竟然采取报复手段。

失学

后来,刘小德几次与重八比赛放风筝,每次都失败。他非常恼火,在家里又哭又闹,逼着父亲刘德为他出气。

自从杀牛事件后,刘德对朱重八一直怀有敌意。好在重八入学堂读书,不再带着一帮孩子在村里瞎闹乱来,他落得眼不见心不烦,才不去理会那个穷小子。今天听儿子说朱重八放风筝放得好,在村里无人比得上,几次打败儿子,不由得火往上蹿,心想,这个穷小子恶习不改,专门与我家作对,真是气人。怎么样治治他呢? 他眼珠一转,计上心头。

刘德记起一件事,重八非常喜欢读书,而且在村里有些名声,去年春节汪家老太太请他写对联,还与自己闹得不愉快。看来，要想制伏重八必须从读书这件事上下手。一开始，刘德打算去学堂让于老先生撵走重八，又一想觉得这样做太露骨，于老先生未必听自己的话。他经过仔细盘算，决定从于老先生的一书柜藏书入手，骗重八上当失学。

　　刘德首先派人跟于老先生交涉，出高价买他的藏书。于老先生不肯卖，说这是家传几世的藏书，再穷也不能卖。刘德不客气地上门问罪："你肯给穷小子朱重八看，却不肯卖给我，这不是欺负人吗？再说了，你当初办学堂要不是我父亲支持，你能办起来吗？"孤庄村的学堂正是刘德的父亲刘学老一手扶持创建的，当初，刘学老回乡不久就出资办了学堂，意在培养本村孩子读书学习，增长知识。

　　于老先生心想，我害怕外人知道藏书的事，刻意让重八"偷"书看，怎么让刘德知道了？想了想含糊地说："一般人看不懂那些书，重八聪明机灵，所以才让他看了几本。"刘德更不高兴了，拍着桌子说："朱重八聪明，我们都是笨蛋，你也太瞧不起人了。你说吧！你那些书卖还是不卖？"

　　跟着刘德前来的人劝说于老先生："你看你穷得叮当响，藏着一柜子书有啥用，不如卖给刘老爷，你也换点钱花，再说了，书放在你这里也是放，放在刘老爷家不也一样吗？这是两全其美的事。别太固执了，乡里乡亲的，不好看。"可是于老先生低着头，依旧不同意卖书。

　　刘德见硬的不行，就来软的，轻声细语地夸奖于老先生学问高深，见识渊博，官府最近招揽人才，他已经向官府推荐了于老先生。于老先生虽然满腹才学，却相当迂腐，一生就想着学而优则仕，盼望着学有所用，常常唧叹生不逢时，认为自己要是出生在宋朝,肯定能够考取功名,报效朝廷,可是元人统治下,根本不理会科举这一套东西,完全依靠武力和金钱选拔官员,可怜他一介书生派不上用场。今天猛然听说官府招揽人才,难免有种久旱逢甘露的感觉,再想想村里只有刘德与官府走得近,自己也只有通过他才有晋升的机会,不免心有所动。

最终,刘德软硬兼施,骗取了于老先生的信任,搬走了一柜子藏书。很快,他就喊来朱五四,对他说自己有很多书,尽管拿回去让重八看,并且夸重八聪明,将来有出息了不要忘记自己等等。朱五四信以为真,不时从刘德家带书回去给重八,重八虽觉奇怪,但有好书吸引也就顾不了那么多。久而久之,重八读了十几本书的时候,刘德翻脸不认人了,对朱五四说:"这些书都是我从于先生那里买来的,你看看,花了不少钱,你家重八看了那么多书,也该交点租金吧!"

朱五四吓了一跳,争辩说:"老爷你怎么不早说,你要早说要钱我就不带回去了。"

"你这是什么话!"刘德怒气冲冲,"你孩子入学花钱,看书当然也要花钱!"说完,算盘一打,逼着朱五四交钱。

朱五四没办法,把为重八准备的下一年学费交给了刘德。

这件事重重地打击了朱五四,他下决心不再让重八入学读书。就在重八努力争取之时,不幸的消息传来,于老先生因为失去藏书,又没有得到官府重用,知道被刘德骗了,羞愤难当,重病卧床,不能教书了。村里没有其他的先生,在这种境况下,入学只有一年多的重八被迫辍学,并永远失去了上学的机会。

第五章

火烧元兵 小小少年威名扬

　　失学后的重八去二姐家帮忙捕鱼。这时，在蒙古贵族的统治下，民族矛盾加剧，丞相伯颜竟然提议诛杀天下五姓汉人，因此元军开始肆无忌惮地镇压各地百姓，造成一起起血腥惨案。一次，重八在钟离县城眼见元军欺压良民，非常痛恨，他大胆地放火烧了元军后营，招致追捕，踏上了逃亡的不归路……

第一节　首次离家

得罪恶少

朱重八失学之后，家里发生了几件事情：大哥添了儿子，二姐出嫁他乡，而早已出嫁的大姐染病身亡，不久大姐夫也去世了，从此一门绝户。接二连三的大事，让年近六十岁的朱五四疲于应对，身体日渐虚弱，冬天时竟然病了一场。每年冬天，村里都要举行颇具规模的社火，以往，朱五四勤劳肯干，每次社火都跟着跑前跑后，做些零杂的工作，因此不用捐钱，为家里节省些开支。今年，社火按期举办，朱五四有病不能前去劳动帮忙，就嘱托大儿子重四和二儿子重六代替自己，前去做些跑腿打杂的工作。

所谓社火，就是冬季农闲时村民们自发举办的活动，各村各寨的人们推选出一定的演员，扮成春姑、春神，簇拥着到土地庙前舞蹈宣唱，祭拜神仙祈福，是一种规模较大的祭祀活动。同时，这种活动因为波及面广、参与人多，也是很有意思的娱乐项目，所以很受百姓和孩子们欢迎。毕竟那个时代的娱乐活动极少，人们终年为了生存苦苦挣扎，一年到头好不容易盼个社火，男女老少自然踊跃参与，十里八村前来玩耍的人也不少。尤其是十来岁的孩子们，跑前跑后，挤来挤去，忙得不亦乐乎。

朱元璋像

重八带着徐达等人一会儿挤到唱戏的棚前,一会儿跑到玩杂耍的摊前,一会儿又驻足观看挑担卖货的,从中寻找自己喜爱的玩物或者食品。对他们来说,这是一年当中最快乐的时光,也是他们得以接触外界、认识世界的一条途径。

这天,重八他们正在人群中乱跑,看见前面墙角下站满了人。他们满怀好奇挤过去看个究竟,原来是位年过花甲的算命先生在为人相面算卦。围在算命先生周围的男男女女、老老少少一个个态度虔诚、洗耳恭听,似乎从算命先生身上能够寻求到未来的希望。

重八和徐达站在人群后面,悄悄地说着话。重八说:"听我母亲说,我外公也会算卦。""是吗?"徐达怀着欣羡之情说,"他给你算过吗?""没有,"重八说,"我出生不久他就去世了。"他当然不知道在他出生时外公陈大对他所怀有的莫大期望。就在这时,人群里一阵骚动,刘小德横冲直撞地来到最里面,颐指气使地对算命先生说:"唉,你会算卦吗?给我算算,看看我什么时候做大官?"

人群中传出嗤嗤笑声,对刘小德这种傲慢无礼、不知羞耻的做法深表反感。徐达拉了拉重八,低声说:"看他骄横的样子!"重八皱皱眉头,没说什么。

算命先生打量着刘小德,见他穿着绸缎,身体微胖,一脸骄横神色,料定是个有钱有势人家的孩子,自然不敢得罪,忙和颜悦色地为他相面算卦,并且奉承他说:"少年一表人才,将来一定大富大贵。"

刘小德听惯了逢迎话,不以为意地说:"不用你说,我也会大富大贵。我要看看我的运气,把你算卦的杯珓拿来。"杯珓是当时一种求神问卜的器具,用蚌壳、竹片或木片制成。算命先生不敢怠慢,忙把竹珓递上去。刘小德拿着竹珓,口中念念有词,随后将竹珓扔在地下,结果显示不吉。他生气地第二次扔下竹珓,依然显示不吉。周围人开始窃窃议论,大有取笑刘小德之意。刘小德恼火了,一连四五次投出竹珓,次次不尽人意,他看到人们都在取笑他,恼怒地将竹珓踩在脚下,噼里啪啦踩得稀烂。

算命先生赶忙阻拦,却没能抢救下自己的竹珓,心疼地说:"少年,你踩碎了我的竹珓,我靠什么给人算卦啊?"

刘小德盛气凌人地说:"这是我家出钱办的社火,你凭什么在这里看卦挣钱? 没赶你走就便宜你了,几个竹珓算什么!"

周围人群听他这么说,更加不满了,有人大声说:"这是大伙共同出钱出力办的社火,怎么成了你家的了?"

刘小德脸红脖子粗,争辩说:"反正我家出钱最多!"说着,他把气出在算命先生身上,踢打着赶他走。算命先生一个外地人,年纪又大,本来想挣点钱养家糊口,哪会想到遇到恶少砸摊子,忍气吞声收拾东西就要离开。

众人不高兴了,吵闹声越来越响。刘小德又蹦又跳,完全不把他人放在眼里。这时,重八站出来阻拦他说:"这是大家共同办的社火,你没有权力在这里闹事。"

刘小德斜着眼睛瞅瞅重八,蛮横地说:"你算老几? 你没有权力管我!"

重八认真地说:"你在这里胡闹,欺负别人,谁都可以管你!"周围人群纷纷附和。

刘小德恼羞成怒,挥舞拳头直扑重八。重八闪身躲开,刘小德用力过猛,无法站住脚,扑通一下趴在地上,摔了个满嘴泥。周围人大笑。刘小德费力地爬起来,看到重八和徐达并排而立,注视着自己,先胆怯三分,来不及细想,掉头就跑,边跑边喊:"你等着,一会儿有人来收拾你。"

重八和徐达不理他,对算命先生说:"你只管在这里看卦,这是我们村里人共同办的社火,他说了不算。"

算命先生谢过两位小义士,再次摆好摊子为大家算卦。很快,周围又围上一群人,大家唧唧喳喳,恢复了刚才热闹有序的场面。

重八和徐达看了一会儿,刚想离开,就见重八的二哥慌忙跑来,拉住重八劈头就问:"你刚才干什么了? 是不是打了刘小德?"

"我没打他。"重八说,"他砸人家的卦摊,我制止了他。他不高兴想来打我,结果自己摔倒在地,怎么能赖我呢?"

重六着急地说:"大哥让我跟你说,刘小德哭着回家,说你打他了,让他父亲找你算账呢! 大哥说,父亲病了,经不起折腾,你最近先别回家里了,跟二姐去住几天,躲过这件事再说。"

重八愤愤地说:"我又没做错什么,凭什么要我躲!"说着,头也不回转身离去。

被迫离家

朱重八得罪了仗势欺人的刘小德,他大哥担心刘德报复他家,所以撺他去二姐家躲几天。重八回到家后,恰好前来赶社火的二姐要回自己家中。她出嫁到东乡李家,丈夫名叫李贞,靠打渔为生。二姐拦住他说:"重八,你姐夫天天外出打渔,需要人手帮忙,你在家也做不了农活,跟我去吧。"

重八的母亲陈二娘也说:"刚才你二哥说了,你大哥也想让你去你二姐家住几天。咱家里人口多,你二姐家人少,你去了也好跟他们做个伴。"她虽然心疼小儿子,可是也不愿意他整天无所事事,更担心他招惹是非,所以想为他谋个出路。

听了母亲和二姐的话,重八想了想,知道她们担心自己在家遭到报复,点头说:"嗯,我去。"

陈二娘这才松了口气,忙回屋拿出一个小包裹,递给二女儿说:"这里面是秋天你父亲存留的几个干枣,拿回去留着过年用。你刚过门不久,凡事勤快点,不要让公公婆婆操心生气。李贞天天出门,你要好好照顾他,别让他受屈。"她絮絮叨叨叮咛了女儿半天,这才回头拉着重八的手说:"去了要听话,别让你二姐为难。"

日头偏西时,重八赶着一头毛驴,护送着二姐踏上东去的路。姐弟俩边走边聊,穿村过巷,走过地头垄间、官道小路,天将黑了才赶到东乡李庄。一路走了十几里路,重八额头微微冒着热汗,走得相当辛苦。路上,二姐几次提议让他骑会儿毛驴,可是重八摇着头说:"不用,我脚板大,跑得动。"当时已经实行女子裹脚,走路很不方便,所以女子回娘家就要乘坐轿子或者乘坐马车,当然,贫穷农家女子只好骑毛驴。

二姐家里也不富裕,简陋的院落里堆放着破旧的渔网,土坯屋子低矮潮湿,重八在门口徘徊一会儿,终于低着头走了进去。李贞倒是个爽快人,有说有笑地迎接妻子和重八,并答应明天就带重八去捕鱼。

二姐笑着说:"天寒地冻的,哪里有鱼?"

李贞说:"这你就不懂了,越是这样的天气越容易捕鱼。"

第二天,李贞果然带着重八来到河边。这条河通往淮河,在拐弯处形成一道水洼,像一个小湖泊,这里就是李贞平日里捕鱼的地方。重八很少见过这么宽阔的河面,看到河面上竟然有一层微微封冻的冰,不由得兴奋地拿起石头扔过去,只听一声脆响,河面上哗啦一下,涟漪一圈圈荡漾开,煞是好看。李贞笑呵呵地说:"重八,今年天气冷,河面结了层薄冰,不过这样更好,因为鱼都躲在冰层下面呢。"说着,他拿出一根绑着网子的长竹竿,悄悄从冰层下面伸进去,停留片刻,猛然往上一兜,果然网上来几条小鱼。重八开心地将鱼一条条装进鱼篓里,对李贞说:"姐夫,让我也来试试。"李贞把竹竿交给他,交代了几点注意事项。重八认真地听着,经过几次试验,很快就掌握了要领,也网上来不少鱼。

中午,两个人背着鱼篓快活地回到家,二姐看着他们满载而归,喜悦地杀鱼生火,为大家准备了一顿丰盛的午餐。

从此,重八几乎天天去河边网鱼,技巧越来越高超。这天黄昏,他背着鱼篓回家,走到村头时,却看见有人在草垛前哭泣,仔细一看,原来是个和自己差不多大小的少年。重八想了想上前问："你怎么啦？为什么在这里哭？"

少年停止哭泣，看着重八问："你是谁？"

重八回答说自己是李贞家的亲戚，并把鱼篓给他看了看。

少年这才抽噎着告诉重八自己叫邓广，家就在本村给地主家放牛。前几天他在村外放牛，一帮官兵突然经过，赶着其中一头牛就走了。他拼命追赶，被揍了一顿，赶紧回村告诉地主，结果地主不敢向官兵催讨，反而扣罚他家的税租抵债。邓广的父母有病，家里还有两个弟弟妹妹，听到这个消息犹如晴天霹雳，全家人都吓呆了。邓广知道自己犯下大错，所以偷偷在此哭泣。

重八听了，气愤地说："官兵仗势欺人，就知道欺压我们老百姓！有朝一日赶走了鞑子，我们才能过上好日子！"邓广第一次听到这样的言论，吃惊地看着重八，仿佛看着天上来客一般。

两个少年边说边走，很快熟识起来。走到邓广家门前时，重八解下鱼篓，挑了几条大鱼送给他，让他拿回家给家里人吃。邓广感激地谢过重八，飞快跑回家中。

重八回到二姐家，告诉她遇到邓广的事。二姐叹着气说："现在这世道，除了天灾就是人祸，要想活下去不容易啊！我听说邓广家以前家境不错，有几亩田，可是这几年收成不好，官府却一年年换着花样收钱，不得不穷困下去。"

姐弟俩从小关系最好，说话投机，重八有什么心事也不避讳二姐，聊了一会儿，他眼睛亮闪闪地说："二姐，将来有一天我们一定能过富裕日子的。"

二姐摸着他的头说："那就看你的本事了，你要是有出息，大家都跟着你沾光。"

　　这本是姐弟俩的一番憧憬，谁曾想到未来却也算成了真。重八参加义军后，李贞带着儿子李文忠前去投靠他。重八惊喜交加，亲自为李文忠取名，并请老师教导李文忠，将李文忠培育成为一位将帅之才，成为大明开国功臣之一。

第二节　勇斗官兵

诛杀五姓

朱重八在二姐家住的日子久了，前来找他玩耍的朋友逐渐增多，邓广又带来了本村好几个十来岁的少年，他们一同捕鱼或捡柴，有时候还去附近寺庙玩耍。

村子附近有座寺庙，虽说不大，却有些年头，逢上好年景，前去烧香拜佛的大有人在，香火很旺。这几年村民生活一年不如一年，寺庙里的香火也有些萧条。寺庙周围满是山林，倒也无人看管，人们可以前去捡柴。重八加入到捡柴的行列中，想起几年前为刘德家捡柴受的窝囊气，不免心生感叹。

有一天，他和邓广在寺庙外捡柴，捡拾一会儿，两人有些渴了，打算到庙内讨口水喝。邓广胆小，望着威严肃穆的庙门左顾右盼，不敢进去。重八不管那么多，径直入内，找到水缸舀水就喝，随后端出水来给邓广。邓广伸手接水的时候，就听庙内传来厮打吵闹声，他们慌忙躲到墙下听庙内的动静。

不一会儿，一个兵大步走出寺庙，嘴里叽哩咕噜说着什么。重八看看邓广，意思是问他听明白元兵说什么了吗？邓广摇摇头，表示不懂。他们看着元兵远去了，这才慢慢站起来向寺内观望，只见寺内柱廊下躺着两位僧人，正在痛苦地挣扎着，看样子刚刚被人揍了。重八急忙拉着邓广跑进去，一面扶起地下的僧人，一面问道："是不是刚才那个鞑子兵打你们啦？"

两位僧人一老一少，年龄大的六十岁左右，小的不过十五六岁，看起来面黄肌瘦，都很瘦弱。老僧人坐在地上痛苦地说："正是，那个兵进来后就要我们给他做饭，我不敢惹他，就给他做了碗豆腐。可是他一巴掌就把豆腐打翻在地，吵着要吃肉。我们佛门净地，从来没有荤腥，上哪给他弄肉去。没等我争辩两句，他大打出手，把我师徒二人揍成这样。"说着，老泪纵横，泣不成声。

重八握着拳头，义愤填膺地说："这伙鞑子，越来越不像话了！"

邓广小声说："我看最近官兵出没频繁，听说南方有人谋反了。"

重八忙问："真有这样的事？"

老僧人招呼他们扶着自己走进禅房，命令小僧人如悟关门闭窗，然后谨慎地说："你们年纪小，不要在外面乱说话，小心招惹杀身大祸。"随后，拿出经卷为他们诵读祈福。

重八望着胆小怕事的老僧人，摇摇头说："关起门来过日子难道就没有祸事了？刚才还不是有鞑子找上门来惹事？"

邓广和小僧人如悟紧跟着说："就是，我们越胆小，他们就越来欺负我们。"

不管孩子们怎么议论，老僧人始终没有插话，也没有打断他们。

事隔不久，重八断断续续了解到一些事情。原来自从至元元年（公元 1335 年）开始，西番发生叛乱。随后，山东又有流民聚集山林,打家劫舍,杀富济贫,与官府对抗。朝廷派兵镇压才暂时稳定了局势。至元三年,广州增城县民朱光卿与石昆山、钟大明率领民众谋反,建立大金国,并且改年号赤符。此事震惊朝野,权臣伯颜上奏元顺帝,派兵镇压。但从此,各地起义谋反事件时有发生。四川合州大足县韩法师率众起义,攻城略地,震惊四方。朝廷派兵遣将,好不容易镇压了这次起义。当战报呈送到朝野时,战报上面写着叛民以张、王、刘、李、赵五姓最多。伯颜获知这个信息,竟然想出一条毒计,密奏元顺帝,要求把这五姓汉人全部诛杀,一个不留,将大片田地收作牧场,让蒙古人放牧牛马,他认为这样就能杜绝天下祸乱,不失为一石二鸟之妙计。当然,这个建议没有得到许可,不过,权倾一时的伯颜既然有了这个打算,追随他的官员和兵将们自然全力迎合。所以,即便没有正式诛杀五姓的皇命,各地镇压起义的官兵依然大开杀戒,不论是良民还是叛军,一律杀无赦。可以说他们借着平叛之名横行世间,做着比强盗还要令人发指的事情。

　　朝廷为了稳固统治,加强了各地驻防工作。濠州一带兵马增多,重八二姐的家临近濠州城驻地钟离,驻扎的元兵就离他们村子不远。前次去寺庙打人闹事的正是其中一个士兵。这伙元兵很快就成为当地一害,欺男霸女,强抢财物,严重扰乱了百姓们的生活。深受其害的百姓们只能忍气吞声,在天灾人祸面前艰难度日。

火烧元兵

　　来年,重八早早来到二姐家帮忙。夏天到了,他和二姐夫李贞驾船打渔,然后挑着担子到钟离(朱重八称帝后,改为凤阳,今安徽凤阳)城下卖鱼。钟离是一座历史悠久的城市,古代是淮夷之地,春秋时在此建钟离国,并且修筑钟离城,从此有了钟离这个城市。东周简王十年(公元前 576 年)吴王寿梦在此大会诸侯,钟离属于吴国。越王勾践灭吴后,此地又属于越国。几经变迁,钟离始终是淮河岸边的重要城镇,文化底蕴深厚,风光秀丽多姿,蕴育着世世代代的淮河人民。唐朝张祜游览钟离时,曾作诗盛赞曰:

> 遥遥东郭寺,数里占原田。
>
> 远岫碧光合,畅怀清派连。
>
> 院藏归鸟树,钟到落帆船。
>
> 唯羡空门叟,栖心尽百年。

从诗作中可见钟离一派田园风光、百姓安居乐业的安宁境况。但是到了元朝末年,钟离备受苛政蹂躏、天灾摧残,早已失去了原来的景色和风貌,百姓生活十分凄惨。

一天下午,两个人来到城下以前卖鱼的老地方,刚刚放下担子,就听远处传来马鸣人叫。接着,大街两边摆摊卖货的人一哄而散,纷纷逃走。李贞来不及细想,挑起担子拉着重八躲进附近一家烧饼铺子,这才喘着气略微定定心神,嘱咐重八:"千万别出去。"

重八知道这是官兵前来搜刮生意人的钱财,气愤地望着外面,什么话也不说。卖烧饼的人名叫牛三,是李贞的朋友,他拿着两个烧饼递给重八说:"吃吧!还热着呢!"重八慌忙推辞,说自己刚吃过午餐。

牛三转过头去与李贞说话,大意就是咒骂官兵无道,欺压百姓。牛三神秘地对李贞说:"前天西街五家人被砍头了,惨哪!"重八忙问:"为什么?"牛三摇着头说:"现在杀人谁还管为什么? 他们有刀有枪,想杀谁不行! 他们恨不得汉人全死光了,把中原大地变成他们的牧场呢!"李贞忙提醒他们小声说话。

朱元璋像

突然,外面传来鸡飞狗跳的声音,三个人趴在窗子上往外观望,见进来三个元兵,手拿刀剑,见鸡抓鸡,见鸭逮鸭,就连牛三平日里养的一条小狗也不放过,手起刀落,一下子就杀死了。

牛三是个单身汉,平日最疼爱这条小狗,与它相依为命。看到眨眼间小狗无缘无故被砍杀,顾不了许多,冲出去与元兵理论。元兵一见他,三人围着就是一顿毒打,临走还抢走他的烧饼和几袋面粉,简直比强盗还要凶残。

重八和李贞亲眼目睹整个过程,怒火燃烧,恨不能与三个元兵拼了。可是他们手无寸铁,如何对抗握有武器的元兵呢? 只好眼睁睁看他们扬长而去。随后,两人才跑出来搀扶牛三进屋里好生劝慰,李贞还为他炖鱼汤养伤。牛三泪眼模糊地说:"这群强盗今天没有从大街上搜刮到财物,直接跑进家里来抢了,这还有没有王法了?!"

安顿好牛三,李贞带着重八悄悄回家。他们挑着鱼,不敢走大路,专挑僻静的小路匆匆而行。说来也巧,正好遇到驻扎在附近的元兵外出操练,他们闻到腥味,哪肯放过李贞二人。带头的元兵二话不说,命令李贞将鱼挑进营账,犒赏军士。

李贞不敢反抗,乖乖把鱼挑了进去。重八跟在他身后,心中燃烧着熊熊烈火。不过他非常聪明机灵,丝毫没有流露出愤恨之情,而是仔细观察军营中的陈设装备。这是他第一次走进军营,其中刀枪剑戟、战马军旗,处处显示出威慑神气,令他很着迷。一路走进厨房,重八看着伙头军正在忙着烧水做饭,他望着燃烧的烈火,心里突然产生一个强烈的念头。

第二天中午,重八吃过午餐,悄悄找了邓广,两个少年穿过田地村舍很快来到兵营附近。只见他们弯腰捡柴,很快就堆起一大堆。重八和邓广背着柴草小心地来到兵营的后方,这里正是厨房驻地。重八蹲下身子,用火石打着火,点着柴堆,随后他们每人拿起一根燃烧的柴禾,嗖嗖扔进里面。

元兵刚刚做完了饭,锅底的火还没有熄灭,周围堆着乱七八糟的柴草,燃烧着的柴禾落到柴草上,呼地燃烧起来,很快就点燃了整个厨房。此时,兵营外的柴草也越烧越旺。突然刮起一阵旋风,火苗顺势呼呼地烧进兵营之内。看到大火蔓延,重八高兴地说:"大旋风,小旋风,都把大火烧进兵营。"话音刚落,就听风声呼啸,大风刮得更起劲了。

重八和邓广见大事已成,不敢停留,转身就跑。邓广想跑回村子,重八一把抓住他说:"回村子太危险了,我们赶紧跑到县城里去。"他知道县城人多地广,不易被元兵发现。

　　两个少年拔腿跑往县城的时候,营内元兵早乱成了热锅上的蚂蚁,他们急忙四处找水救火,费了好大周折才把火扑灭。再看营内,马惊人疲,遍地狼藉。这时,负责巡逻的兵士回来报告说没看见什么人从此处路过,大概是厨房内没有收拾好,所以引起火灾。伙头军听了,立即争辩说不是他们的过错,肯定是有人放火,巡逻兵怕担责任所以才诬陷他们。双方争执不休,元兵队长喝斥说:"先别吵了,快去请军师,让他算一算到底是怎么回事?"一声令下,立即有兵士骑马赶往县城去请军师。

第三节　躲避追杀

蜘蛛网救主

朱重八和邓广拼命逃往县城,很快从东门进了城内,混在来来往往的人群当中。他们商量后,决定分头藏进城内寺庙躲避元兵抓捕。遇到第一座寺庙时,重八让邓广躲了进去,邓广说:"我们一起进去吧!"重八说:"咱俩在一起目标太大,你先进去,我另寻一处躲避。"说着,头也不回又钻进人群中。

再说负责请军师的元兵,赶往城内后很快请出军师。军师有五十来岁,是个蒙古萨满教人,是朝廷派来为当地官兵出谋划策的,据说能掐会算,呼风唤雨,样样在行。他听了事情的经过,屈指细算,高声叫道:"不好,纵火者正要穿过南门,你们快去堵截。"兵士听了,忙问:"纵火的人什么样?"军师又掐指算了算,摇头晃脑地说:"此人身穿红衣,脚蹬黑鞋,头顶青罗伞,跨下一匹大青马。"

听他说得如此细致,兵士忙骑马赶往南门,通知守城官兵严加看守。

此时,朱重八转遍大半个城内,却没有发现可以藏身的处所,眼看天色渐晚,口干舌燥,他随手折断一根甘蔗,边吃边走,留意身边敌情。快到南门时,他想,天黑了我无处可去,不如先出城观察情况,明天要是万事大吉,我随时可以来通知邓广。想到这里,他捡起一片荷叶顶在头上,一手拖着甘蔗朝南门走去。

重八胆势过人,竟然没有把守城官兵放在心上,大模大样走过南门。这时,得到军令的守城官兵正大瞪着眼睛观看过往行人,只见一个个身穿粗布草鞋,破衣烂衫,面黄肌瘦,哪有什么穿红衣,打青伞的人?他们或者挑担推车,哪有骑马的?官兵正在焦急,看见朱重八走了过来,细一打量,见他光着身子,脊背晒得通红,头顶荷叶,满脚污泥,拖着一根青甘蔗,年龄不过十二三岁,一副讨饭孩子打扮,与军师描述相差何止千万倍!遂摆摆手,毫不介意地放他过去。

朱重八出了南城门,疾步如飞,匆忙向东赶回二姐家中。

临近黄昏,城门马上就要关闭了,军师前来询问抓捕情况,官兵们汇报说仔细观察了,没有发现他描述的人物。有位兵士还笑着说:"过往此门的全是些穷人,哪有几个穿戴整齐的。刚才出去的那个孩子,连衣服都没穿,双脚污泥,一看就是个讨饭的。"

军师听了,忙询问详细情况,随后闭目细算,惊叹说:"刚才那个孩子就是纵火者,你们都被骗了。"官兵们不解地互相观望。军师解释说:"你们说那个孩子光着身子,晒得通红,这不正是身穿红衣吗?他满脚污泥,就是穿着黑鞋;头顶荷叶,恰如打着青罗伞;拖着不熟的甘蔗,可不就是骑着大青马?"听完这番解释,官兵们才恍然大悟,但官兵们心里却对军师的算术很不满,觉得他有意要弄大伙。其实,军师哪有什么高深算术,他不过听了失火经过,猜想敢去纵火的人肯定是个有武艺的强人,所以才胡乱编了一套。想着哪怕有一两处相似之处,随便抓个人不就交差

朱元璋像

了。怎知他身处富贵,不了解民间百姓疾苦,并不知道过往行人都是穷苦百姓,这些人的穿着打扮自然与他描述的相去甚远。军师害怕被人取笑,于是硬生生把重八的相貌打扮与自己的推算联系到一块,并命令官兵赶紧追赶。

官兵们骑马顺着重八远去的方向追了下去。重八走了一段路程,听到身后马蹄声声,担心官兵追赶,四下里望望看到有间废弃的土坯屋子,便闪身躲了进去。这间土屋年久失修,屋顶上的茅草都快要掉光了,里面结满蜘蛛网。重八躲到墙角,立刻爬过来许多蜘蛛,它们不停地吐丝结网,很快就结成一张密密实实的网,把重八遮藏得严严实实,从外面根本看不到他。

官兵们追赶一阵,依然不见重八的身影,他们停下来商量,有人说:"那个小孩怎么跑得这么快? 一眨眼就不见了。"有人说:"我看军师胡乱编造,一个小孩怎么成了纵火者?"也有人说:"对,军师害怕将军怪罪,就把责任推到我们身上。"他们议论纷纷,听起来对军师深感不满,认为他是个依靠巧言令色获取将军信任的骗子。这时,带头的兵士说:"不要继续争吵了,我看前面有间屋子,我们过去看看,那个孩子是不是躲到里面去了。"

他们打马来到土屋前,从门口向里望了望,看到蜘蛛网满屋,根本没有人影,随之泄气地说:"没有,里面全是蜘蛛网,哪有人影?"

带头的兵士不死心,探头看了一会儿,看到蜘蛛忙碌地爬来爬去,整个屋子里阴森恐怖,哆嗦着说:"算了,那个孩子肯定没在里面,说不定早就跑远了,我们继续追。"

其他兵士懒洋洋地说:"要是追不上,找不到怎么办?"

带头兵士是个老兵,嘻笑着说:"听说前面有处水湾,那个孩子也许掉进去淹死了……"没等他说完,其他兵士哈哈大笑,高高兴兴地说:"对,肯定掉进去了,这样我们就没责任了。"

他们说说笑笑走了,朱重八费力地爬出蜘蛛网,望着他们远去的背影啐道:"呸,你们才掉进河里淹死了呢!"他说着拂去身上的蜘蛛网,回身对着上下忙碌的蜘蛛说:"感谢你们搭救重八,日后定当厚谢。"说完,朝着满屋的蜘蛛网拜了三拜,这才离开土屋,抄小路朝二姐家奔去。

据说,朱重八感激蜘蛛搭救之恩,他做了皇帝后没忘当初誓言,竟然允许宫内蜘蛛自由结网觅食,不让宫女和太监们清扫。

临明一阵黑

重八回到二姐家,不敢对她说火烧元兵的事,含含糊糊地说跟朋友玩去了。二姐心疼地看着他说:"以后要早点回家,回来晚了全家挂念。我今日刚给你做了双鞋,以后出门就穿着,如今长大了,不能跟小孩一样了。"重八答应着,吃过晚餐就去睡了。

半夜刚过,重八悄悄起床,穿好衣服坐在床前,他要趁天未亮进城,带着邓广离开是非之地。

半夜行路,对于十二三岁的孩子是个挑战。朱重八坐在窗前呆望着月亮,听到鸡啼,才穿好二姐新做的布鞋。重八长这么大第一次穿新鞋,以往不是光脚就是捡哥哥们的旧鞋穿,今日穿上新鞋,感觉就是不一样。他来回走了几步,心里特别激动,脚下倍觉舒爽。

重八趁着夜色出门了,轻车熟路,很快来到东城门。他在门外站了片刻,城门这才打开。重八忙躲到一棵树后,心里盘算着,要是被他们认出来就麻烦了。唉,天色越来越亮,老天爷怎么不能再黑一会儿? 他刚刚念叨完,放亮的天空果真又暗了下来。重八惊喜交加,以为这是老天爷在帮助自己。其实,天亮之前总有一段最为黑暗的时刻,这是自然规律,俗称"临明一阵黑",不过重八年纪还小,经历少,还没有这方面的常识,所以误认为这是老天爷听了自己的祈祷,有意给自己帮忙。

再看重八,哪肯错过这大好时机,忙从树后跳出来,趁着黑暗三两步就进了城门。守城官兵们刚刚睡醒,一个个打着哈欠,伸着懒腰,那顾得了进出城门的人。重八顺着街道飞快赶到邓广藏身的寺庙。庙门刚刚打开，僧人们揉着惺忪的睡眼准备上早课。重八悄悄找到后院门口。这里有几间空着的房子，是他们昨天约定的藏身之处。重八推开其中一扇房门，低声喊："邓广，邓广。"恰好邓广就藏在这里，他听到喊叫声，这才露出脑袋痛苦地说："重八，饿死我了。"

重八忙过来扶住邓广，从怀里掏出菜窝窝递给他，说："快吃吧！吃完了我们好赶路。"邓广接过菜窝窝，狼吞虎咽吃了三四个，噎得直翻白眼，说道："渴死我了，我渴，重八，你去给我弄点水喝。"

重八悄悄走向前院，侦察一番，发现僧人们都在殿内诵读功课，急忙跑到厨房，舀着满满一瓢水跑回来。邓广吃饱喝足，精神大增，连忙询问官兵追查情况。重八将昨天经过详细叙述，邓广听了，思虑着说："这么说，他们不会认真追查下去？"

重八说："嗯，我看他们也是应付公事，不过我们不要大意。我们先在城内转转，看准时机会再出城回家。"

两个少年商量躲避追杀大事，却未发现有人来到房外发现了他们。来者是位六十岁左右的老僧人，穿着粗布侣衣，看样子是本寺的下等僧人。老僧人笑微微地伸手拿过水瓢，不言不语离去了，似乎对重八二人视而不见。重八奇怪地看着他离去的背影，突然上前拦住他说："老师父请留步。"

老僧人停下脚步，轻声细语地问："有什么事吗？"

重八虔敬地说："我们冒昧躲在这里，多有打扰。老师父为什么不怪罪我们？"

老僧人说："习以为常。在此处躲藏的何止你们两位，能够救人一命也是佛祖显圣，哪里谈得上怪罪二字。"原来，老僧人是这座寺庙内负责做饭的僧人,只有他经常光顾后院。多年来,他深知处于天灾人祸中的百姓们的难处,所以每每见到有人前来避难,不但不举报怪罪,反而常常接济他们。

听了他的话,重八如释重负,感激地说:"多谢老师父。"

老僧人头也没回,口里说着:"明早离去,确保安全。"就走了。

重八琢磨着,与邓广商量说:"听老僧人的意思,是要我们明天早上离去,我们索性在这里躲上一天一夜,你看如何?"

邓广胆子小,觉得躲在这最安全,满口答应说:"好,我们再在这里躲躲。"随即他想起什么,接着问:"可是我们怎么吃饭?没有吃的还不饿晕了?"

重八拍着他的肩膀说:"放心吧!老师父准会给我们送吃的来。"

果不其然,老僧人很快给他们捎来两个白馒头。除了过年过节或喜庆之日,重八和邓广很少吃白馒头,今日一见,口水直流,拿过来三两口就吞进肚里。邓广拍着肚子不解地问:"重八,避难真好,还有白馒头吃。对了,你怎么知道老师父会给我们送吃的?你不怕他把我们出卖了?"

重八轻松地说:"放心吧!我有法术,知道他是个好人。"不知为什么,早上祈求天色转黑之事给了重八极大的信心,他觉得自己很灵验,何况,他胆大心细,善于观察,能够从对方言谈举止中揣摩出很多东西,这也是他在艰难求生的苦难岁月里养成的一种本领,也可以说是人的本能。若不是这项本事,恐怕他日后也无法从错综复杂的斗争中脱颖而出,以低微之身荣登帝位。

第二天,两个少年天未亮就溜出寺庙,悄悄来到东城门。重八悄声说："等一会儿城门开了,我们祈求老天爷,天色转黑时我们赶紧出城。"

通过昨天之事,邓广对重八非常佩服,他听从吩咐合掌祈祷,果然天色转黑,于是,两个人匆匆跑出城门,奔回家去。

第六章

挑担买卖　侠义救人惹祸根

　　两个少年满心以为虎口脱险，没有想到元兵不依不饶，竟然找上门来，不知道他们最终如何逃脱厄运？

　　为了生计，重八跟随父亲挑担卖豆腐。有一次，他在路上好心救人，怎料此人竟是附近一伙山贼的头目。重八敬佩他们行侠仗义，为之解围。而重八两次救人，却被人举报到了官府，因此惹来天大的灾祸……

第一节　卖豆腐的少年

时局新变

朱重八逃回二姐家中不久,元兵带人找到村里。原来他们没有抓住纵火者,心有不甘,决定从附近的村子入手,一是彻查此事,二是借机搜刮钱财。前面多次提起,元朝官吏腐败贪污的程度极其可怕,更何况他们现在手里握有王牌——捉拿纵火者,因此大开敛财之门,扩充私人腰包。老百姓们听说元兵被烧,非常高兴,宁可多交钱财,无人主动提供纵火者线索。

李贞夫妇从重八两次离家外出的事上察觉出蹊跷,为了保护重八决定把他送回孤庄村。临行前,二姐流着泪说:"重八,你回去后不要惹事,好好跟着父亲学做豆腐,长大了也有个手艺养家糊口。"重八心有不平,愤懑地说:"穷苦百姓一年到头苦干死干,可是就是吃不饱穿不暖,那些官兵老爷们游手好闲,却不愁吃穿,欺压四方,这到底是什么原因?"在他心里,对社会和人生的不公平提出了强烈抗议,鉴于这些想法,创建帝业以后的朱重八严厉打击贪官污吏,成为有史以来最为坚决的反贪帝王,曾经诛杀很多贪污受贿的官员,影响深远。

二姐当然无法回答重八的问题,她简单地收拾包裹,嘱咐李贞早早把重八送回家去。大半年了,重八踏上回乡之路,不免有些感慨思绪。走到村西庄稼田时，邓广忽然窜了出来，他拉着重八的手说："你什么时候再回来？"重八看着邓广，颇有些不舍："过些日子我还会回来。"两人依依不舍话别，后来两人再次相见，已经是朱重八参加义军后回乡募兵的时候了，而邓广正是第一批响应参军的人之一。

　　再说火烧元兵一事，就在元兵借机搜刮钱财、欺压百姓之际，他们突然接到军令撤走了，从此，这件事情再也无人提及。元兵为什么放弃敛财突然撤走呢？原来元王朝内部又发生了惊天动地的大事，权臣伯颜突然被贬江南，困顿而亡。

伯颜帮助顺帝肃清燕帖木儿余党，得到顺帝宠信，权倾一时。但他居功自傲，目中无人，不断强化个人的势力和威望，导致朝廷内出现人只知伯颜，但不知顺帝的局面，最终触怒了年轻的顺帝；而且，伯颜不断打击异己分子，控制朝局，也造成大臣们对他的不满；更为严重的是，他废止科举制度，伤害

朱元璋像

天下士人的心，动摇封建王朝统治根基；他密奏诛杀五姓，引起天下人惶恐。

　　面对伯颜几近疯狂的暴虐政策，他的侄子脱脱深感不安。脱脱是伯颜弟弟的儿子，自幼聪慧，文武双全，拜汉人吴直方为师，颇懂治国安邦之道。伯颜十分看重脱脱，命他进宫宿卫，监视顺帝起居。一开始，脱脱谨奉伯颜的命令，知无不报。但随着伯颜骄奢日甚，恣意妄为，脱脱产生了深深的忧虑，曾经对父亲表示了自己的忧虑："伯父骄纵已甚，万一天子震怒，我家恐怕要面临灭族的危险，不如提前做好预防准备。"他父亲无奈地说："我多次劝说他，他就是不听，有什么办法？"脱脱很有心计，不动声色地说："我另有主意，不会被他牵连进去。"

脱脱开始注意寻找良计，他请教老师吴直方。吴直方对他说："古人说，大义灭亲。你要是想为国尽忠，就不要顾及什么亲族！"一语点醒梦中人，脱脱茅塞顿开，下定了大义灭亲的决心。

很快，脱脱利用职务之便，向顺帝言明心志。顺帝经过仔细考察，确信脱脱忠于自己，就放手让他去铲除伯颜。

伯颜势力强大，广植党羽，要想除掉他并不容易。但脱脱有耐心和应变能力。有一天，伯颜打算带顺帝外出行猎，脱脱得知消息后，急忙阻止顺帝外出，请他委派太子跟随出猎。太子并非顺帝的儿子，而是文宗皇帝的儿子，当初文宗皇后执意遵从夫命立顺帝，而他的儿子同时被立为太子。精于权变的伯颜对脱脱和顺帝有所怀疑，所以才提议出猎，当他听说顺帝不能外出，改派太子出行时，心想，太子在我手中，也可号令天下，到时候我可以废除皇帝，另立新君。于是，他带着太子在大队护卫簇拥下奔向狩猎之地——柳林。

脱脱见伯颜离去，紧锣密鼓行动起来。他首先派亲信驻守各个城门，严令不得放伯颜入内。接着，他请顺帝召集文武百官，齐聚殿外等候命令。夜里二更时分，他秘密派遣都指挥使率领三十骑兵去柳林接回太子。同时，他请顺帝召见翰林院学士，起草诏书,历数伯颜罪状,将他贬为河南行省左丞相。诏书写好后,顺帝亲自盖上御玺,派遣平章政事前去柳林宣读诏书。

一切准备就绪,脱脱披挂整齐,排兵布阵,严防京城安危。为防万一,他率领将士们连夜巡城,不敢有丝毫疏忽。第二天天亮,接到诏书的伯颜气急败坏地赶回京城,却见脱脱全身戎装,威风凛凛地坐在城头上,严令将士们不得开门放人。

伯颜知道大势已去,央求道:"脱脱,你我是至亲,我从小抚养你、栽培你,你为什么背叛我?"

脱脱义正词严地回答:"为国家大计考虑,只有抛却私情,顾全大局。而且,伯父今日离去,可以保我全族安全,不至于被灭门九族,这也是万幸之事!"说完,脱脱沐浴着晨光走下城头,大步走向皇宫。

伯颜进退无路,随行侍卫早已散去大半。一代权臣转眼间落魄至此,他无奈地怀揣诏书踏上南下之路。伯颜悔恨交加,尤其对脱脱满怀仇恨。有一天,他路过真定,遇到几个老人,饥渴难耐就去讨水喝,并且满腹委屈地诉说自己的冤情:"你们听说过逆侄谋害伯父的事吗?"

伯颜和脱脱的事情早就传遍全国,人们对倒行逆施的伯颜满怀痛恨,都赞成脱脱大义灭亲的举动。所以老人们故意回答:"我们都是山野小民,居住在乡村野外,僻静之所,只听说佞臣当道,威逼国君,从没有听说过逆侄害伯父的事!"伯颜听完他们的话,明白这是在讥讽自己,满脸羞愧,无言以对。他只好起身告辞,继续南下。忽一日又接到诏书,说上次处罚太轻,重新放逐他去南恩州阳春县。伯颜久居相位,养尊处优惯了,哪受得了一路颠簸,风吹雨打,走到江西隆兴就病死了。时人还作诗讽刺伯颜说："百千万锭犹嫌少,垛积金银北斗边。可惜太师无远智,不将些子到黄泉。"

　　伯颜既死,顺帝任用脱脱为相,掌管军国大事。公元 1340 年,脱脱废除伯颜为政时的各种酷政,恢复科举,实行一系列兴利除弊的措施,得到人们的拥护,被称为贤相。脱脱为相,为腐朽的元王朝注入一剂强心针,让处于水深火热中的百姓得到喘息,延缓了元朝政权的崩溃,在历史上具有重要作用。而元王朝内部激烈的抗争和变化,也让少年朱重八火烧元兵一事不再为人所记起。

寺内卖豆腐

　　重八回到家中,又开始了下田劳作的生活。如今他已经十二岁了,挑担推车这些活儿,都应该学习掌握。每天,他跟在哥哥们身后做着这些粗重的工作,显得十分吃力。朱五四夫妇看在眼里,心疼小儿子。陈二娘对丈夫说："重八从小聪明伶俐,不愿意在田地里打滚讨生活,我看你就教他做豆腐吧!说不定将来对他有好处。"朱五四点着头同意了。近些日子,听闻官府变动,苛捐杂税减少,老百姓们开始偷偷摸摸做些小本生意,打算改变目前艰难的生活处境。朱五四年龄大了,他把田里的工作全部交给儿子们,准备重新开始卖豆腐。

　　朱五四把想法告诉重八,让他跟着自己学做豆腐,还要学着外出卖豆腐。重八对这件事不感兴趣,摇着头说："我不想学。"朱五四问："那你想干什么?"重八想了想,低声说："我也不知道,反正不想卖豆腐。"他心中怀有大志,岂肯埋没在叫卖小贩之间。不过他毕竟年少,受生活所限,对未来和理想没有多少明确的目

朱元璋像

标,所以这样回答父亲。不过从中也可见穷苦的生活没有消磨他的志向,这是难能可贵的。重八没有向生活低头,他对待人生的态度与父兄们有着明显的不同,是个有理想的少年。

朱五四生气地咳嗽几声,没好气地说:"这干不了,那不想干,难道你还真的想当皇帝?!"他记起重八小时候做当皇帝游戏的事,所以故意这么呛白他。

陈二娘劝说道:"重八,别跟父亲乱说话,卖豆腐多好啊!走街串巷,见识不少风土人情,比在田里工作快活多了。"

重八的大哥刚好进来,也插了一句:"以前我想跟着父亲学做豆腐,父亲还不教我,现在他把这个手艺教给你,你还不想学,你可真够娇贵的。"

紧跟其后的三哥撇嘴说:"哼,还不是被惯坏了。"

重八听他们又是奚落又是嘲讽,跺着脚说:"学就学,有什么了不起的!"

从此,重八每天早起磨豆子,熬豆浆,点卤水,成了一名手艺人。要说重八,当初虽然不愿意学做豆腐,真正学起来却相当机敏,很快就掌握了其中的要点,成为父亲的得力助手。日出日落,转眼间两三个月过去了,多日四处叫卖,确实丰富了重八的阅历,让他在小小年纪领略着各处穷苦人们的辛酸生活,品尝着世间冷暖。在这种生活里打拼成长,既磨练了他的意志,也锻炼

于觉寺

了他求生的本领，更塑造了他坚忍不拔的品格。

　　这天，父子俩忙了一上午，豆腐做好后，他们把豆腐分成两大块放到挑担里，走出家门吆喝着四处去卖豆腐。父子俩走在乡间小路上，田野里的庄稼长得正旺，秋风一吹，哗啦啦响成一片，像海浪翻滚，又像千军万马奔腾。朱五四望着此情此景，不禁高兴地说："今年年景不错，秋后会有个好收成。"对他来说，没有比好收成更令他激动、令他满足的了。

　　很快，他们来到于觉寺（后改名皇觉寺，现名为龙兴寺），此寺初建于宋朝，历经战火而损坏。元初，有位叫僧宣的人将其重新修建完善，扩大规模。于觉寺在太平乡东十四五里的地方，是离孤庄村最近的寺庙，这些年来，香客不断，颇为鼎盛。最近寺里的烧火僧病了，无法自己做豆腐，所以只好买豆腐吃。朱五四知道寺里僧人对豆腐的需求多，所以天天第一个上门叫卖，时间久了，僧人看他老实厚道，做的豆腐好吃，也就每天都买他的豆腐。重八往往趁此机会去寺内玩耍，看看高大威严、面目各异的佛像，瞧瞧敲着木鱼念经的和尚，再不然就跑到殿堂内观望烧香拜佛的香客，觉得十分有趣。

今天，重八趁父亲去后院与僧人买卖豆腐的时候，又跑进寺内去了。他正要往后面跑，不小心被一块石头绊倒了，引得旁边几位僧人嘻嘻傻笑。重八爬起来拍打着身上尘土，随口说道："这块石头竟敢绊人，看我不踩碎你。"说着，脚板一跺，石头竟然马上碎了。僧人们见状，无不露出惊讶的神色，佩服这位少年力大无比。

恰在这时，寺外走进一位身材高大的香客，看起来五十来岁，似乎是寺内常客，他看到僧人围着一个少年起哄，走过去观看，看到重八脚踩碎石，不由得面露惊讶之色。

第二节 天子山的豆腐

巧摆豆腐阵

只见那人分开几位僧人，走到重八面前施礼说："小义士，今日重逢，在下再次感激您的救命之恩。"重八抬头打量眼前人，觉得他很面熟，却记不起是谁来了，于是问道："你是谁？为什么要感激我？"

那人满面笑意，恳切地说："一个月前，我病倒在路上，不是你救了我吗？"

重八仔细思索，好半天才拍着大脑门说："记起来了，记起来了。"原来，此人名叫胡中达，带着帮兄弟聚啸山林，做些杀富济贫的买卖。一个月前，他遭到官兵追杀，负伤晕倒在路上，恰好重八跟着父亲卖豆腐路过此地。朱五四胆小怕事，不敢去搭救他；重八却很侠义，看到他身负重伤，停下来唤醒他，还把他扶到附近破庙里歇息。重八很细心地照顾胡中达，给他水喝，看他苏醒过来还给他豆腐吃。胡中达因此得救，后来被同伴接走了。

重八救人后就离去了，并没有把这件事放在心上，今天猛然听到胡中达如此庄重地感激自己，竟然一时迷糊，费劲才想起来。胡中达笑呵呵地拉着重八的手，不停地说："小义士，要不是你出手相救，恐怕胡某早就见阎王去了。"说着，拉着他走进寺内，一起拜佛烧香。

朱五四卖完豆腐，来到前面听说重八跟着一位大汉进去了，忙跑到里面寻找，却见胡中达正与重八一起跪在佛前。朱五四慌忙过去拉起重八，低声喝问："你干什么？"

胡中达看见朱五四，起身答谢。朱五四不明白地看着胡中达，见他身材魁梧，很有霸气，穿着颇为整洁，与自己熟悉的环境里的人大不相同，不由得心虚胆颤，嗫嚅着："你……你为什么要谢我？"

重八兴奋地说："父亲，您忘了一个月前的事了？这位大叔病倒路边，不是我们出手相救的吗？"

朱五四擦擦昏花的眼睛，想了好一会儿才点着头说："是是是，这位大人，您如今安好？"

胡中达笑着说："我不是什么大人，老大哥，你就叫我中达吧！那天多亏你们相救，要不我哪能活到今天！对了，我最近在不远处的小天山安了家，那里弟兄不少，你每天就把豆腐送到那里去吧。"

朱五四听说他把自己的豆腐全包了，高兴得合不拢嘴，一时不知道该如何感激才好。还是重八机灵，他立刻对胡中达说："大叔，你那里需要多少豆腐？我天天给你送去。"

胡中达摸着重八的脑袋，看着朱五四朗声说道："老大哥，我看这个孩子鬼机灵，将来肯定比你强。"说完，兀自哈哈大笑。朱五四拘谨地站在一边，想笑又没有笑出声来。

从此，朱五四的豆腐有了销路，他不用每天挑担叫卖，只管做好了给胡中达送去。久而久之，重八熟悉了小天山的情况，经常独自挑着豆腐前往。在送豆腐的过程中，他模模糊糊了解到胡中达一伙人的行为,觉得他们身怀武功,是些了不起的人物。

有一天黄昏,重八正挑着豆腐走在山路上,忽然看到几个官兵鬼鬼祟祟地出现在小天山附近。重八心生警觉,忙藏身在山坡后面观察动静。不一会儿,他吃惊地发现十几个官兵陆陆续续汇聚而来,手拿刀枪剑戟,他很快便明白了,他们是去袭击胡中达等人的。重八知道今天胡中达等人有聚会活动,所以才多要了两担豆腐,他有心跑去报信,又担心暴露目标,眼看着官兵步步逼近,怎么办呢?天色越来越暗,官兵可能很快就要发动进攻了。重八想了想,突然计上心头,他将担子里的豆腐倒扣出来,用刀片成薄片,摆放在通往山里的小路上,随后在上面撒上树叶碎草,然后赶紧躲藏在树后,紧张地观望官兵动静。

果然,官兵悄悄向山里挺进,他们约十四五人,大概是得到了胡中达等人的消息前来偷袭围剿。十几个官兵只管前行,七拐八拐进入了重八布的豆腐阵,只见前面的人踩滑摔倒,后面的人没有防备,也接连摔在地上,兵器相撞,惊叫声声。这次偷袭行动在喊叫声中完全暴露了目标,很快就被胡中达派出的巡逻人发现了。胡中达等人不敢停留,连夜出逃,躲过了官兵的袭击。

侠义救人

重八对胡中达等人虽然佩服,却有一件事情不敢认同,并且耿耿于怀。这件事说来话长,有一次,重八在为他们送豆腐时,发现有个六七岁的小孩一直跟随自己,重八非常奇怪,故意在山路上拐来拐去,意图甩掉这个孩子。可是小孩跟得很紧,一步也不离。重八把握机会躲进树丛后,打算拦住小孩问个究竟。

朱元璋像

果然,小孩跟着跟着看不见重八的身影了,停下来惊慌四望。重八猛然蹿出树丛,跳到小孩面前问:"喂,你为什么跟在我身后? 你想干什么?"

小孩吓得脸色大变,瞪着重八一言不发。

重八想了想,觉得事有蹊跷,于是问道:"你是不是想进山里去?"

小孩使劲点点头。

重八接着问:"你去干什么? 你认识谁?"

小孩张口回答:"我去找我母亲。"

这下重八愣住了,他以往看到山里全是男的,没见过女人,这个孩子怎么说要去找母亲,这是怎么回事? 他不明白地搔搔头皮,继续问:"你母亲怎么会在山里? 她干什么去了?"

小孩突然哇哇大哭,满脸悲痛地说:"我母亲被坏人抢到山里去了,我要我母亲,我要她回家。"

竟然有这样的事!重八震惊异常,他猜测不到什么人会抢夺他人妻女,难道会是胡中达所为?少年重八被这件意外的事情弄糊涂了,他不明白平日里豪爽侠义的胡中达为什么会做出这种事来,这与盗贼有什么区别?其实,重八并不知道,胡中达等人就是群盗贼,他们不过是多与官府富豪为难,不以祸害穷苦百姓为主。后来元末义军中有不少这样的人物,他们趁着乱世造反,打起义军旗号,名为救民于水火,实则强取豪夺,祸及天下。朱重八后来正是从这些人身上看到,义军要想成功,必须摆脱盗贼习性,实行严格的军纪军令,切实维护百姓的生命财产安全,才能寻找到真正的出路,最终走向壮大。

如今,重八听说小孩的母亲被抢,连忙带着小孩进山寻母。小孩名叫大海,家住小天山后面村子里。村子不大,只有几十户人家,自从胡中达等人住进小天山,经常去索取财物,有些人还调戏他人妻女。胡中达是个大老粗,对这些事不放在心上,久而久之,村民对他们多有怨恨。偏巧这天这伙人又去村里闹事,被大海家的狗咬伤了。胡中达的人不依不饶,要求赔偿。大海家里穷,哪有东西可赔,没有办法,大海的母亲同意他们的提议,答应去山里为他们做饭。这一去十几天,活不见人死不见尸,村里人议论说肯定被盗贼霸占了。为此,大海的父亲气得卧病在床,大海无人照顾,天天跑到山脚下盼母归来。可是他年龄太小,不敢独自进山,经过几日观察,发现重八天天挑着担子进山,这才尾随他打算进山寻母。

听了事情的经过,胡中达含糊其词,答应说查问查问再说。其实,他早就知道此事,不过他有意袒护手下人。重八很认真,逼着胡中达立即放了大海的母亲,并说:"你们要是不放人,与那些欺压百姓的鞑子有什么两样!"这句话触动胡中达内心深处,原来他正是被官兵所逼,家破人亡,才无奈走上这条路。他决定彻查此事,严惩手下,送还大海的母亲。没想到这件事情还没有解决,他们就遭到官兵偷袭。脱险后,为了感激重八,胡中达给朱家送去财物,但是重八谢绝了,而是再次要求他归还大海的母亲。

胡中达被重八的侠义之举感动,立刻让手下人放了大海的母亲,让她回家与丈夫、孩子团聚。为了表示歉意,胡中达还特意认大海做义子。后来,大海父母双亡,他跟随胡中达走南闯北,成为一名义军领袖。

重八不但救了胡中达,还救了大海的母亲,从此,这个卖豆腐少年的事迹在小天山传播开来,当地人更是开始学习制作豆腐。此后,制作食用豆腐的风气日盛,逐渐形成特色。等到朱重八做了皇帝,当地人为了纪念这段故事,就把小天山叫作天子山,把此地出产的豆腐叫作天子山豆腐,也叫作凤阳酿豆腐(此时濠州府驻地钟离城已经改名凤阳),凤阳酿豆腐经过发展演变,时至今日,已经成为当地一道风味佳肴。

第三节 高粱叶子救人

告状被抓

重八一家靠着辛勤的劳动,终于过上了较为稳定安宁的日子。生活虽然简朴,但是有了希望就有了一切,惯于在温饱线上挣扎的他们,已经十分满足了。又一年春去秋来,朱五四新盖了两间土屋,开始托媒人为老二、老三说亲。

亲事尚未说妥,美梦刚刚开始,灾祸却不期而至,再次降临到这个穷苦家庭:有人告发他们串通盗匪胡中达,与官府对抗,祸乱一方!这个罪名实在不轻,把老实忠厚的朱五四吓得一病不起。面对巨大的灾难,全家人心慌意乱,不知道该如何应对。

危急关头,朱重八的伙伴汤和出面为他们分忧,提出去城里托亲戚帮忙。这也是不得已的办法,重八已经十三岁了,家里就他读过书,有点见识,于是陈二娘决定让他与汤和进城办事。两个少年手提礼物,天未亮就踏上进城之路。重八知道这次进城非比寻常,关系全家人性命安危,所以一路行来神色凝重,心烦意乱,十分不爽。

路过一片高粱田时,汤和忍不住说:"重八,你不用害怕,胡中达他们去年就走了,怎么会与你有关系呢?只要把这件事说明白了就不会有麻烦。”

　　重八紧紧锁着眉头，抿着嘴唇，大步走着，似乎没有听到汤和说话。

　　汤和紧追两步，还想说什么，却始终没有再开口，只是低头赶路。

　　他们见到汤和的亲戚，说明来意。那人倒也爽快，直截了当地说：“这件事情牵连的人不少，这是官府变相要钱，只要多给点钱就没事了。”

　　重八这才松了口气，随后问：“听说朝廷换了宰相，变了制度，读书人可以考取功名，税租也减少了，怎么官府还欺压百姓呢？”

　　那人叹着气说：“看你年龄不大，倒是了解时局。唉，换了宰相能怎么样？天高皇帝远，谁还亲自到村野之间探访百姓疾苦？几十年来他们奉行的国策哪能在一朝一夕改掉！宰相在朝堂订下的策略，到了我们这里早就变样了。”看来，他没有把汤和和重八当作外人,也许觉得他们不过是两个孩子,说说心里话也不妨,于是唠唠叨叨诉说了许多不快和不满之事。

说者无心,听者有意,重八对国家大事非常敏感,他听了这些言论,逐渐明白国家目前的状况:国家依然被外族统治,而且形势不容乐观,汉人地位依旧卑贱。重八心里沉甸甸的,少小的他不明白如何才能改变目前局势,如何才能真正过上幸福的日子。

回到家后,重八全家千方百计筹集钱财,疏通关系,争取摆脱厄运。不久,恰好朝廷派遣奉使(监察官员)来濠州。重八听说后盘算着趁机告状喊冤,说不定能够减免罪责。他想到做到,瞒着家人,与汤和偷偷赶往城里。

重八和汤和满怀希望前去告状,可是却连衙门也没有进去。这天,衙门外站满了人,他们都是听说奉使来了而来喊冤的,州府官吏平日里为非作歹,欺压百姓,看到这么多人来告状,哪肯放他们去见奉使。众人从早上等到午后,从午后等到半夜,又从半夜等到第二天,始终不见奉使的影子,却看到不少兵丁往府里送货物。他们有的挑担、有的推车,东西看起来沉甸甸的,应该是地方官吏送给奉使的财宝。日上三竿时,饥饿的人群开始骚动,有人愤愤地说:"我们在这里等了一天一夜,不吃不喝,连个衙门都进不去,真是气人!"有人说:"你没看见进进出出的人吗?瞧他们酒足饭饱的样子,肯定在里面大吃大喝呢!"有人干脆叫道:"我们冲进去吧! 不信见不到奉使大人。"议论声越来越高,众人的情绪也越发高涨,场面渐渐失控,人群开始向衙门口移动。

站在人群后面的重八和汤和心情激动。他们生长在村间地头，日日与土地农人相伴，生活比较闭塞，哪里见过这等场面，不由自主随着大家往前走去。就在众人快要接近衙门口时，突然里面窜出十几个士兵，手拿兵器，朝着人群乱砍乱砸一通。被砍中的人抱头喊叫，纷纷退避，告状队伍立即散去，各自奔走逃命。官兵们不肯放过百姓，在后面追赶缉拿，衙门外乱成一团。

年轻体壮者大多跑得快，官兵们追赶不上，于是他们就专门抓拿老弱妇孺。重八和汤和两个少年没有经历过这种阵仗，自然慌乱失神，在人群中挤来挤去，寻找逃命机会。碰巧一位老妇人摔倒在他们身边，重八连忙弯腰扶起她，与汤和一起扶着老人朝城外逃去。大家拼命逃跑，很快来到城门附近，此处有一片高粱田。这时，大多数人早已逃散，只剩下八九个人，要么年老，要么年少，跑不动了，打算到高粱田里躲避。官兵见此，正中下怀，不由分说，上前连捆带绑就把他们压倒在地，抓住了这群妇孺和少年。

眼见告状者跑的跑，散的散，被抓的被抓，汤和心里十分凄惶，使劲挥舞胳膊意图挣脱，却被官兵用力反绑，不得动弹。这时，他们被捆绑在地，周围站着官兵，处境看来十分不妙。汤和不服气地继续挣脱着绳索，低声说："重八，我们得想办法逃走。"

观望眼前情景，重八反而镇静下来，低声说："我们来这里就是告状的，现在把我们抓起来了，正好可以见官诉冤，为什么要跑呢？"

汤和想了想，看着周围凶神恶煞的官兵，倒吸口冷气说："重八，你不害怕吗？瞧他们的神情，似乎要处置我们，我们到哪里去喊冤？"

重八一心告状，当然不去理会官兵的神情，可是他毕竟太年少了,没有料到将面临的危险,没有体会到官场的黑暗,只是天真地以为见到官吏就能伸冤,却不知道自己就要遭受新的磨难了。

高粱叶子砍头

重八被捉拿,满心以为可以见到官吏诉说冤情,哪会想到事情完全出乎他的意料。就在他与汤和低声议论的时候,有位骑兵飞马赶来,向在场的官兵下达命令,让他们把捉拿的犯人一律扔进高粱田,等候审讯处理。

这个处治,不仅让重八大感意外,就连捉拿他们的官兵也丈二和尚摸不着头脑,忙向传达命令的骑兵询问原因。在他们看来,捉拿的犯人应该带回衙门,或者关进大牢。那位骑兵大咧咧地说:"老爷说了,他陪着奉使外出视察,哪有时间搭理这些贱民? 把他们扔到田里,严加看管,不然,送进牢房还要占地方,招惹麻烦!"

官兵们也不多加思索,按照命令把重八等人轰进高粱田。有些官兵还低声嘟囔:"本来想着抓了人可以领赏,没想到这些人这么不值钱!"

不管官吏们如何想,重八等人却要在高粱田里忍受酷暑煎熬。秋热如虎,炙烤大地。众人在田里又热又渴,烦闷难耐,可是手脚被捆绑,无法解脱。重八眼见告状无门,心里十分不爽,他低头沉思着事情的经过,思虑着下一步该如何打算。汤和与他背靠背坐着,早已口干舌燥,沙哑着嗓子说:"重八,恐怕不到天黑我就渴死了。"

重八强忍焦躁,对汤和说:"你听说过望梅止渴的故事吗?

当年曹操率领大军南行,遇到酷暑天气,士兵们不愿意走路,曹操就鼓励他们说,翻过前面山坡就有片梅林,梅子可以为大伙解渴,结果士气大振,行军速度增快。"

汤和听着故事,懒洋洋地说:"我们上哪去吃梅子?再说了,就算有梅子,我们也得先逃出去才能吃啊!"

重八何尝不想逃离险地,他继续鼓励汤和:"我二姐家就有棵杨梅树,可好吃了,特别解渴,等哪天我带你去吃。"

听到这话,汤和似乎有了期盼,精神大振,忙说:"真的?可是我们怎么逃出去?"他边说边挪动身体,尽量躲避眼前片片锋利的高粱叶子,它们害怕扎到自己。

重八看到汤和的动作,突然记起一件事。几年前,他们在草地上玩做皇帝的游戏时,有一次,重八稳坐"宝座",接受伙伴们"朝拜",没想到汤和拜着拜着突然肚子疼,蹲在地上直叫唤。徐达很认真,认为汤和这么做有失礼仪,应该受到处罚。孩子们听了,觉得好玩有趣,要求处罚汤和。重八想了想问:"咆哮朝堂应该受什么惩罚?"周德兴起哄答道:"应该处斩。"汤和听说"处斩"自己,当即跳起来挥拳打向周德兴。周德兴猝不及防,鼻子挨了一拳,鲜血直流。

谁会想到汤和这么暴躁,孩子们顿时傻了眼。此时,坐在"宝座"上的重八大喝一声,指着汤和说:"你太放肆了,竟敢打伤大臣。来人,把他拿下!"

看到重八发威,汤和也没了脾气。徐达和其他几个伙伴一拥而上,将他压倒在地,向重八请示:"皇上,该怎么惩罚他?"重八说:"汤和本来不是有意犯错,但他故意打伤大臣,就不能逃脱罪责。"说着,他跳下"宝座",弯腰捡起几片高粱叶子,来到跪倒在地的汤和面前,用高粱叶子在他的脖子上轻轻一划。说也奇怪,这一划下去,汤和虽没有感到多么疼痛,脖子上却出现一道疤痕,似乎真的被砍了一刀。孩子们围上来观看,不由得啧啧称奇,处罚游戏变得充满神奇色彩,大家议论着汤和脖子上的疤痕,又开始蹦蹦跳跳着玩耍嬉闹起来。

　　如今,重八深陷高粱田,记起拿高粱叶子砍头的事情,忙推推汤和说:"汤和,你脖子上的疤还在吗?"

　　汤和转转脖子,说道:"一直都在,从来没有消失过。"

　　重八点点头说:"我有办法了。"他将反绑的双手对准身后的高粱叶子,上下划动,嘴里还说着:"高粱叶子,你把绑我的绳索锯断。"只见他来回划动几下,奇怪的事情发生了,捆绑他双手的绳索果真断了!

　　汤和惊讶地看着重八用高粱叶子锯断绳索,也效仿他的动作,可是努力半天,毫无效果。他等到重八双手恢复自由,忙不迭地喊:"重八,快来救我!"

　　重八先替汤和解开手上的绳索,然后才低头解开捆绑自己双脚的绳索。这样,两人同时解脱,很快帮高粱田里的其他人解开捆绑,大家相互扶持着从高粱田的另一边悄悄逃走了。

　　这件事过后,负责看押他们的官兵百思不得其解,不知道这群老弱是如何逃脱的。说来也是,就连汤和对重八拿高粱叶子锯断绳索的做法也感到很神奇,经常追问其中的原因。重八指着汤和的脖子笑着说:"自己好好想想吧!"汤和摸着脖子,想起当初被砍的事,这才想到,高粱叶子既然能砍伤脖子,那锯断绳索也就没什么奇怪的啦。寻找到问题的答案后,他对重八更为佩服。

朱元璋像

再说濠州城内，奉使游玩几日后，带着各级官吏奉送的丰厚礼品回归京师，结束这次监察任务。这位奉使是色目人，不懂农业，从小养尊处优，生活在深宅大院中，哪会知道百姓疾苦。所以，这种视察监督活动不仅有名无实，反而更加重了百姓的负担。其实，当时就有许多关于官官相护、盘剥百姓的民谣流传世间，比如"奉使来时惊天动地，奉使去时乌天暗地，官吏每欢天喜地，百姓却啼天哭地"、"官吏黑漆皮灯笼，奉使来时添一重"，从中可见官府的腐败程度，以及奉使与地方官吏互相勾结欺压百姓的情况。所以重八他们告状喊冤的打算根本不会有什么结果，只会自取其害，却不知重八看清了这样的现状，又有什么样的决定呢？

第七章 再度为奴 心怀不平求生路

历经生活磨难的朱重八已经十三四岁了，在一次次艰难求生的抗争中，他逐渐成熟，认识到世间的不平、人生的不公，逐渐冷静和务实。他又一次沦落为地主家的长工，守护山林。这次，他将选择以一种什么样的态度面对生活？

父母年老多病，这无疑加重了他们的生活负担。重八外出求神水，遇到一个欺压百姓的无赖。重八会采取什么办法与无赖斗智斗勇，并且帮助他走上正途呢？

第一节　再度为奴

柿树救母

朱重八家没有办法,只好缴纳钱财疏通关系,换得全家的安全。经过这次打击,朱五四因忧成疾,豆腐生意是无法做了,本来充满希望的生活再次陷入困境。为了祈福,重八陪着母亲去于觉寺进香,祈求父亲早日康复,全家生活安宁。

进香完毕,他们在寺外的树林边歇息。陈二娘刚刚坐在石头上,忽然一阵晕眩,不省人事。原来,连日的担心受怕,加上缺吃少喝,五十多岁的她备受煎熬,终于支撑不住了。重八眼见母亲晕倒,惊慌失措,抱住母亲大声呼唤,可是陈二娘似乎熟睡一般,毫无反应。

这时,一位年长妇人恰好走出寺庙,看到陈二娘晕了过去,上前摸摸她的脉搏,试试她的鼻息,看着她枯黄憔悴、营养缺乏的脸孔叹气说:"孩子,你母亲饿晕了,你赶紧给她弄点吃的,她吃了就没事了。"

重八忙拿过包裹,翻了又翻,里边哪有食物!已是深秋季节,凉意袭人,重八却急得汗流浃背,心慌意乱。他极目四望,到处草黄叶枯,哪有可以充饥之物!正在重八团团转的工夫,他猛然看到不远处有棵柿树,虽然叶子大多凋零了,可是上面还挂着几个黄柿子,在秋风里摇来荡去。重八有了主意,三五步奔到树下,噌噌两下蹿上去,用力摇晃挂着柿子的树枝。在他拼命的晃动下,终于有个柿子似乎不情愿地脱离枝杈,随后快速砸向地面。重八看到柿子落地,更加使劲晃动树枝,打算将所有的柿子都摇下来。

那位年长妇人倒也热心,她从寺里取了水喂二娘饮下,还捡起柿子给陈二娘喂食。慢慢地,陈二娘睁开眼睛苏醒过来了。她发现自己躺在石头上,身边有位素不相识的妇人,忙挣扎着坐起来,疑惑地问:"这是在哪?重八呢?"

重八从树上看到母亲醒来,高兴地跳下柿树跑过来,握着母亲的手说:"母亲,您醒了?刚才您晕倒了。"

陈二娘费力想了想,再看看眼前的情景,这才明白事情的前后经过,忙对妇人说:"敢情是这位大嫂救了我,多谢了,多谢了。"

那位妇人笑着说："哪是我救了你？都是你儿子能干。你瞧，他一会儿就摇下这么多柿子。"说着，指着地下的柿子让二娘看。二娘笑了笑，捧起柿子对妇人说："大嫂，重八年纪小，要不是你帮他，恐怕他早就慌了神了，哪知道要救我？这几个柿子你就拿回去给孩子吃吧！"看来，二娘反应非常迅速，很懂人情世故。

重八也不停地感激妇人的救母之恩，恭敬地劝说着。就在这时，突然从寺内走出一个壮年僧人，看着他们三人推推让让，过来喝斥说："佛门净地，你们在这里争吵什么？"还没等人回话，他发现三个人捧着一堆柿子，马上瞪大眼睛说："怎么？你们偷摘寺庙的柿子？"

陈二娘听到这话，急忙说："我们没有偷，这不是寺庙的。"

重八也说："这是我从那边树上摘的。"

那位年老妇人也证明着："这不是从寺里偷的，是这个孩子刚刚摘的。"

哪知中年僧人嘿嘿冷笑一声，指着柿树说："那就是本寺住持家里种的柿树，你们偷了就偷了，赶紧还回去！"

原来，元朝佛门有一大特色，和尚可以娶妻生子，经营田产、店铺等生意。元朝统治阶层入主中原后，由于缺乏与中原文化的交流融合，不懂得佛门清规，只是简单地进行统治管理，以为只要缴纳税租就完事了。于觉寺住持就是位有家业的和尚。他叫高彬，家小住在寺庙附近。他还透过各种手段获取田产，租给百姓耕种，收取租税，所以，中年僧人说那棵柿树是住持家的。

看着他盛气凌人的态势，重八怒气冲冲地说："这里是佛门圣地，佛祖以救人为本，我们进香供奉他，难道他却不肯救我们性命？"他多次跟随母亲进香拜佛,出入寺庙,对佛门有些了解。

中年僧人瞅瞅重八,见是个十三四岁的少年,身材瘦长,大脑门,大下巴颏,脸庞黑黄,一副贫寒农家子弟模样,浑身上下却透着一股不服输的气势,似乎在哪里见过,继续冷笑着说:"救人？救得完吗？天天有人来要求救命,佛祖也得忙得过来！哼,一个村野小子懂什么道理？"原来他早已忘记重八和父亲为他们送豆腐的事。

重八愤怒地说:"谁不懂道理？难道佛门不以救人为本？佛祖眼看着芸芸众生饿死在他的门前不管？"

陈二娘忙拦住重八,对中年僧人说:"师父不要怪罪,我们这就走,这就走。"说着,一手拉着重八,一手扶着年长妇人转身离去。

三个人默默远离寺庙,年长妇人与他们分手道别,嘱咐重八说:"你母亲身体虚弱,恐怕走不了远路,你还是回家找人来把她背回去吧！"

此时已近中午,路上行人稀少,重八为难地看看母亲,不知道是不是该将她独自留在路边,然后自己回家叫哥哥们来救母亲。

护林长工

重八正在为难之际,远远地看见一人骑着毛驴朝这边走来。走近了他才看清,此人也是孤庄村人,正是田主刘德的哥哥刘继祖。前面说过,刘家两兄弟性情大不相同,刘继祖是个宽厚的人,不像刘德那样为富不仁。

刘继祖很快来到陈二娘母子面前。他眯着眼睛看了一会儿,疑惑地问:"这不是老朱家吗? 你娘俩怎么在这里?"

重八很少见到刘继祖,对他不熟悉,偶尔与他的儿子刘英见面打个招呼,也不熟识。在他心目中,刘继祖既然与刘德是兄弟,应该也是一路人,与他们贫寒农家存在很深的隔阂。所以重八听到刘继祖关怀的问话,一时间有些愣住,不知道该如何回答。

陈二娘勉强露出一丝笑意,轻声回答:"刘老爷,我和重八去于觉寺进香,走到这里累了,歇息一会儿。"

刘继祖点点头,没说什么就转身离去,走了几步突然折回来,看着陈二娘说:"老朱家的,你是不是病了? 脸色这么难看。"

重八急忙回答:"我母亲刚才晕倒了,好不容易才苏醒过来。刘老爷,麻烦你回村后告诉我哥哥们一声,让他们赶紧来救我母亲。"情急之下,他也顾不了彼此身份的差异,半是请求半是命令地说出这番话。

刘继祖回头看看重八,微微笑说:"我听说重八人小鬼大,与一般孩子不同,今日竟敢安排我做事,果如人言!"

陈二娘吓了一跳,忙喝斥重八:"赶紧给刘老爷赔罪!"

重八涨红着脸,嗫嚅着不知说什么好。刘继祖却很大度,依旧笑呵呵地说:"没什么,我倒喜欢他直爽的性格。来,不用去叫你哥哥了,坐我的毛驴回去吧!"说着,他跳下毛驴,和重八一起把陈二娘扶上毛驴,与重八步行跟在其后。

回到家后,经过几日调养,陈二娘身体略微康复,她带着重八去刘继祖家答谢。刘继祖夫妇非常热情,不但不收他们的礼物,反而送给他家两条鲤鱼,要朱五四夫妇滋补身体。

没想到,这件事情很快传到刘德耳中。他大为光火,指责刘继祖干涉他家事务。当时,所谓佃户,地位与奴仆差不多,耕种田主的土地,租用田主的耕畜农具,为田主家工作卖力,稍有不慎,还有被没收租种田地的危险。所以,刘德认为朱五四与刘继祖交往,是对他不够忠诚。

朱五四夫妇听说后,再也不敢与刘继祖家来往,朱五四还不得不拖着病弱的身躯去刘德家赔罪,讲述事情的前后经过,企求得到他的原谅。刘德劈头责骂朱五四忘恩负义,不好好工作,吓唬他要收回租地。朱五四再三哀求,刘德才假惺惺地表示原谅,说:"重八也不小了,整日里不在家好好工作,东游西逛的,在外面惹了事还要牵连我,我看就叫他看护那片山林,别再出去了。"近几年他眼见朱五四家生活有所好转,心里十分不快,心想每年自己收取的田租也不少啊! 他靠什么发财呢? 难道是卖豆腐赚钱了? 还是他们有了别的财路? 特别是前些日子胡中达一案,他以为朱五四一家肯定跟着私吞了不少赃物。他财迷心窍,心肠狭小,看不得佃户们的日子好转,早就想找个法子盘剥他们了。

听说让重八看护山林,朱五四高兴极了,他正愁重八无事可做呢! 田主主动给重八安排了工作,他怎会不开心? 连忙再三表示谢意。

可是,重八听说又要给刘德家干活,不但不高兴,反而气愤地说:"我不替他家干活。"

话题又转回来了,全家人轮流斥责重八:"不工作你吃什么!""不工作怎么给父母治病!""你越来越大了,还能总不工作!"

看着疾病缠身的父母,看着破旧不堪的家园,看着大哥家两个嗷嗷待哺的侄子,重八低下不甘屈服的头,悄悄擦去眼角的泪珠,默不作声走出了家门。

　　此后,重八再次成为刘德家的长工,专门为他家看护山林。一个个寂寞无聊的日子,慢慢磨蚀着一颗少年蓬勃的雄心。在苦难面前,他成长着,成熟着。

第二节　不忘读书

重八的选择

这天,重八躺在山坡上,看着空中的白云变来变去,一会儿像羊群走过草地,一会儿又像万马奔腾在沙场,一会儿突然露出怪异的头颅,像是传说中的精灵,形状各异,变化莫测,令人心驰神往。看着看着,重八兀自笑出声来,伸手指着聚聚散散的白云说:"你往东去,你往西去。对了,你们分列两边,各司其职,就做我的文武官员,帮我管理天下。"原来他在和白云玩游戏,真是有趣。

就在他自言自语的时候,汤和、徐达、周德兴从山坡后面悄悄走过来,他们猛然跳到重八身旁,高声叫道:"重八,你真自在啊!在这里跟谁说话?"

重八收回目光,看着朋友们兴高采烈的样子,不紧不慢地问:"你们几个怎么这么高兴?有什么喜事?"

徐达从身后捧出书包说:"瞧,我又入学了。重八,你也跟我们一起去读书吧!"

朝廷重新开办科举,人们读书的心气又提高了。于老先生病故后,刘继祖从外地请了位先生,将村里的学堂重新开办了起来。本来,孤庄村的学堂就是刘继祖的父亲出钱创办的,子承父业,也算名正言顺。可是刘德对此事不以为然,他觉得创办学堂是个赔钱买卖,再说让那些穷人读书有什么用,还不如叫他们多工作呢! 要想让自己的孩子读书,完全可以请先生到家里教嘛。好在刘继祖不与刘德一般见识,也就不去理会他的意见。

重八看着徐达的书包,摇摇头说:"我不去读了,我要在这里干活。"

汤和急忙问:"重八,你以前不是最爱读书吗? 怎么又不读了?"

重八挥手扔出一块石头,正好打在坡下埋头吃草的牛的眼睛上,吓得牛"哞哞"叫着跑出老远。徐达人小志高,他看出重八内心的矛盾,悄悄拉过汤和说:"别问了,他父母都病了,没有精力让他读书。这样吧! 以后我们放了学就来找他玩,借书给他看。"

这群伙伴继续日夜相聚,有时候读书讲故事,有时候打斗玩耍。不过,现在重八对徐达等人的书本不感兴趣,那些蒙书他早就看过了,而且也没多大意思。在苦难面前,他选择实际的生存,他要为父母和家人分担忧愁,他要尽自己的一份力量。他想到首先要活下去,然后才有其他一切。超出年龄的成熟与责任感,让他在伙伴中显得十分老成。说来也奇怪,生长在村野之中的重八总是对历史上风云变幻的事件和人物感兴趣。在他的脑海里,像周文王访贤识姜子牙、汉高祖斩蛇起义、唐太宗虎牢关力擒双雄、宋太祖陈桥兵变,都是耳熟能详的故事,他一遍遍不厌其烦地听,又一遍遍不厌其烦地讲,在心里一遍遍不厌其烦地琢磨。总之,这些人物和事迹成为照亮他苦难的明灯,时常激发他的野心和壮志。恐怕他自己也没想到,将来有一天,这位天天躺在林间土坡上畅怀古人的少年竟如同他心中的偶像一样,也成就了了不起的帝业,成为后代有志少年努力学习和模仿的对象。

朱元璋手迹

除了讲故事、玩耍以外,重八还喜欢练些拳脚功夫。他接触的都是在田里打拼的农民,无人懂得武术技巧。不过这没有关系,重八靠着想象力在林子里腾挪跳跃,有时候手舞木棍虎虎生风,颇有气势,倒也自得其乐。

一个深秋的午后,重八独自在林边玩耍,远远看见村子里走出刘英和刘小德两人。他们牵着毛驴,驴背上驮着两个大大的木箱,正一前一后朝这边走来。元王朝为了控制百姓,下令民间不准养马，所以刘家虽然有钱有势，外出也只得骑毛驴、驾驴车。

他们越走越近，看样子是要出远门。重八想了想，刚要转身躲避，就听刘小德喊道："朱重八，你赶紧过来帮忙。"

射雀比赛

重八不得已走过去，刘小德指着木箱子说："你把木箱子卸下来，我要骑驴赶路。"重八看到两头驴背上都驮着木箱子，担心其中存放着重要物品，于是问："这是什么？卸下来放到哪里？"

刘小德歪歪斜斜坐在路边石头上，唉声叹气地抱怨说："哎呀，驮这么多书去赶考，连毛驴也不能骑，走到城里还不累死了？"重八这才明白，刘英和刘小德这是进城参加乡试，木箱子里面装的全是书籍。

刘英比他们年长几岁，拍打着木箱说："这还算多？你们没见，去年赶考的一个人，整整用三头毛驴驮书呢！"

刘小德龇牙咧嘴地说："那么多书，能看得完吗？人人都说书呆子，我看那样的人差不多就是书呆子了。三头毛驴驮书，还不驮尽天下书。"

重八认真地说："我认为书不在多，在精。我听说宋朝赵普以半部《论语》治天下，这就是精读书，不是多读书。"

刘小德瞅瞅重八，不屑地说："你读过几本书，懂什么精读、多读？快把箱子卸下来！"

刘英阻止说："你卸下箱子怎么去考试？要是让二叔知道了准会打你。"

刘小德不服气地拧拧脖子，嘟囔几句，依然不肯赶路。

三人正在说话，猛然从林子里飞出一群鸟，五颜六色的羽毛十分漂亮,在不远处的树枝间来回跳跃。刘小德眼睛一亮,指着鸟群说:"哎呀,真好看。"说着,他从袖筒里掏出弹弓就要射鸟。

刘英知道刘小德贪玩成性,要不是刘德求他,他才不会带刘小德一同进城呢!如今既已同行,就要劝他赶紧赶路,想了想对他说:"我看我们不如比一比,看谁射得准,卸不卸书就由谁说了算。"

刘小德想,刘英平日里只知道读书,哪有自己射得准,当即答应下来。刘英却很聪明,转身对重八说:"重八,你也来参加比赛,我们一起射。"

重八从小玩弹弓,射术非常精准,结果三人弯弓远射,只有重八一下子射中飞鸟。看着群鸟受惊后飞上天空,刘小德泄气地扔下弹弓,朝着重八嚷道:"你射得准你也要听我的,卸下木箱!"刘英喝止他说:"小德你不要不遵守诺言,刚才说好了谁射得准听谁的,重八说了算!"

重八看他们各持己见,哪方都不好得罪,仔细琢磨突然有了主意,他分析说:"你俩每人都带了不少书,我看其中大多数都是重复的,不如重新挑选挑选,只带不同的书前往,这样既带足了可用的书,还节省下一头驴子路上骑,不是两全其美吗?"

刘英和刘小德听了,觉得有道理,他们经过挑选,发现不同的可用书籍还不足一箱,于是重新装箱子,将其他的书籍留在林子里,高高兴兴地上路了。

后来,刘英他们赶考归来,恰好汤和、徐达等少年也在林子里玩,刘小德对上次射鸟输了不服气,再次约定射鸟比赛。刘英给他们制订规则说:"谁赢了就奖给谁一本书。"他想借机感谢重八上次帮忙。

刘小德不屑地说:"我不要书,还有别的奖品吗?"

刘英沉思半刻,指着树上的果子说:"那就让大伙给他采摘果子,全部归他。"

这倒是个好玩的主意,刘小德当即同意了。

一群少年俯身在山坡下面,静静等候鸟儿出现。过了大半晌工夫,他们蹲得腰酸腿疼了,仍不见鸟儿出现。刘小德刚想站起身,就听头顶传来喳喳叫声,众少年抬头观望,原来是一群喜鹊飞过,落在林子里寻觅吃食。大伙看见猎物,顿时有了精神,一个个挽好弹弓,瞄准远射。只听几声哀鸣,群雀乱飞,有两只被射中,跳了几下就不动了。这两只正是徐达和重八射中的,他们围拢过去,捡起喜鹊庆贺。

刘英拿着两本书走过来,递给他们说:"这两本书就奖给你们了。"

徐达高兴地接过书本,翻动书页看了看,大叫着说:"我就喜欢讲述战争的书,真是太好了。"

出乎所有人意料的是,重八拒绝书本,要求采摘树上的果子。徐达纳闷地说:"重八,你不要书? 为什么?"

重八平静地说:"因为果子可以充饥。"

刘英也大感意外,劝说重八:"我听说你喜欢读书,难道你会为五斗米折腰?"

重八苦笑一下,摇着头说:"喜欢读书有什么用? 不读书饿不死人,可是没有东西吃人就无法活了,你们说哪个重要?"

众少年听了,垂头不语。细细思量,生活就是这样残酷,容不得半点虚假和幻想,哪天不想尽办法为食物奔忙,恐怕哪天就要遭受饥渴之灾。当然,刘小德无法明白其中深意,他看着重八几人冷冷的面容,拉着刘英说:"别跟这帮穷人一般见识,我早就听我父亲说了,他们是些永远不知满足的家伙,我们应该离他们远点。"

刘英性格宽厚,也知道穷苦人家的难处。他不再追问重八,而是命令少年们上树采摘果子。很快,果子堆了一地,重八高兴地将果子按照人数分成几份,对大伙说:"来,我们每人一份,拿回去孝敬父母。"

刘小德听说也有自己的果子,格外开心,手捧怀抱,喜滋滋地回家去了。少年们玩耍多时,天将黑时也各自散去了。

第三节 求医之路

寻访神泉

朱五四的身体一年不如一年，疾病缠身，渐渐无法下田劳作，只能看看孙子，帮助妻子做点家事。穷苦人家请不起大夫，只好听天由命。偏巧这天邻居汪大妈打听到一个可以医治朱五四疾病的偏方，忙不迭地赶来告诉陈二娘。

这个偏方是什么呢？据说城南有个神泉，喝了那里的泉水百病皆除。这倒是个可以试试的办法，毕竟泉水不用花钱买。陈二娘决定亲自去求泉水，朱重八阻拦母亲说："您身体不好，还是我去吧！"

就这样，朱重八去刘德家请了两天假，带着干粮踏上了求医之路。

重八很快进入钟离县城，一路打听找到城南，可是神泉在什么地方呢？正当他站在桥头的大柳树下独自发愁的时候，远处走来一个卖烧饼的。那人四五十岁，粗布衣裤，满脸灰尘，边走边喊："卖烧饼哟……卖烧饼……"重八想了想，走上前与他搭话，询问他是否知道神泉的位置。

卖烧饼的放下担子，打量着重八，摇头说："你是从哪里来的？怎么知道神泉的事？"

　　重八说是孤庄村人，为父亲求神水而来。两人正在说话，猛然从桥下冲出一条恶狗，狂叫着冲向烧饼担子，将担子撞翻而后狂奔远去。卖烧饼的慌忙收拾担子，嘴里不停地骂着恶狗。重八听他的意思似乎认识这条恶狗，不由奇怪地问："那条狗怎么那么大胆，敢在大路上横冲直撞？"

　　"唉，"卖烧饼的叹气说，"你刚才不是在打听神泉吗？现在那条狗就守着神泉呢！要想取水，得先过它那关。"

　　重八更感奇怪了，瞪大眼睛问："神泉怎会有恶狗把守？这到底怎么回事？"

　　卖烧饼的已经挑起担子，指着恶狗远去的方向说："你随着那条狗往前走，很快就能找到神泉了。"说着，挑着担子就要离去。

　　重八忙拦住卖烧饼的，请求说："大叔，请你先别走，我想知道神泉到底是怎么回事？恶狗把守，我怎么才能取到水？"

　　卖烧饼的见重八诚恳，人又年少，不忍心看他前去受苦，再次放下担子，叹气说："实话跟你说吧！我家本来就住在城南神泉附近，自从神泉显灵，泉水能够治病，前去求神水的人特别多。这件事传开后，有个叫刘大奎的无赖觉得有利可图，就把神泉据为己有，凡是去取水的人都要向他交钱。为了防止有人不肯交钱，偷偷去取水，他还专门养了几条恶狗，守护着神泉。"

　　竟有这样的事情！重八诧异之外带着气愤，望着恶狗远去的方向说："太可恶了！应该想办法除去恶狗，让大家都能取用神水。"

　　卖烧饼的一副无可奈何的样子说："能有什么办法？官府不管，刘大奎会些功夫，会耍手段，我们老百姓赤手空拳能拿他怎么办?"

重八既有胆量,又不乏智谋,听说刘大奎会武功,知道他不好对付,想了想说:"大叔,请您指点神泉的具体位置,我去了自有办法对付刘大奎。"

卖烧饼的看他意志坚决,随即答应下来,带着他一路叫卖,赶往神泉。路上,重八了解了刘大奎的大致情况,知道他是太平乡人,父母早亡,孤苦无依,生来力大无穷,靠着为地主家做苦力谋生,后来,也不知道受到什么人指点,竟然学会武功,游走濠州城内外,成为当地一霸。

他们边说边走,走了大约二里路程,来到一座小山脚下。山虽不高,却树木葱郁,透出灵秀之气,好似天地间一块美玉。重八脑中思索着如何取得神水,无心观赏美景,听说神泉就在山脚下,不由得放慢脚步,对着小山出神。卖烧饼的只顾走路,发现重八落在身后老远,以为他害怕了,对着他大喊:"怎么,害怕了?要是害怕了就赶紧回去吧!让你家大人带着钱来取神水。"

重八这才回过神来,笑笑说:"怕什么? 神水就在眼前,我正在思考着如何取神水呢! 怎么会临阵退缩?!"说着,大步追上卖烧饼的,顺着他指引的方向朝神泉走去。

重八在山路上七拐八拐,四周静悄悄的,不见人影,只见山色秀美,清泉潺潺;林木掩映间,飞鸟鸣唱,昆虫低吟,果真是一处神仙境地。他正走着,忽然,前面传来狗吠声,重八闪身躲到大树后,小心地朝前观望着:不远处有座茅草棚,棚周边有几只体型高大的恶狗。看来,那里就是神泉的所在了。

智取神水

重八在树后观望多时，直到狗叫声停了，才悄悄走出来。他取出携带的弹弓，朝远处射出一颗较大的石子，石子打落树丛发出哗啦啦声响。顿时，几只恶狗争先恐后朝着声响处奔去，好像争夺什么美味一般。重八趁机疾步赶往茅草棚。

这时，棚内走出一位肩宽腰圆、面露凶相的壮汉，此人正是刘大奎。刘大奎打着哈欠，揉着惺忪的睡眼，看见跑过来个十四五岁少年，大声喝道："喂，你是干什么的？是你招惹我的狗乱叫吗？"

重八并不接话，三两步来到刘大奎面前，施礼说："我是太平乡孤庄村人，名叫朱重八，听说刘大侠武功高强，力大无比，特来此地求教。"这是重八在路上想好的计策，他猜测刘大奎也是太平乡人，流落在外肯定思念家乡，所以先报上名号住处，争取他的认同。再者，刘大奎以武功自负，如果冒然提出取水，他肯定不会同意，不如先夸夸他的功夫，让他消除戒备心理。看来，重八年纪不大，却很有谋略。

果然，刘大奎听了重八这番说词，神色缓和许多，他打量重八，见这个少年体格高大，却十分削瘦，脑门外凸，脸型瘦长，一双大眼睛却熠熠放光，令人过目不忘，不由得哈哈大笑着说："求教武功，好啊，你也练过功夫？露两手我看看。"

重八并不答话，抄起一根木棍左冲右打，虎虎生风。这正是他自己在山林里琢磨出的功夫。虽然缺少章法，却很有力量和气势。刘大奎越看越奇怪，不知道他练的是哪路武功，于是问道："你练的这是什么功夫？"

重八据实回答："实不相瞒，这是我自己琢磨出来的。我从小十分想学功夫,可是家境贫寒,父母年龄大了,身体有病,没有时间和精力学习。最近,听乡人说你武功厉害,很是佩服。"

刘大奎从小到大都是流氓无赖,从来没有人正视过他,现在他占据神泉,虽然多有人来相求,也都是因为畏惧他,从未有人夸赞过他。如今听了重八的夸奖,他得意万分,再看重八身手矫健,头脑灵活,不由得与重八闲聊起来。

经过交谈,刘大奎了解到重八的情况,听说他也在为地主工作,请假前来为父亲求神水,当即痛快地说:"这里我说了算,你只管去取神水。"

重八喜出望外,跟随刘大奎来到神泉旁,看到泉水清澈见底,偶尔撒落的阳光映照泉水,波光粼粼,好似无瑕璧玉,真是一眼神奇的泉水。他掏出携带的陶罐灌得满满的,一再感谢刘大奎。刘大奎满不在乎地拍着重八的肩膀说:"没什么,你送回神水以后再回来,我们一块练武。"

重八点头答应,抱着神水回家。刘大奎亲自把他送出山林,依依不舍地看他远去。

再说重八,抱着神水喜滋滋地踏上归程,来到与卖烧饼的分手的地方时,却见卖烧饼的正站在那里张望。卖烧饼的见到重八,立即眉开眼笑,迎上去说:"哎呀,你可回来了,我还担心你遇到危险了呢!"

重八开心地说:"没有危险,刘大奎很仗义,让我取了满满一罐神水,还答应教我武功。"

卖烧饼的大吃一惊,不明白这是怎么回事。他看着重八怀里的神水摇着头说:"真是奇怪,难道刘大奎变好了,不欺负人了?"

　　重八一心赶路,顾不得与卖烧饼的多交谈。他正要辞行,却见远处跑来个七八岁小孩,怀抱陶罐,边跑边喊:"父亲,家里的神水没了,母亲又发病了,您快快去求神水。"原来,这个小孩是卖烧饼的儿子,他前来催促父亲去求神水为母亲治病。

　　卖烧饼的接过陶罐,满脸愁苦地说:"几天就要一罐神水,哪里还有钱!"他妻子得了怪病,经常昏迷不醒,每次服用神水就会好转,可是求神水要花钱,他家以卖烧饼为生,收入微薄,哪有那么多钱去求神水。他儿子摇着他的手说:"父亲,您快点去吧!去晚了母亲就危险了。"

　　眼见这对父子深陷困境,重八心里很是难过,他想了想,把自己的神水递过去说:"你先拿回去救人吧!"

　　卖烧饼的忙推辞说:"我不能要你的神水。你家里也有病人,快拿回去治病吧!"

　　重八坚持把神水送给卖烧饼的,并且拿过小孩手里的陶罐说:"你放心,我有办法再取神水,也让大家都能自由地取用神水。"说完,头也不回重返神泉。

　　刘大奎见重八去而复返,不解地询问原因。重八毫不隐瞒,告诉他自己把神水送人了,而且劝说刘大奎:"神水可以治病救人,老百姓们奉为神灵,你要是长期占据此泉,靠此为生,恐怕不是长久之计。"

　　刘大奎忙问:"为什么?"

　　重八义正词严地说:"老百姓深受压迫,生活艰难,请不起大夫的人大有人在。要是大家都来取用神水,你执意与他们对抗,俗话说'双拳难敌四掌',你不是惹起众怒吗?再说了,你我都是贫苦出身,你这样做与欺压我们的官吏有什么区别?难道你忍心看着穷苦人再次受煎熬？"

　　刘大奎听罢默然不语，脑海里浮现着自己从小到大所受到的种种苦难：父母因为缴不出税租被责打致死；自己为地主工作却要忍饥挨饿；生病请不起大夫差点丧命……凡此种种，想起来真是让人欲哭无泪。过了很长时间，他终于抬头盯着重八说："你说得有道理，我不能据此欺压百姓了，我身强体壮，又有武功，我要走出去开创事业，不能做这种偷鸡摸狗的生意了。"说完，他回身捡起根木棍，朝着草棚子砸下去，只听轰隆一声，茅草棚子倒塌在地。

　　重八见他做事如此痛快，高兴地说："大哥真是侠义之人！"

　　随后，刘大奎收拾简单的行囊，陪着重八一起返回太平乡，在老家住了段时间，后跟随自己的亲戚外出做生意去了。后来，他参加驴牌寨的义军，积极反抗元朝压迫，遭到元军猛烈攻击，情势十分危急。那时，朱重八已经是郭子兴手下的将领，他听说后，亲去驴牌寨说服这支部队，得到了刘大奎的大力帮助，顺利地将驴牌寨三千兵马收归自己手下。这支兵马经过训练后，成为重八手中掌握的第一支兵力，是他日后迅速扩大势力、脱颖而出的基础力量。

第八章 天降大祸 家破人亡苦度日

　　苦难像魔鬼一样纠缠着重八，吞噬着他的心灵，钵盂进河的传说不幸成真。一场浩劫过后，他父母双亡，长兄幼侄离世，家破人亡，面临绝境。

　　悲苦没有击倒重八，赤贫之家，身无寸土，他却不忍心看到亲人抛尸荒野，成为孤魂野鬼。他绞尽脑汁想办法安葬亲人。重八会想出什么办法？他的亲人能不能得到安葬？

第一节　灾难逼近

钵盂进河

世事艰难,苦苦度日,朱重八就这样度过了他的少年时光。虽然生活充满艰辛,但由于父母疼爱、兄弟关怀,重八的生活还是相当平稳。随着他一天天长大,这个贫寒农家的孩子越发有自己的主张,有勇有谋,敢作敢为,心中时时燃烧着说不清楚的火焰,让他十分渴望突破现在的困境。但是他太年少了,除了听从父母的安排出力工作,似乎没有别的出路。好在朋友众多,汤和、徐达等人天天与他相约玩耍,这种成长岁月中的苦闷也就被冲淡不少。

重八已经十四岁了,昔日活泼好动、能言善辩的个性悄悄发生着变化,高高壮壮的个头使他看起来比实际年龄更成熟,喜欢思索的个性也让他变得更加沉稳。尽管如此,重八心底深处的理想依旧未曾改变,他依然不愿在田间劳作,依然喜欢与朋友相聚,探讨古往今来那些振聋发聩的战争和人物,时时流连在历史长河之中。他还喜欢关注时事,了解时下的风云变化。好在重八有一份看护山林的工作为他提供了方便,他可以长时间独自仰卧林间苦思冥想,也可以约朋友相聚山林畅谈古今,而不用天天下田劳作,也不必在做不完的苦累工作中消磨那颗充满幻想的雄心。

当然,重八也不得不面对苦难的生活,而且渐渐地承担起更多的家庭工作,比如挑水挑柴,帮助收拾庄稼,照顾侄子,凡此种种,都是他日常生活中不可缺少的内容。

这天,重八到河边挑水,发现河里漂着一样东西,他捡起石头扔过去,正好打在那件物体上,只听吱呀一声。重八心生奇怪,提起裤管下河去打探,原来是一个寺庙里常用的钵盂。这就怪了,庙里的东西怎么会在河里?而且还发出叫声?重八满腹疑惑地拿起钵盂,想了想将它揣到了怀里,然后挑了两半桶水,准备转身回家。这时,从河上游走来一个老和尚,穿着破旧僧衣,满脸灰尘,步履沉重。重八觉得老和尚很面熟,略一思索记起来了,这不是濠州城内救过自己和邓广的老和尚吗?于是忙上前施礼问候。

老和尚也不客气,指着重八胸前说:"你刚才把什么揣到怀里去了?"

重八掏出钵盂说:"是个钵盂,不知道怎么会在河里?"他说完,似乎想起什么,把钵盂递给老和尚,接着说,"老师父是佛门中人,还是把它给你吧!"

老和尚接过钵盂,脸色忽喜忽忧,似有万千心事在心头,过了好一会儿才说:"钵盂进河,世遭灾厄;谁人捡到,难脱一劫。"

听了这几句话,重八半似明白半是不解,隐约觉得自己捡到钵盂是一件不祥的事情,随问道:"老师父,是不是重八做错了,不该捡起钵盂?钵盂会带来什么厄运?"

老和尚摇着头没有回答,他在思索这件事情的前后经过。老和尚法名慧净,所在寺庙最近遭到官府征用。他虽然只是个伙头僧,生性却很刚强,向来痛恨元朝官兵,不肯为官府所用,打算离寺出走,云游四方。临行前,他师父告诉他可以去于觉寺继续做和尚。慧净觉得有道理,就带着钵盂拜别寺庙里的诸位师兄师弟,并且在佛祖前叩头辞行。叩头完毕,他看见身前落满香灰的地上出现几行字:"钵盂进河,世遭灾厄;谁人捡到,难脱一劫。"慧净十分奇怪,不解其中深意,只好带着钵盂上路。

慧净边走边思索那几句话,一路上小心地保护着钵盂。结果,当他路过太平乡的小河,准备拿出钵盂化顿斋饭时,突然发现钵盂不见了。慧净非常诧异,急忙返回去顺着河水寻找,这不,恰好遇到重八捡起钵盂。

想起这些事情,慧净口诵佛号,看着重八说:"老僧前去于觉寺,没想到所带钵盂掉进河里,正好应了临行前佛祖所示,看来灾厄就要发生了。悲哉悲哉。"

重八紧张地问:"老师父,会发生什么灾难?"

慧净摇着头说:"老僧也不知道。"说完,接过钵盂就要离去。

重八跟在慧净身后,想了想说:"老师父,我经常去于觉寺,不如我带你去吧!"他很机灵,又很认真,对于刚才发生的事情十分不解,打算探个究竟,所以这么说。

慧净并不知道于觉寺的确切位置,打算一路寻访而去,现在重八自告奋勇,他也喜欢这个聪颖胆大的孩子,就答应下来。

在路上,重八了解到钵盂进河的神奇传说,心想,如今百姓生活够辛苦的了,还会发生什么灾难呢? 难道要天下大乱? 想到这里,他不由得心跳加速,觉得自己的想法有些可怕。而且,谁捡到钵盂谁会遭劫,这不是说自己面临危险吗? 这可如何是好? 他忐忑不安地带着慧净赶赴于觉寺后,望着庙内形形色色的菩萨,默默念叨着:各路神仙菩萨保佑,一定要保护朱重八度过难关。

三哥倒插门

重八捡到钵盂,听说天下就要遭受大难,自己也难逃一劫,十分郁闷。他怏怏地回归家中,什么事也不想做。三哥朱重七见他天天无精打采,训斥他说:"又想什么呢? 不好好工作,我看你越大越不像话了!"

重八顶撞说:"你就知道工作! 工作! 天下要发生大事了!"

重七恼恨地说:"大事,大事,你吃大事去吧! 早晚饿死你!"

听着他们争吵,朱五四夫妇过来制止他们。朱重八就把挑水时捡到钵盂和老和尚预言天下遭难的事说了一遍。朱五四夫妇很惊讶,拉着重八问:"你去于觉寺了? 那里的和尚怎么说? 哎呀,天下大难,恐怕又要发生天灾人祸了,到时候不知道多少人遭殃。"看来,他们经历颇多,深知灾难的严重,比起重八来更加畏惧灾祸。

朱重七不满地说:"有什么大惊小怪的,今年风调雨顺,田里庄稼收成好,怎么会发生灾祸? 别听重八瞎说,我看他是不想工作,才找这么多理由。"

重八见三哥冤枉自己,生气地说:"这是真的,不信我去于觉寺找慧净师父问问。"

朱五四早就心烦意乱,大声喝止两个儿子,给他们每人一根扁担,叫他们上山挑柴。兄弟俩这才停止争吵,互不服气地离家走了。

此时是深秋时节,山坡林间满是落叶枯枝。重八做事很会动脑子,他知道这个时节柴草都被刮到了背风处,于是专门寻找低洼处、背风处,很快就积了一挑柴草。重七虽然喜欢工作,可是做事笨拙,不爱思索,在草间树下寻觅多时,才凑了不多的柴草。重八看见三哥还在苦苦寻找柴草,就把自己的柴草让给他,让他先挑着回家。重七有些不好意思,呐呐地说:"还是凑够两担再回去。"重八说:"好吧!你看我的。"说着,他朝着空中大声喊道:"大旋风,小旋风,都来帮我刮柴禾。"喊完了,他拉着三哥跑到低洼处,指着满地柴草说:"瞧见了吧!旋风帮忙刮来了这么多柴草。"

重七知道重八爱玩能闹,鬼点子多,也不理他,连忙又搂又扒,将柴草归拢起来,挑担回家。他们进家时,看见父母正和一位四十多岁的女人说话。家里很少来客人,重八见到来人有些眼生,刚想往外躲,就见那位女人指着重七、重八说:"就是这两个孩子吧?唉呀呀,个头不矮,也很壮实,好好。你们放心吧!这件事包在我身上。"朱五四夫妇连声感谢着,解释说:"不是,还有个比他们大的老二呢!"

重八奇怪地听着他们说话,心想,家里出什么事了?还是我和三哥招惹麻烦了,怎么还要这个女人帮忙?他疑惑间,被三哥拉出房间,悄声说:"这是李庄的李媒婆,大概是来给二哥说亲。"

重八这才释然,毫不在意地说:"原来是这样,这件事与我无关。"

"怎么与你无关?"重七说,"你过几年不娶媳妇吗?李媒婆可神了,我们四里八村的人谁不靠她说亲?我看这次父母又花费不少才请得动她。当初……"他刚要说当初他大哥就是靠她说妥的亲事,重八却很不以为意地打断他的话说:"男子汉顶天立地，应该以创立事业为重，我才不会沉迷于这些儿女琐事！"说完转身出去了。重七看着他远去的背影，气愤地说："哼，就知道说些大话！"

果如重七所料，这次李媒婆登门，正是朱五四夫妇请来为儿子说亲的。老二重六已经二十岁了，早就到了说亲的年龄，因为家里一再遭受变故，他的婚事也就一拖再拖。陈二娘心气极强，眼见儿子们一个个长大成人，不肯落于人后，凭着勒紧腰带积攒下的微薄积蓄，再次请李媒婆为自己的儿子说亲。

不久，亲事传来消息，孤庄村北面十里的赵庄有户人家，家里只有一个十六七岁的姑娘，愿意与朱家联姻。不过人家有个条件，就是让朱重六去他家落户，做个倒插门女婿。这件事情立刻在全家引起强烈反应。入赘在当时是非常受人歧视的事，一般人家不肯让儿子去他人家落户。朱五四夫妇很为难，他们当然不愿意儿子到他人家去，觉得丢不起这人，可是现实生活就是这么残酷，自己家境贫寒，缺衣少食，连间像样的房子都没有，就是姑娘同意嫁过来，也不好安置住处。因此，李媒婆软硬兼施地说："赵家就一个女儿，还不是看中你家男孩子多，想着你们愿意送出去一个儿子，才同意这门亲事。我可告诉你们，人家家里有田有地，条件好着呢！你们要是错过这个村，可没这个店了。"

在这种情况下，朱五四夫妇打算忍下羞辱，同意这门亲事。偏有不巧，老二朱重六突然病倒了，卧病好几天都没有下床。重六从小身体单薄，经常闹些毛病，这次生病可给父母提了个醒，朱王四夫妇商量说："赵家指望招个女婿工作，重六从小身体不好，要是真的去了，时间一久，就他自己操劳田间，没有兄弟姐妹帮忙，还不累垮了？"父母心疼儿子，考虑得可谓长远。于是他们找来李媒婆打算退掉这门亲事。

可是此事没有难倒李媒婆，她早就收下了朱赵两家的钱财，哪能再退回去？眼珠一转，计上心头，对朱五四夫妇说："你们不是有好几个儿子吗？老二不行，老三怎么样？你瞧瞧你们家，要吃没得吃，要穿没得穿，穷困潦倒的，不抓住时机为儿子们想条出路，还想把他们永远留在身边受穷？真是的，我作媒这么多年，就没见过你们这样的父母，到手的富贵不要，却要让儿子吃苦受罪！"

在她连哄带劝之下，朱五四夫妇再也没有理由拒绝这门亲事，答应让朱重七去赵家倒插门，此事终于说妥。

来年的春天，赵家等着新女婿上门劳作，朱重七也就辞别家人，落户到赵家。重八从小与三哥在一起，两人虽性格不同，但是同劳作共玩耍，拌嘴吵架，度过了十几年充满生气的快乐时光。兄弟情深，如今，三哥远去他乡，他心里十分不是滋味。特别是想起三哥这一走，就成为赵家的人了，日后恐怕兄弟情分都要淡漠，甚至彼此疏远，更是让他百感交集，泪水不由得哗啦啦流下来。他心里知道，三哥被迫入赘，就是因为家里太穷了。在他内心深处，对于苦难和贫穷的理解更加深刻了。

第二节　天灾人祸

大旱之年

三哥倒插门一事,让重八心情沉重。他许多天都闷闷不乐,很少说话,在家里忙前忙后,不肯外出与朋友玩耍。现在,家里就剩下他和大哥、二哥三个劳力,父母年纪大了,大嫂还要照顾两个年幼的儿子,生活变得更加吃紧。好在大哥又能干又有心,里里外外操持得井井有条,这也让重八依旧充满着希冀。在忙碌的劳作之中,他渐渐忘了钵盂进河的事,感觉时光飞逝,说不定哪天媒婆也要进门为自己说亲了。

但老天偏偏不肯放过朱重八,要给这个在苦难中长大的孩子更加沉重的打击。公元1343年,从夏天开始,淮河两岸遭遇多年未遇的大旱,接连几个月滴水未下,眼看田里的庄稼一天天干枯,辛勤的劳作就要化成泡影。农人哭天喊地,祈求老天爷救助百姓。可是老天似乎睡着了,对于成千上万百姓的哭喊视若无睹、不闻不问,终日放任毒辣的太阳肆虐天下,恨不能将万里江山炙烤而干方才甘心。

于觉寺早就设好了祭坛,前去求雨的人络绎不绝。重八已陪同母亲和大嫂前往求雨不下十次。他们次次满怀希望而去,次次都以失望告终。在于觉寺,重八见到慧净和尚,想起钵盂进河之事,唏嘘着说:"老师父,钵盂进河,原来预示着今年大旱。"
慧净念着佛号说:"对啊!天灾人祸!天灾人祸!"多年来,由于
元朝廷忽视农业生产,疏于修缮各地水利工程,一旦遇到旱涝灾
情,很难采取措施加以防范和疏导,给农业生产和百姓生活造成
极大损害。

　　旱灾面前,既然无法依靠官府和神仙,农人们就只有自己解
决问题了。他们运水浇地、补种庄稼,尽力弥补损失,希望庄稼
能够有所收获,保住家人生活所需。

　　经过半年的艰苦劳动,秋收时,田里稀疏的庄稼依然让农人
倍感心痛。收获完毕,家家户户缴完税租,所剩无几,粮食几乎
盖不住缸底。以往秋收是农人最快乐的时刻,也是他们可以放
心吃顿饱饭的日子,今年不同了,他们不但不敢放开肚子吃饭,
还要继续思谋着如何获取食物,以求度过严寒的冬日。

　　自从三哥走后,重八辞去护林工作,成为家里主要的劳力,
今年是他第一次正式参加劳作。他挑水耕种,与旱灾抗争,日日
泡在田里,晒得黝黑粗壮。兄弟俩想尽办法、出尽力气,等到秋
收结束,与田主刘德家一算账,收获的粮食还不够缴税租。朱五
四再次登门相求,希望刘德借给他家粮食,让全家人度过今年冬
天,明年丰收了再还给他。

　　刘德喜欢做这种买卖,他靠着借贷粮食,每年盈利不少。今
年贷出去一石,明年就变成两石,轻松省事,何乐不为。可是今
年年景不好,前来租借的人太多了,就连他也有点照应不过来,
天天坐在家里算计来算计去,想着到底怎么做才合适。所以,面
对朱五四前来租借粮食,刘德没有像以往那样痛快地答应,而是
告诉他过几天等消息。

愁云笼罩着朱家,全家人都担心租借不到粮食,不知道今年冬天如何度过。朱重八显然成熟了许多,他默默地做着工作,思忖着何以度日。年仅十五岁的他,承受着如何生存下去的重压,这种压力使得他不再欢笑、不再开心,为了活命而活命。有时候,重八会带着侄子去村头采摘野菜野果,跑到山林里掏鸟蛋,还会用弹弓射飞鸟。总之,他们需要一切可以果腹之物,需要预备许多食物来度过寒冬。

这天,朱五四打算再次去刘德家碰碰运气。临行前,他愁眉不展,心情沉重,对能否租借到粮食没有把握。突然,重八从外面走进来,手里托着个树叶包裹,递给父亲平静地说:"这是我这些天掏的鸟蛋,还有些好吃的野果子,刘小德喜欢,送给他说不定就能租借到粮食。"

朱五四颤抖着双手接过包裹,眼中已是泪光闪烁,哽咽着说不出话来。陈二娘高兴地走过来,抚摸着包裹说:"还是重八有心,比我们想的周全。重四,我看你还是陪父亲一起去吧!也好有个照应。"朱五四已是六十二岁的人了,奔波劳苦一辈子,苦难的日子早已耗损掉了他的精力,他看起来就像深秋枝头上的最后一片树叶,随风摇曳,随时随地都有掉落下来、回归大地的可能。

朱重四答应着,与父亲一同赶往刘德家。望着他们远去的身影,陈二娘念着佛说:"大慈大悲的观音菩萨,请你一定要保佑他们借到粮食。"这时,重四的两个儿子跑过来,看见奶奶神情专注地嘀咕什么,好奇地问重八:"叔叔,奶奶在做什么?是不是要去寺里烧香?"重八拉过两个侄子,强忍住泪水说:"奶奶在求神仙保佑我们家,让我们家有吃不完的粮食,你们高兴吗?"

"真的?太好了。"两个孩子又蹦又跳,似乎家里果真有吃不完的粮食，他们再也不用为一日三餐发愁了。小一点的孩子还天真地说："叔叔，我们有粮食吃了，就成大将军了，对吧？"重八经常给他们讲故事，其中不乏古往今来大将军的事迹，两个孩子对此十分着迷。这个问话的孩子就是日后的朱文正。重八参加义军后，大嫂带着文正前去投奔，重八见到亲人格外激动，为侄子取名，并且亲自教导他，视

朱文正像

如己出，将其培养成为将帅之才。朱文正在明朝开国战争中立下赫赫战功。

　　重八听到侄子的问话，觉得十分好玩，笑着说："有粮食就成为大将军？也对，没有粮食，兵士们吃不饱饭，部队自然无法打胜仗，这样的大将军就不称职，哈哈。"他的侄子听了，似懂非懂地跟着大笑。其实，在朱文正幼小的心灵里，不过把两件最为重要的事情联系在一起罢了，哪有重八考虑得那么理智。

　　再说朱五四父子，带着礼物前去求粮，果然赢得刘德父子的好感，夸赞他们会办事，当即答应先租借给他家粮食。朱五四父子感恩戴德，兴冲冲赶回家中报喜。

瘟疫流行

　　听说能够租借到粮食，朱家老老少少非常激动，他们盘算着

捱过冬天,明年春天年景好转,风调雨顺,全家努力劳作,庄稼丰收之后,困难也就迎刃而解。可是事情哪有他们想得那么简单,灾难像魔鬼一样死死纠缠着老百姓,当然也不会放过他们家。元顺帝至正四年,也就是公元 1344 年,更大的灾难降临,最终将朱重八全家逼上绝路。

当然,被逼上绝路的不只重八一家,淮河两岸的百姓们都没有逃脱这场巨大的灾祸。本来他们苦熬时日,凭借着上一年微薄的收入勉强度过寒冬,可是来年的春天,旱情依旧没有缓解。此时,大多数人家的粮食早已吃光,而干枯的土地没有给他们带来丝毫希望。历年这个时候都是农民最难熬的日子,青黄不接,无以果腹。今年的情况更是困难,许多人家开始四处刨食野菜根,到小河沟捕捉鱼虾,采摘可以食用的树叶、树皮,总之,人们都在想尽一切办法艰难生存下去。

重八家的情况也好不到哪里去。他母亲和大嫂加入到采集菜根、树叶的行列,经常提着篮子外出寻觅可以食用的东西;他们兄弟三人则一面想办法填饱肚子,一面运水,日夜与干旱搏斗,在干枯的大地上耕种劳作,希求禾苗能够成长结穗,终结这场灾难。

可是,福无双至,祸不单行,就在淮河人们苦苦与干旱抗争的时候,更大的灾难铺天盖地而来。三月份,田里的禾苗刚刚发芽,满山遍地飞来成群的蝗虫,眨眼间就将农人们辛苦耕种的庄稼吃得精光,寸草不留。那些可以帮助百姓苦度时日的野菜、树木顷刻间变成光秃秃的一片。放眼淮河两岸,昔日沃野良田,肥硕膏腴之地,竟成了赤野之乡,草木不生,百姓流离,无以为生。

很快,远近村子不断传出饿死人的消息,这使得饥馑困苦中的人们更觉恐慌。这时,黄河决口,河水蔓延,淹没大片土地,河水横行肆虐,像脱缰野马一样践踏着村廓城镇,一直流进淮河流域,导致淮水失控,瘟疫流行。

人们活不下去了,外出逃命的大有人在,昨日那家扶老携幼走了,今天这家埋葬完死去的亲人后,也匆匆远走他乡,寻求活路。死亡面前,人人担心,家家害怕,朱重八全家人也是同样提心吊胆,不知道该如何度过灾荒。

瘟疫流行不久,朱五四就病倒了。这位为了生存苦苦挣扎一生的老人将要走向生命的尽头。他太累了、太苦了,辛苦了一辈子,他没有活下去的勇气,也失去了活下去的信心。他静静地躺在草铺上,闭着双眼,既不说话也不吃喝,干瘪枯瘦的身体就像燃尽的油灯,微微闪烁的灯火随时都会熄灭。朱重八跪在父亲身边,端着母亲好不容易熬好的稀菜根粥,希望父亲能够喝几口。但是朱五四一直不肯张嘴,摇摇头示意重八离去。自从他病倒后,就多次嘱咐儿子们不要靠近自己,免得传染瘟疫。他还让大儿子朱重四带着全家人赶紧离去,躲避这场灾难。父爱如山,朱五四这位平凡农民身上,同样也闪烁出这样动人的光芒:他费尽心血养育子女,临终前还要为他们做最后的打算,真是令人唏嘘叹息。

可是,朱重四兄弟没有抛下病重的父亲离去,他们尽可能地照顾他,希求父亲能够好转。朱五四担心连累家人,竟然偏强地再也不张嘴吃东西。本来他已经长时间忍受饥饿了,如今滴水不进,死亡之神马上向他伸出双手。陈二娘知道丈夫的脾气,也知道他的病不可能好转,看着儿孙们,擦着眼泪说:"你们走吧!在家里活不下去了,你们带上家里能用的东西逃命吧!我留下来照顾你们父亲。"她准备与丈夫死在一起，免得拖累儿孙。

话说到此，朱重四有些动摇，他不忍心看着两个儿子活活饿死，可是抛下父母远走，对他来说也很难做到。就在他左右为难之时，死亡之神却已悄悄伸出魔手，这位三十岁的壮年汉子染上了瘟疫，病倒不起。家里的支柱轰然倒地，外出逃命的计划就此搁置，重八和二哥日夜外出寻觅，渴望找到一点可以果腹之物，为家人充饥。可是，此时的太平乡境内，就连树皮草根也已经不见了踪迹！他们只好走很远的路寻找食物。随着饥饿日甚，渐渐地，他们也无力走动，只好靠在门前屋后苦捱时日。

这天，已是四月天气，天空始终灰蒙蒙的，太阳挂在天边，惨淡无光，似乎老天爷也不愿睁眼看着这么多百姓饱受疾苦、无辜离世，而故意装出一副似睡非睡之态。重八和二哥半躺在门前，他们听说朝廷发下赈灾粮食，很快就要到达濠州境内，心中燃起希望之火，一心一意等着官吏们前来发放赈灾粮物。

第三节 家破人亡

痛失四位亲人

天灾人祸夺去诸多百姓性命，千里沃野堆积饿殍无数，这件大事当然引起朝廷的关注，赈灾防病成为当务之急。可是此时元朝廷内部斗争十分激烈。元顺帝铲除伯颜后，重用脱脱，朝政趋于稳定，元顺帝开始放手铲除异己，巩固自己的势力。前面说过，元顺帝登基经历了许多波折。当时，由于文宗皇后一再坚持，权臣燕帖木儿才被迫迎回顺帝。不过，顺帝继位时就被迫传下诏书，立文宗的儿子为太子，就是说他死后，皇位将传到文宗儿子的手里。本来，这件事情也算是折中，照顾到了双方，可是现在随着时政变化，顺帝渐渐掌控大局，对于当初的

元顺帝像

约定自然不肯履行。于是,他将文宗皇后母子驱逐出宫,立自己的儿子为太子。这件事在朝廷上引起轰动,就连丞相脱脱也深感不妥,几次提醒顺帝不要忘恩负义,但顺帝一意孤行,谁的意见也听不进去,从此,他对脱脱的好感也大大降低。

左丞相博尔济布哈与脱脱不和,他见脱脱失去宠信,趁机报复,在顺帝面前大肆攻击脱脱的父亲,以此间接打击脱脱。顺帝果然听信谗言,下旨放逐脱脱之父去西宁边陲。忠心耿耿的大臣遭此厄运,朝臣无不震惊。脱脱得知自己失去信任,主动辞去职务,陪伴年老多病的父亲去西宁。这一去,父亲死在路上,脱脱也从至尊之位引退下来。

淮河灾祸之年,脱脱没有权力参与赈灾防病之事,因为他自己正遭受厄运打击。尽管如此,元朝廷也不敢见死不救。元顺帝下诏赈灾,但他不会想到,赈灾物品被一路盘剥,到百姓手中时就只剩下麦皮谷壳了。物品首先拨到各路(元朝地方行政单位),地方长官们不会手下留情,随后是各州、县,官员们谁也不肯错过贪污的机会。一层一层下来,到老百姓手中所剩无几,但是地方上的各级官员们却要粉饰太平,争先恐后上书向皇帝表示感谢,感谢皇恩浩荡,救济黎民,盛赞皇帝此举与尧、舜、禹当政无异。受到夸赞的顺帝十分得意,深感自己做了大好事,是位贤君明主,定将名垂史册,着实高兴地欢庆了一番。

朝廷和官吏皆大欢喜,可是受灾百姓呢?当然是极大的不满!躺在屋前苦捱时日的朱重八就是极度不满的其中一人,他日夜企盼赈灾粮食,可到手的都是些陈皮旧屑。他愤怒异常,起身外出打算招呼汤和等人去找赈灾官员评理。陈二娘忙抓住他说:"重八,这就不错了,你不要惹事,快去熬些粥饭给你父亲和大哥吃。"她也病倒了,不能下田工作。

这句话提醒了重八,他忙走进厨房,生火煮饭。很快,饭香飘满小院,浓浓郁郁,多少天都不曾闻到饭菜之味的家人无不欢欣喜悦,重八的两个侄子一前一后跑过来,指着锅说:"里边有饭,里边有饭。"

重八先给他二人盛碗稀饭,然后端着饭碗去喂父亲和大哥。朱五四奄奄一息,闻到饭香,突然眼睛一亮,随后用鼻子嗅嗅饭香味,脸上竟然露出笑意,摇着头用沙哑低微的声音说:"我不用了,留着你们吃吧!"说完,他头一歪,永远地闭上了眼睛,带着美好的愿望与世长辞。

重八大惊,慌忙摇晃着父亲的身体,大声喊道:"父亲,您醒醒!父亲,您醒醒!"不管他怎么摇晃,朱五四再也不会睁开眼睛看这个折磨他终生的世界一眼。

父亲离世,全家悲痛。朱重八趴在床头放声大哭,哭诉这个不公平、充满压迫、无法生存的世界。然而,哭声未止,灾祸接二连三而至。朱五四去世的第三天,朱重四也合上双眼,不情愿地离开人世。朱重四的去世对朱家来说是个更沉重、更残酷的打击。他年轻力壮、孩子幼小,全家人指望他养家糊口,他这一去,孤儿寡母怎么活?重四的母亲和妻子哭得昏天暗地,死去活来,朱重八和二哥两个年轻人,面对父兄亡故,母嫂悲痛欲绝的场景,除了陪着哭泣,毫无办法。

亲人亡故,要想办法安葬他们。痛哭过后,重八与二哥商量此事。眼前,村里不断死人,天天发丧,随着死人增多,灾情加重,活着的人只剩下喘气的力气,所以有些人家竟连死人都抬不出去!面对这样残酷的现实,朱重八凄惶有加,想着怎样将父兄安葬。

可是此事还没有想出个眉目，家里又开始死人了。朱重四的长子不足十岁，在重四死后的第三天，也追随父祖踏上黄泉之路。看着夭折的侄子，重八的心就像灌满铅水一样，沉重、麻木。他的泪水干了，心也死了，不知道明天还会有什么更惨的事来折磨他。这时，母亲陈二娘的身体也眼看着一天不如一天，亲人亡故对她打击深重，这个昔日好强能干、辛勤持家的女子费尽心血，受尽艰难，天天企盼过上好日子，希望儿孙们有出息。可是老天无眼，在她五十八岁时普降灾难，硬生生地夺去她丈夫、儿子、孙子的性命，让她承受世间最悲惨、最痛心的打击，让她那颗不甘认输的心彻底死去，让她再也不愿忍受世间折磨。

4月22日，重八半跪在母亲床前，听她诉说最后的心愿。陈二娘的嘴唇微微翕动，重八马上俯身过去，把耳朵贴在母亲嘴边，只听陈二娘断断续续说出几个字："一定要活……活下去，活……下去。"随后，她再也没有发出任何声响，直到天黑方才松开握紧草铺的双手，缓慢地停止呼吸，大睁着眼睛，面容异常痛苦地辞别人世。

重八伸手轻轻地合上母亲的双眼，握着她那双还未冰冷的手，欲哭无泪。仅仅半个月时间，父母双亡，兄长幼侄早殇，八口之家死去四个亲人，家破人亡，无以为继。家里只剩下重八和二哥两个年轻人，还有大嫂和幼侄，少弱妇孺，将怎样度过这场罕见的苦难？

葬亲遇难

四位至亲亡故，年少的朱重八忍受着撕心裂肺的痛苦。在死亡面前,他需要变得更加坚强来面对这场灾难。他不能倒下去,不能放弃生存的渴望。母亲临终前要他活下去的话,就像一团烈火唤起这个濒临死亡的少年的雄心。他擦干泪水,强撑着虚弱的身体来到街上,他要安葬自己的亲人,他不能将他们曝尸荒野。

　　人死了,条件好的隆重举行葬礼以示悼念,差的举行个简单仪式找块地方埋掉,不管怎么说,要给死人一处安息之地。可是这对现在的朱重八来说,就像登天一样难。其中有两个原因,一是他们家没有土地,也就是说无处可以安葬亲人;二是大难当前,人人难以自保,连生存下去的力气都没了,谁愿意帮助别人家办理丧事? 当时,许多死人抬不出去发丧,有些就被扔在野外算了。可是,朱重八不愿让受了一辈子苦难的亲人死后也无处容身,他要为他们谋块地,让他们安息。

　　想起来容易做起来难,重八在村里转了半天,看到家家户户门前屋后都躺着半死不活的人,一个个呻吟着,渴求几口食物,哀怜之态令人惨不忍睹。有些稍微好一些的,在村口路边慢慢走动,寻觅可以充饥的东西,偶尔爬过的一两只蚂蚁都成为大家争抢的对象,而那些最终获胜吞食蚂蚁的人,往往引来他人羡慕的眼神。重八看着看着,眼前一花,晕倒在地。人们见惯了这种场景,所以大家见他晕倒,无人上前呼喊扶住,只是在心里发出几声哨叹,想着又有一人不行了。

　　也不知道过了多久,重八睁开眼睛发现自己躺在家里,身边围着大嫂、二哥和侄子,他们看见重八醒了,擦着眼泪说:"唉,总算醒来了,刚才有位和尚把你送回家来,说你晕倒在村口了。"

　　重八这才模糊地记起晕倒之前的事情,挣扎着坐起来问:

"和尚呢？"

"送你回来就走了，说日后自有相见的机会，我看像是于觉寺的和尚。"大嫂说。

重八垂头想了想，强烈感觉送自己的和尚就是慧净。不过重八并没有说，而是叹着气与大嫂和二哥商量说："我们得想办法安葬亲人，你们说怎么办呢？"

大嫂听了此话，立即泪水涟涟，泣不成声。

二哥垂头丧气地说："我们家里无地无产，到哪里安葬他们？"

重八咬着嘴唇，似乎下了很大决心，一字一句地说："我们租种刘德家的田地好多年了，父亲和大哥在田里忙碌了一辈子，如今遭遇大难而死，难道不能葬在那片田里吗？"

大嫂和二哥睁大眼睛，同时疾呼："重八，那是刘德家的地，他会同意我们去安葬亲人吗？"

重八坚定地说："虽说是刘德家的地，可是这些年来父亲和大哥辛苦耕作，在那片田里累弯了腰，洒干了汗，多少辛苦和艰难才将那片土地打理得井井有条，年年收获，上缴税租，养活多少人？现在他们死了，怎么不能葬在那里？难道我们眼睁睁地看他们曝尸荒野？"

大嫂和二哥听着也有道理，想了想问："那我们去求刘德？看他能不能同意此事？"重八点头说："嗯，去求刘德。"

三人经过商量，由重八和二哥前去求刘德，让大嫂在家照看孩子以及四位亲人的尸体。少弱妇孺决定完毕，各自分头做事。大嫂拖着羸弱的身躯守护家园。不足三十岁的她，丧夫丧子，无处容身，心早已伤透了，本来打算带着幼子投奔娘家，听重八的意思可以给亲人找块地安葬，也就暂时留下来等待安葬完亲人再说。

重八和二哥走出破旧的家门，步履急促地赶往刘德家，他们在这条道路上来回走过多少次，经历过多少喜怒哀乐？可是这次，他们的心情太沉重了，他们不知道等待自己的将是什么命运。

第九章　借地葬亲　风雨相助哭淋淋

　　重八没有办法，只好到地主家借地葬亲，可是地主无情地拒绝了他。看到在田里耕作辛劳一生的父母无处下葬，重八怒火中烧，他举起愤怒的拳头⋯⋯

　　峰回路转，有人出手相助，借给他葬亲之地。风雨突至，门板坠落，恍惚间仙人从天而降，安排了一出天葬奇观。

　　而失去四位至亲的重八，依然衣食无着，前途渺茫。为了求生，兄嫂离别，留下他孤单一人，何去何从⋯⋯

第一节　借地葬亲

借地受辱

朱重八和二哥前去借地,打算将亲人安葬在租种的刘德家的土地上。两人穿街过巷,很快来到刘德家门前。眼前青砖砌成的门楼高大威严,朱红色的大门略显暗淡,有些地方还显示出斑驳脱落的迹象,看起来没有了往日的繁华气派,只是门口两边的石头狮子依旧冷冰冰、凶巴巴的,似乎在驱赶着前来求助的任何人。

重八和二哥站在门前,两个人谁也没有说话。这时,重六突然打个寒战,缩缩脖子,吸着气搓着手,脚步不由自主向后倒退。重八忙扶住二哥问:"怎么啦?"朱重六咬咬嘴唇,低声说:"重八,我们……我们……"他边说边用眼睛斜斜刘德家的大门,意思是说我们能叫开这个大门吗?

重八明白二哥的意思,直视着紧闭的大门,停顿片刻之后坚定地说:"放心吧,我这就去叫门。"说完,他大步走上前,伸手拍门。拍门声响亮而急促,不一会儿就听里边传来问话:"谁啊?这么早叫门干什么?"

重八大声回答:"我是朱重八,我见老爷有事。"

里边听到回话,安静了好长时间。重八贴着大门细听,以为里边的人走了,再次大声拍门叫喊。可是,他拍了半天,里边却再也没有传出声音。这可如何是好?重八心想:叫不开门就无法向刘德借地,不借地就无法安葬亲人,不行,我无论如何也要叫开门面见刘德借地!想到这里,他不顾一切大声喊叫着:"开门,快开门!"

　　喊叫声、拍门声传出很远,重六站在后面又急又怕,额头上渗出层层汗珠。他几次试图阻止重八,可是重八心意已决,毫不理会。很快,附近许多人家听到喊叫声,都前来观望。刘德家门前热闹起来,大家指指点点,议论声此起彼伏。

　　躲在家里的刘德坐不住了,一开始他听说朱重八前来见自己,以为他来借粮食。自从灾荒蔓延,向他借粮的人络绎不绝,他向来精打细算,不肯吃亏,眼见灾情不退,死的人一天天增加,他害怕借出的粮食肉包子打狗——一去不回,也就拒绝向外人借贷粮食。而且,随着灾情加重,他家的情况也日趋吃紧,粮食见少不见长,今年田里颗粒不收的话,他家也要做些准备才能度过荒年。于是,刘德闭门不出,封锁粮仓,断绝与佃户交往,任由他们饿死、病死。所以,他听到重八拼命叫门,并不开门见他,以为重八会放弃喊叫而离去。可是,重八不但不停止喊叫,反而招致许多人围观在门前,弄得自己十分被动、难堪。刘德越想越气,越气就越没有主意,最后跨步来到门前,隔着门板大声喝问:"朱重八,你想干什么?我告诉你,灾荒这么严重,我家里的粮食也不多了,你不要妄想我会借给你一粒谷子!赶紧滚蛋,不要在这里胡搅蛮缠!"

　　听到训斥,重八并不恼怒,反而立刻向着里面拱手施礼说:"老爷,重八今天来并不是借粮,而是有别的事情与您商量,求您开开门，听重八说明此事。"

刘德愣了愣，随后伸手打开大门，站在门槛里边，伸着脑袋问："什么事？"原来，他最怕穷苦百姓向他借粮食，听说不是借粮，觉得好奇，也想探个究竟。

朱重八看见大门打开，忙回头拉过二哥，兄弟二人扑通一声跪在刘德面前，哭泣着说："我们家接连死了四口人，父母、兄长都去世了，就剩下我们兄弟以及大嫂、幼侄，我们不忍心看着亲人曝尸荒野，成为孤魂野鬼，恳求老爷看在以往父兄辛勤劳作、对老爷忠心耿耿的份上，借给我们寸土片地，让我们将亲人安葬，也好让他们早日安息。他们就是在九泉之下，也会感激老爷您的大恩大德。"说着，朱重八叩头不止，很快，额头上血迹斑斑。

再看刘德，似乎没有听明白重八的意思。他跨步迈出门槛，站在台阶上来回走动。突然，他猛一回身指着重八，语气极其恶毒地说："好啊！朱重八，你真孝顺！跑到这里来要地。真有你的，有你的。"他说着，转身面对围观的人，大声说："你们听见了吗？朱重八来跟我要地，来抢占我的土地！真是岂有此理。我辛辛苦苦这么多年，积攒下的土地就要白送给他人，你们说，这可能吗？这还有天理王法吗？"

听他越说越离谱，重八停下叩头，辩解说："老爷，我们不要您的土地，只是想借块地安葬亲人。要是您肯借给我们一块地，我们兄弟就是做牛做马也会报答您的恩情。"

"呸！"刘德不等重八说完，向他啐道："报答？哼，你父兄去年借贷的粮食还没有还呢！他们死了，你们就该替他们还粮。你看看你，穷得衣不遮体，食不果腹，还在这里吹牛说大话，我问你，你拿什么报答我？你拿什么还我的粮食、土地？我家里牛羊成群,用得着你来做牛做马,白吃白喝?我告诉你,你就是来做牛,我也不要!"

　　看他趾高气扬的样子,重八心中怒火燃烧,恨不得上前将他打倒,但是他没有动手,而是选择了忍耐。重八强忍着谩骂和羞辱,一动也不动地跪在地上,等待着命运之神将他拷打锤炼。

出手相助

　　重八忍受着刘德的辱骂,与二哥一动也不动跪在地上,说什么也不肯起身离去。刘德骂了半天,见重八兄弟依然跪在眼前,更是恼怒,回身拿起根木棍,舞动着驱赶他们。这时,围观者发出阵阵议论声,大意都是抱怨刘德太过分了,不该如此对待重八兄弟。刘德哪管那么多,挥动木棍呵斥:"滚滚滚,快点滚,不要在这里碍事!"看来,他心意已决,不会同意借地给重八兄弟。

　　在地上跪了多时的重八霍然站起身,一把夺过刘德手里的木棍大声说:"我父兄在田里辛劳耕作一辈子,凭什么死了连块安葬的地都没有? 你说,他们耕种的土地到底能不能安葬他们?"

　　刘德哪会想到重八敢和自己对抗,吓得连连后退,脸色都变了。他手扶着门框,眼珠乱转,思索着对付重八的办法。恰巧,刘德的大哥刘继祖听到吵闹声,也走出家门看热闹。他家与刘德家相邻,所以走出门来就被刘德盯上了。平日里刘德很少与大哥来往,认为他缺乏治家发财的能力,只会越过越穷,今天被重八所逼,当然不会顾虑太多,赶紧朝着刘继祖招呼:"大哥,大哥,你快过来评评理。"他想让刘继祖帮他喊王顺等人来驱逐重八。

刘继祖眯着眼睛看了看,漫不经心地走过来,看着手握木棍、满脸怒气的重八疑惑地问:"怎么啦? 重八想干什么?"

重八向来敬重刘继祖,感激他曾经救过自己的母亲,见他亲自过问此事,神色缓和许多,客气地回答:"我家里死了四口人,父母、兄长都去世了。可怜他们辛苦一辈子,死了连块安葬的地都没有,重八不忍心看着亲人成为孤魂野鬼,恳求刘老爷借块土地安葬他们。可是刘老爷不但不肯借地,还口口声声辱骂我们兄弟,动手打人。"

刘德大声为自己争辩:"古往今来,谁家借地葬亲? 朱重八,我看你太自以为是了,认为我好欺负,妄想霸占我家祖业! 大哥,他就是这个意思,他想抢占我们家的产业! 你赶紧去叫王顺,让他召集部分家丁过来。"当时,各地土豪为了自保,家里都养着不少兵丁,以防万一。

听了重八和刘德双方的话,刘继祖明白了事情的大概。他思索着,又看看重八,只见重八破衣烂衫,蓬头垢面,瘦弱不堪,昔日那个健壮威武、聪明机灵的少年已经沦为家破人亡、无依无靠的孤儿,明天将何以度日,生死如何,恐怕神仙也难以预料。在这种情况下,重八还能想到借地葬亲,看起来非同一般少年。想着想着,刘继祖心里一阵悲伤,泪水在眼眶里打转。刘德指望刘继祖搭救自己,却见他被重八迷惑,着急地喊:"大哥,不能让朱家安葬,要是他们葬在田里,日后他们就要霸占我家产业啦。"

刘继祖并不理会刘德,他伸手拉起重六,哽咽着说:"我知道是怎么回事了,你们都不要争、不要吵啦。朱家来到孤庄村也十几年了,朱五四朴实能干,勤勤恳恳,与邻里关系不错,是个大好人。现在他家里死了这么多人,只剩下两个年少的儿子,一心渴望能够安葬亲人,我看应该满足他们的要求,不能让他家四口人曝尸荒野。"

听到这话,刘德急得连蹦带跳来到刘继祖面前,没好气地说:"你到底要做什么,想让我借地?我告诉你,你别站着说话不腰疼,土地能随便借吗?年前朱五四父子死乞白赖上门借粮,我借给他了,现在倒好,粮食没还,一蹬腿死了,我找谁要粮食去?这还不算,死了还要霸占我的地盘,我跟你们说,这件事门儿都没有!"说着,他怒气冲冲摔门进院,再也不肯出来。

刘继祖无奈地摇摇头,他比谁都清楚刘德的脾气,知道他断然不会同意借地之事。刘继祖苦笑两下,拉着重八兄弟的手说:"你们不要着急,我有办法帮助你们安葬双亲。"其实,他刚才说要满足重八的要求,并非要刘德借地,而是另有打算。刘德财迷心窍,不容刘继祖多说两句言明想法,就迫不及待地发泄不满,进院不出。而刘继祖当着众多人的面,对重八兄弟说出了自己的打算:"我家有几亩地,你们就把亲人葬在村南那块坡地上吧!那里的土地虽不肥沃,但是四周树木遮荫,是块好地方。"

听了刘继祖的主张,围观者无不发出赞佩之声,露出钦羡神色。朱重八和二哥慌忙跪在刘继祖脚下,叩头谢恩。刘继祖摇摇头,叹口气说:"不要谢我了,赶紧回去安葬亲人,让他们早日安息吧!"

朱重八这才停止叩头,拉起二哥,兄弟俩一前一后赶回家中。望着他们孤苦瘦弱的身影,刘继祖心想,不知道他们能否顺利安葬亲人?

第二节　天　葬

风雨紧逼

　　朱重八和二哥得到刘继祖帮助,借到安葬亲人的土地,激动地赶回家中。大嫂听说后,念着佛说:"这下他们可以安息了。"他们立即动手准备安葬亲人的事情。可怜他们家境贫寒,人又年少,缺少经验,既没有棺材装殓亲人,又找不到可以抬走亲人的木板,找来找去,最后用家里仅剩的破烂衣服包裹亲人们的尸体,并且卸下门板,打算用门板抬走亲人,安葬完毕再做打算。

　　重八和二哥先把父母抬到门板上,大嫂带着儿子最后拜别父母,然后留下来照顾死去的丈夫和儿子。重八和二哥抬着父母的尸体,拖着沉重的脚步向村南坡地走去。一路行走,他们瘦弱的身躯渐渐难以支撑,但他们只想着安葬亲人,似乎忘记了其他一切。此时,空中阴霾沉沉,老天爷好像也不忍心看着这对年少兄弟承受如此的沉痛。风紧天寒,四月天气竟似冬天来临,刮得人睁不开眼睛,身体打颤,行走艰难。

　　重八和二哥已经忍受多日的饥饿煎熬,身体虚弱,在冷风面前恰似一片落叶,摇摇摆摆,站立不稳,到山坡脚下才勉强站住脚跟。这里离刘继祖借的土地已经不远,正好在坡地下方,他们再努力一下就可以把亲人抬上去了。重八和二哥刚想放下门板略作休息,等到风停之后再一鼓作气安葬亲人,不料抬门板的绳子突然断了,门板跌落在地。重八在门板后面,他摇摇晃晃扑到门板上,半天也没有爬起来。重六在前面也差点摔倒,他好不容易稳住身体,回头拉起重八说:"你在这里等着,我回去取绳子。"说着,头也不回往家疾奔。

重八独自守着父母的遗体,身心疲惫,慢慢躺倒休息,就在他的身体刚刚接触地面的刹那,只见电闪雷鸣,天空好像被撕裂了一般,风中夹杂着豆大的雨点劈头盖脸砸下来。很快,雨点越来越急,越来越密,好似断缰野马横冲直撞,肆虐人间。狂风暴雨,雷电交加,将重八浑身淋透。他顾不了许多,朝着不远处一株大树奔去。大雨倾盆,天色越发阴暗,最后漆黑一片,什么也看不见了。

昏暗笼罩之下,年少的重八瑟瑟发抖地蹲在树底下,他太累了,也太饿了。他茫然地面对着眼前的风风雨雨,脑中一片模糊。此时此刻,除了本能的求生欲望之外,恐怕他不会顾虑其他任何事情。恍惚之间,重八似乎睡了过去,看见一位仙风道骨的仙人从天而降,这位仙人好像是于觉寺的慧净和尚,又好像是哪座寺庙里的罗汉,总之,他那么亲切,那么和善,在闪电之中飞奔而至,走到重八身边,合掌不语。重八好生奇怪,忙俯身施礼说:"仙人,求您帮助重八安葬父母亲人。"那位仙人并不言语,面相温和,挥了挥宽大的衣袖。就见风雨更大了,更猛烈了,似乎要将天地间的一切冲垮,要将这个充满苦难的世间洗刷干净,带给人们一个崭新的世界。重八眼见风雨交加,焦急地说:"仙人,风雨交加,重八就无法安葬亲人,您还是让风雨暂时停歇吧。"哪知,仙人摇摇头并不答话,依旧指挥着风雨疯狂地肆虐。身边洪水横流,重八又惊又奇,他刚要转身抱住大树,仙人轻轻一挥,他脚下的洪水竟然不见了,风雨也变小了,他好像站在风雨之外,不受狂风暴雨的肆虐。这时,仙人停下指挥,回身看着重八,边向天上飞去边大声说道:"朱重八,你的父母已经天葬完毕,你不用担心此事了。日后,你尊贵之极,还会重新修缮此地。"说完,天空闪过最后一道电光,然后什么也看不见了。

重八猛一愣怔,好像从梦中惊醒,发现风停雨歇,天空放晴,他急忙从树下跑出来,跑到坡下查看,不由得大吃一惊,原来刚才风雨交加,将坡顶的浮土冲下来,造成山体滑坡,把他父母的尸体全部掩埋了,形成一个天然的大坟墓!重八见此,最先的反应就是跪到地上双手挖土,打算把父母的尸体挖出来。可是他挖了几下,又停下了,脑海里浮现出风雨中仙人显身的场景,心想,刚才仙人呼风唤雨,说将我父母天葬,难道就是这个意思吗?要是这样的话,父母已经安葬完毕,我还用挖土吗?他跪在地上默默思索着,不知道该如何是好,这时,二哥远远地跑了过来。

凤阳孝陵

朱重六回家取绳子,风雨相阻,耽搁时间,等他赶回来时,发现重八跪在一个大坟墓前,默默无语,遂上前询问:"重八,这是怎么回事?父母呢?"重八指着大坟墓叙述了风雨交加时仙人显身、父母天葬的经过,问二哥:"二哥,真有天葬一说吗?父母现在就在土堆下面,我们还能把他们挖出来重新安葬吗?"

重六呆呆地望着坟墓,也不知道该如何办,双膝不由自主跪倒下去,与重八并排跪在一起,兄弟俩扑到坟墓上大声痛哭。看来,他们只好接受命运安排,听从仙人旨令,让父母在此安息了。

想一想借地葬亲的前后经过,忍受屈辱不算,最后也没能亲手安葬父母,无力让父母安心而去,却被滑落的泥沙所埋,真是揪人心肝,令他们痛不欲生。兄弟二人哀嚎悲哭,从上午哭到中午,从中午哭到日头偏西,哭得嗓子哑了、声音没了,两人昏倒在坟墓上,再也无力起身。

　　不知道过了多久,重八仿佛听到有人呼叫自己的名字,他睁开模糊的双眼,看到眼前站着两三个人,仔细分辨,才认出是徐达、刘英和邻居汪大妈的儿子汪秀。徐达看到重八醒来,高兴地说:"重八哥,你可醒了,你知道吗? 你晕过去半天了。要不是刘英招呼我们前来救你,可真危险了!"

　　重八努力挣扎着坐起来,发现自己躺在大树下,半圆的月亮皎洁明亮,旷野冷冷清清。他渐渐回忆起葬亲的事情,忙问:"我二哥呢? 我二哥在哪里?"刘英闪身躲开,指着身后说:"重六也救回来了。"重八望过去,看见二哥躺在那边,沙哑着嗓子喊:"二哥,二哥。"重六以同样的声音回答:"重八,我没事,你醒过来就好了。多亏刘英叫人来救我们,你赶紧谢谢他们。"

　　原来,刘继祖允许朱重六兄弟在他家土地上安葬亲人之后,想来想去觉得他们太年少了,有心去帮忙,又怕不妥,就叫儿子刘英去看看。刘英赶到朱家,听说朱重六兄弟上午就抬着父母安葬去了,下午都没有回来,联想风雨交加,就想去坡地看看,恰好重八家的邻居汪大妈也叫儿子来关心此事,两个年轻人就结伴前往。路上,他们遇到正准备外出逃荒的徐达,三人一同赶往坡地。近些日子,重八的伙伴们死的死,逃的逃,所剩无几,大家挣扎在生死线上,已经很久没有见面了。三人来到坡地,看到重六兄弟扑倒在坟墓上晕厥不醒,慌忙把他们抬到树阴里,又是掐人中,又是呼喊,这才把他们弄醒。

重八一边感谢刘英几人,一边哽咽着诉说了天葬经过,叹息着说:"重八无力葬亲,竟让父母被泥沙吞没,真是……真是太痛心了。"徐达和汪秀也是一阵唏嘘。

刘英却另有见解,他望着坟墓,仔细分析重八讲述的天葬经过,说道:"重八,依我看,你父母得到仙人相助,天葬在此,应该是件好事,你不要伤心了。"

"好事?"其他人发出惊呼。

凤阳皇陵

"是啊!"刘英说,"我从相书上了解到,像你父母这种情况属于天葬,举凡天葬,其后人都会大富大贵,甚至会出现'真命天子'。如今你父母在仙人帮助下天葬在此,说明日后你们家会贵不可言,这不是件好事吗?"

重八听了,想起仙人临走时的话语,垂头不语。重六苦笑着摇头说:"不用大富大贵,能够吃饱饭就不错了。"

徐达却说:"这可难说,我们小时候玩的游戏,重八哥就能坐稳皇帝宝座,说不定日后他真能成为天子呢!"

几个人又议论片刻,这才起身赶回村中。路上,重八几次回头看淹没父母的坟墓,心里就像打翻五味瓶,很不是滋味。不管怎么说,无力安葬父母给他留下了极深极重的伤痕,对他产生很大的影响。他登基称帝之后,下令修建父母的坟墓,将其扩建成为孝陵,规模宏大,建筑巍峨,了却了他的一桩心愿。

时值今日,安徽凤阳的明孝陵已经成为一道著名的历史文化古迹,规模极其宏伟。它由皇城、砖城、土城三道组成。皇城周长275米,高7米,内有正殿、金门、碑亭、华表、石人、石兽,各种建筑美观大方,引人入胜。另外,孝陵内立有朱重八亲自撰写的皇陵碑,叙述了自己的身世、经历,以警示子孙后代。

第三节　各奔东西

送别亲人

重八的父母天葬以后，他们兄弟又在他人帮助下安葬了大哥和侄子。至此，朱家死去的四口人全部安息地下，重六兄弟和大嫂总算了了心事。大嫂哭罢亲人，望着家徒四壁、摇摇欲坠的土屋，看看无依无靠、可怜兮兮的儿子，再想想衣食无着、忍饥挨饿的岁月，下决心带着孩子离开孤庄村，回娘家寻找出路。

重六兄弟听了大嫂的打算，点着头说："大嫂，你走吧！只要有条活路就不要再回来了。"说着，他们十分不忍地拉过幼侄，一家人早已泣不成声。

大嫂见两个兄弟如此通情达理，擦着眼泪断断续续地说："重六身体不好，重八年纪又小，眼看家里颗粒不存，我走了，你们怎么活啊？"

重八安慰大嫂说："大嫂，你放心吧！我和二哥年轻有力气，走到哪里都容易养活自己，倒是你带个孩子，一定会受不少苦。如今我大哥不在了，要是你能为他养大儿子，他在九泉之下也会高兴的。"

这席话说得众人又是一阵心酸。大嫂不再言语，带着儿子踏上归程。为了使他们能够安全返乡，朱重八特意将他们送出太平乡,把自己小时候玩耍的一把木刀送给幼侄,叮嘱他路上保护大嫂,然后望着他们走上大道才停下脚步。大嫂和幼侄边走边回头。这一去,生死未卜,前途茫茫,娘俩泪眼汪汪。朱重八强装笑容,挥手示意他们不要哭泣,赶紧赶路。

送走大嫂母子,家里就剩下重八和二哥两个年轻小伙子。他们缺衣少食,如何度日?眼前,村里大多数人都外出逃荒了,看来他们也只有选择这条道路。夜里,兄弟二人在月光下苦思冥想,明日奔走何方?朱重六像是自言自语地说:"干旱了大半年,虽说前天下了场雨,可是要想耕种,起码也要半年才能收获。况且目前瘟情还没有消失,我们在这里等,还不白白饿死!听说淮西年景不错,我看我们先去淮西逃荒,半年后再回来吧!"

重八似乎想了许多,半天没有接话,呆呆地望着天空出神。这些天来的变故和打击麻木了他的心灵,他虽然不足十六岁,却已经历了人世间最残酷的灾难,对他来说,生存变得异常困难,他所承受的苦难超出人们的想象。本来,重八还打算去二姐家,可是几天前传来消息,二姐病死,姐夫李贞带着儿子去淮西逃难了。如此来看,世上能够解救重八于苦难的人只有他自己了,他怎么样才能生存下去呢?

重六见重八不说话,疑惑地看看重八,再次提议:"重八,我们除了逃荒,没有活路了,明天我们就随着逃荒的人群去淮西吧!"

重八终于长长地叹口气,依旧抬着头,神情疲惫,慢慢说道:"去淮西的人太多了,那里能容下这么多难民吗?前几天汤和去淮西又回来了,准备去濠州投靠亲戚,我看我们不如分头逃荒,哪里好就通知对方,也好心里有数。"

重六也有这样的想法，只是重八年少，他怎么忍心抛下他不管呢？于是说："分头逃荒好是好，可是我们孤身一人上路，万一有个三长两短，如何是好？要是我们俩在一起，好歹也有个照应。"

重八知道二哥担心自己，可是他想到前途未卜，认为还是分头逃荒比较可靠，争辩说："我们在一起，要是遇到险情，谁也无法逃脱，还不是全军覆没！二哥，你听我说，我跟随逃荒的人往东去，你往西去，不管哪方条件好，只要能够活命，就通知对方，不是更安全可靠吗？"

重六仔细思索，还是不放心重八独自逃荒，两人又争论多时，迷迷糊糊睡着了。第二天天色大亮，他们才睁开惺忪的睡眼。连日饥饿、困顿、伤心吞噬着他们的身体和心灵，让这对年轻的兄弟疲惫不堪，无力起身觅食。可以想见，要是他们就这样下去，没有几日恐怕也要命归黄泉，追随父母而去了。

就在这时，门外突然传来一声喊叫，邻居汪大妈端着碗稀汤、夹着个菜窝窝走了进来。她径直来到屋内，看到重六兄弟躺在床上，忙上前喊道："重六，重八，你们还活着吗？大娘给你们送吃的来了！"

重六兄弟勉强爬起来，无力地喊声"大娘"，枯瘦的身体很快倒在床边，似乎没有力气站起来说话。汪大妈见此，知道他们饿昏了，端着碗喂他们喝下稀汤，又掰开菜窝窝喂他们吃下。饭水下肚，兄弟二人精神好转，立刻下床感激汪大妈。汪大妈眼眶潮湿，颤抖地抚摸着两个少年，好一会儿才哽咽着问："你们打算怎么办？到哪逃荒？"

重八从小敬重大娘，想起昨夜与二哥的争论，如实告诉了她。汪大妈早就听说逃荒者很多人死在路上,淮西一带有大量难民涌入,生活也十分艰难,看到重八年纪轻轻,当真担心他有去无回,不由得泪水滚落,泣不成声地诉说着:"重八啊!依我看,你不去逃荒也罢,大娘倒有个去处,可以暂时保你吃饱饭。"

听说有这样的事情,重六兄弟眼前一亮,急忙问道:"大娘,哪里可以吃饱饭?您快点告诉我们!"

兄弟分离

汪大妈上门送饭,听说重六担心重八,不肯独自外出逃荒,知道他们再耽搁下去只有死路一条,于是心一横为他们指条出路,建议重八去于觉寺出家为僧。

猛然听到这个建议,兄弟二人都愣住了,他们面面相觑,不知道如何面对这个问题。去当和尚,这可是他们从来没有想过的事。在他们心里,只有走投无路的人才去当和尚,而且做了和尚就要忍受清规戒律,不能娶妻生子,这在以农业为主的封建社会来说,是极其不孝的事,也是极其被人瞧不起的事。但他们转念一想,当了和尚可以吃饱饭,不至于饿死,说起来是个生存的方式。那么,他们到底该不该同意这件事呢?

汪大妈看他们犹豫不决,流着泪说:"孩子,我知道你们的心思,觉得当和尚不好。可是如今为了活命,哪还能顾虑这么多。前些年,重八病了,你们的母亲去于觉寺烧香,当时有位高僧还对她说,将来让重八去寺里做和尚还愿呢!你看看,这些年来,你父母心疼孩子,不肯让重八去寺里。要是这次能够做和尚,不也是了却一桩心愿?你母亲知道了也会高兴。"

提起母亲,重八记起她临终时叮嘱自己一定要活下去的话。

他想想当下的困境,随即坚定了出家的信念,感激地说:"汪大娘,重八听从您的安排,去当和尚,不待在家里饿死。"

重六闷闷地想了一会儿,神色凄惶地说:"看来只有如此了。重八在寺内安顿,我也放心逃荒,将来年景好转,我回来后也有地方找他,不至于今朝分离,相会无期。"

汪大妈念着阿弥陀佛说:"重八去寺里,命就保住了,这真是佛祖显灵了。"接着,她吩咐重八洗刷身上的衣服,并答应为他编双草鞋,也好去寺里见住持。

重八既已决定当和尚,心情倒稳定下来,提出先送二哥逃荒,自己再去寺里出家。现在,二哥是重八唯一的亲人,又要生生分离,对不到半年经历多次生离死别的重八来说,这最后的打击当然十分沉重。兄弟二人简单整理一下破旧的土屋,门板没了,只好抱把柴草挡在门口,他们又找出几块破布,让汪大妈缝制成包裹,搭在重六的肩膀上备用。最后,他们将石凳木椅归拢整齐,告别土屋各奔东西。不管怎样,他们在这间土屋生活了十几年,喜怒哀乐、悲欢离合、生生死死,经历了人生最美好、最沉痛的岁月。对一个人的成长来说,这里既是挡风遮雨的屏障,更是一座不可磨灭的纪念碑。

后来,重八在为父母重修陵寝时,亲自书写墓碑,记述当时家破人亡、被迫出家的情景:

"昔我父皇,寓居是方。农业艰辛,朝夕徨……殡无棺椁,被体恶裳。浮淹三尺,奠何看浆。既葬之后,家道惶惶,仲兄少弱,生计不张,孟嫂携幼,东归故乡。值天无雨。遗蝗腾翔。里人缺食,草木无粮。予亦何有,心惊若狂……兄云此去,各度凶荒。我为兄哭,兄为我伤。皇天白日,泣断心肠。兄弟异路,哀动遥苍。汪氏老母,为我筹量,遣子相送,备礼馨香,空门礼佛,出入僧房。"

再说兄弟二人走到村外,相拥痛哭,心情不言而喻。最终,重六狠下心抛下重八,大步流星往西而去。谁能知道,这一去可有归期?何日得以重逢?一向沉稳的重八再也无法控制自己,朝着二哥远去的方向拔腿追赶,他觉得二哥一去,自己的亲人就全部远离自己,世上再也没有亲人了。重八哭喊、追赶,好像疯了一样,可是哪里有人响应?哪里将是重八的归宿?

此时的重八还不知道的是,朱重六走后,不久就死在逃荒的路上,兄弟的这次分离也就成了永别。

重八的哭喊声引来几人,他们正是汤和、徐达几位伙伴。汤和逃荒不成,再次回到孤庄村,最近正要去濠州投亲;徐达上次逃荒遇到重八后,被母亲阻拦,也没有离去;周德兴早就走了,一直杳无音信。汤和和徐达听说重八要去当和尚,前来询问情况,正好遇到他与二哥分别,听他撕心裂肺地痛哭,就急忙走了过来。

三个人慢慢走到村口井边,坐在井沿上休息。汤和放下井绳打水,却见打上来的水多是泥沙,浑浊不堪,根本无法饮用,便气愤地摔开井绳,抱怨着:"水都不能喝了,人怎么活?重八,我明天就去投亲,听说你要当和尚,这是真的吗?"

望着伙伴们好奇的目光,重八反而坦然回答:"是,我要去于觉寺出家,在那里我可以吃饱饭,饿不死。"

徐达揉揉鼻子,眼泪差点掉下来,拉着重八的手说:"重八哥,听说当和尚会吃不少苦受不少罪,你去了,什么时候才能回来?"

　　汤和撇嘴说："当和尚能随便回来吗？你没看见寺里的和尚都是终身的吗？"

　　重八沉闷地听着他俩说话，脑子里空荡荡的，心灵似乎飞出身体之外。就在这时，远远传来呼喊重八的声音，他顺着声音望去，原来汪大妈颤巍巍朝这边走来，正是来找他商量出家之事的。

第十章

走投无路 于觉寺出家为僧

　　十六岁的重八剃度出家，成了于觉寺的一名小沙弥，从此洒扫寺院、点烛燃香、伺候师父，开始了辛苦的行童岁月。在寺里，他年龄小，辈分低，做的是粗重辛苦的工作，受得是不公平的待遇，经常遭到责骂和欺负。但这一切在生存面前变得不重要了，他忍受了不公，只求生存。于是，便有了老鼠吃蜡烛、发配伽蓝佛、罗汉殿诸佛走路这些神奇的故事，而重八在困难面前也变得更加坚韧。一天夜晚，他被赶到草棚去，望着星月夜空，小小的重八抒发心志，不忘理想……

第十章

第一节 剃度出家

出 家

汪大妈深一脚浅一脚地找到重八,带着他回家吃饭。这些天来,重八吃住在汪大妈家里,得到她的照顾,心里十分感激。他们在回家的路上再次议论起出家之事,汪大妈说:"我叫汪秀去寺里问了,高彬长老说等几天再去,我看我们得准备点礼物,要不恐怕他们不收你。"出家还要送礼,听起来多么荒唐,但是重八明白,现在无家可归、衣食无着的人太多了,寺里可以管吃管住,是许多人向往的地方,所以还得送礼争抢。

可是大灾年景,哪有什么礼物可送?重八边走边思索着,快到家门口时,他想起家里还有做豆腐用的几件工具,试探着问汪大妈:"大娘,我以前曾经跟着父亲去寺里送豆腐,现在家里还有几件做豆腐的工具,搁在家里也没用了,你看送给寺里怎么样?"

汪大妈高兴地说:"好啊! 还是重八脑子好,和尚们吃豆腐多,就把那些没用的工具送去吧! 我看高彬长老肯定很喜欢。"她絮絮叨叨说着,随同重八回他家取了东西,然后转回自己家中。

第二天,汪大妈就让儿子给寺里送去了礼物,在家里等待消息。汪秀很快赶了回来,气喘吁吁地说:"他们只收下了担子,说其他的东西寺里都有,用不着。"汪大妈赶紧问:"他们同意重八出家了吗?"汪秀擦着汗水,点着头说:"算是同意了。高彬长老说了,他要先见见重八,看他身体是否结实强壮。"

重八站在旁边听着,不解地问:"怎么还要看身体? 这与当和尚有什么关系?"

汪秀说:"可能害怕有病吧!"

汪大妈却说:"这你们就不懂了,刚进寺的小和尚要做很多工作,要是身体不壮,他们才不要呢。"

重八虽然不满十六岁,可是个子高,四肢粗大,块头不小,看起来非常结实。汪秀看看重八,很有把握地说:"嗯,我看重八有力气,能工作,一定合他们的意。"

又过了几天,汪大妈带着重八赶往于觉寺接受面试。他们步行十几里,天近中午才赶到寺庙。重八抬头望去,今日的于觉寺也显示出荒凉的气象,没有了往日的气派和繁华。庙门院墙落满灰尘,庙里庙外很少有人走动出入,偶尔传出一两声木鱼声,也是缓慢低沉,似乎在诉说人间的苦难凄凉。只有山门一副楹联"暮鼓晨钟,惊醒世间名利客;经声佛号,唤回苦海梦中人"依旧如昔。重八在楹联前默默地看了多时,心中似乎有一种回家的感觉,脚步平缓地迈进庙门,站在院子里四处观望。于觉寺有三重院落,最外面是香客进香的殿,第二重供奉着伽蓝佛,第三重就是和尚们休息的处所以及厨房等等。重八对于觉寺并不陌生,但这次进寺与以往不同,他就要成为寺内一员,日日伴随枯灯古佛度日,心情颇为复杂和激动。

汪大妈早已走进殿堂,与值班的僧人说明来意,招呼重八去殿内等候。不一会儿,高彬长老在两位中年僧人陪同下走出来,

于觉寺

见到汪大妈后合掌施礼。汪大妈拉着重八跪倒磕头，再次说明来意。

高彬长老六十多岁了，身体健朗，精神矍铄。他刚才在后院休息，突然看见前面一团红光落地，正在纳闷，听说有个少年前来出家，于是连忙走了出来。他看到跪在地上的少年有些面熟，一问才知少年名叫朱重八，几年前曾经跟着父亲来送豆腐。上下打量重八多时，见他体格魁伟，高彬长老点着头说："阿弥陀佛，佛门慈悲，不会拒绝任何求助的人。朱重八家破人亡，前来投靠佛祖，依老僧看，就留下他吧！"

重八听说收下自己，又是一阵磕头。

汪大妈擦着眼泪感谢高彬长老，然后与重八告别，交代他在寺里要勤快、听话，不能惹师父生气，安心修佛等注意事项。重八一一答应，含泪送别汪大妈。望着汪大妈消失的身影，重八真有点觉得自己与世俗已经彻底了断，再无牵挂了。

重八在寺里住了段日子，每天起早贪黑帮着劈柴挑水，非常卖力。到了九月间，高彬长老觉得可以正式收下重八了，就安排剃度仪式，按照佛门规定向他宣读清规戒律，并且亲自为他剃去俗发。剃发用来表示已偿还一切业障之债，从此以后，永远脱离世间烦恼。法仪从简举行，重八静静地接受着一切，看着缕缕黑发飘落脚下，心里模模糊糊的，真有种与以往告别的感觉。等他收回目光，僧人们诵读的经文恰好结束。在高彬长老的主持下，重八成为于觉寺年轻的僧人，他的僧侣生涯开始了。

初为僧人

剃度完毕，重八成为寺里最年轻、辈分最低的僧人。人常说："百年三万六千日，不及僧家半日闲。"可是身为新入寺的僧人，重八的工作却十分烦琐。他每日里要劈柴挑水、洒扫院落，还要上香点烛，天不亮就起床，深夜才能入睡。尽管工作非常辛苦，重八做得还是十分卖力，因为他不但能够吃饱饭，还有了自己的住处，这对他来说已是极大的安慰和保障了。而且，寺里有几位僧人早与重八熟识，像厨房的慧净师父，还有新近转来的如悟。如悟本来在重八二姐家附近的寺里出家，师父圆寂后，寺庙坍塌，他无处安身，也投奔至此，因为与重八早就相识，两人年龄又相仿，所以关系不错。

这天，重八和如悟正在埋头打扫前院，却听一声呵斥传来："扫个院子也要两个人，真是懒惰！如悟，你出家多年，难道不知道洒扫院落是新入寺僧人的工作吗？"重八和如悟慌忙停下打扫，恭敬地抬头观望，原来是惠觉师兄正怒容满面地站在两人面前。重八早就认识惠觉，几年前，他陪同母亲进香时，因为采摘柿子还遭到他的训斥。

如悟忙扔下扫帚，转身回殿诵读经文。重八不敢反驳，低着头继续打扫。惠觉看着重八，冷冷地哼了一声转身走了。重八心想，莫非他认出我来了？还是我做得不够好？想来想去，他觉得只要做好工作就不会错，于是做得更加认真努力。年少的他当然不会想到，世间不平，就连寺庙里也是一样的，欺生欺弱的大有人在。重八是寺里最弱小的个体，自然也是许多人欺凌的对象，所以他才会遭受到责骂、欺侮和不平。

繁重的工作、陌生的环境，时常使得重八心生烦躁，但是为了生存，他必须要忍受所有的一切，不然，走出庙门就是死路一条。过了几天，重八的工作又增加了一份，就是去寺外河边挑水。挑水是件很累的差事，重八在家里挑水只是挑半桶，现在出家了，两个大桶必须挑满。可怜他瘦弱的肩膀，哪里挑得动两大桶水，几趟下来，脚底、肩膀全是水泡，疼得他龇牙咧嘴，行路艰难。可是寺里二十多个僧人，每天用水很多，不挑够水怎么行。重八刚在厨房略作休息，就见惠觉怒气冲冲走过来，大呼小叫着："今天谁负责挑水？怎么半天了还没有挑够？"他一眼看见躺在柴草上的重八，上前就踢，嘴里还嚷道："大白天躺着玩，真是太不像话了！你今天做什么工作？做完了吗？"

重八起身回答，说明自己脚底起泡了。惠觉听了，大发雷霆，痛骂重八懒惰、耍诈、娇气，不肯卖力工作。旁边的慧净实在听不下去了，为重八辩解："他不过是一个孩子，哪有那么大力气工作，让他歇歇再做吧！"

惠觉斜着眼睛瞅瞅慧净，不耐烦地说："没力气工作到这里干什么？白吃饭！"然后呵斥着重八赶紧去挑水。

慧净生气地拿起担子、水桶，冲惠觉说："老僧去挑，这总行了吧！"

重八忙夺过担子、水桶，不与惠觉理论，忍着疼痛一瘸一拐走了。

在河边，重八望着清清的河水，泪水不由自主滑落腮边，多日劳苦工作，既磨练了他的身体，更磨蚀了他的心灵。几个月前父慈母爱、兄弟情深的天伦之乐浮现眼前，确实使他无限伤心。泪水扑簌簌掉进河里，霎时无影无踪，重八觉得自己多么像一滴泪水，已经消融在汪洋恣意的大河大海里。他暗自惆怅多时，刚要放下水桶挑水，忽然听到远处有人喊叫自己，他抬头望去，看见徐达带着几个少年奔过来。

见到昔日好友，重八好生兴奋，扔下水桶迎上去。两人有说有笑，交谈分别后各自的境况，听说重八每日不停工作，非常辛苦，徐达当即说："他们为什么欺负人？以后我帮你工作！"

重八苦笑两下，拍拍徐达的肩膀说："好啊，不过我天天在寺里，你怎么帮忙？"

徐达弯腰捡起水桶，在河里荡几下打满了水，说道："怎么帮？我帮你挑水。"说着，挑起水桶就走。

重八与他并肩而行，两位好伙伴格外开心，一路说笑着走向于觉寺。

第二节　行童岁月

老鼠吃蜡烛

重八名为僧人,实则是寺里的低等杂役人员,只负责做些繁杂劳累的工作,地位低下。有一天,濠州城里有姓李的富户前来请寺里的僧人做法事,重八从早忙到晚,上香点烛、劈柴挑水,尽力做好后勤工作,生怕出现纰漏,影响法事。傍晚时分,他累得躺在柴草堆里休息,突然听见有人窃窃私语,他起身细听,原来是两位僧人路过厨房,议论李家进奉的物品该如何分派之事。

当时寺内规定,每逢法事,收入都要根据每位僧人的地位职务进行分派,各有所得。只听一位僧人说:"听说了吗?李家送来的东西大部分都被高彬长老私吞了。"

"才不是呢!"另一位说,"惠觉和高彬两人私吞了。"

第一位说:"唉,他们富得流油,我们穷得叮当响,这叫什么佛门!"

第二位说:"哼,我们也不能怕,这次就要让他们公平分派。"他们说着,匆匆离去了。

听着这些议论,重八大吃一惊,没想到佛门还有这种事情,真是令人胆颤心惊。想了想,他悄悄跟随两位僧人而去。两人转过后院,很快来到西殿配房外,低头进屋去了。这里是几位资

于觉寺

历较高的僧人的住处,重八很少进去过。他远远地站着,看见不一会儿从屋里走出好几个僧人,大摇大摆朝长老住处走去,边走边讨论着分派的事。重八低头想,看来他们找长老算账去了,自己辛苦一整天,是不是也该前往索取分派呢?他心思细密,又有胆量,决定跟随同去。

果然,几位较有资历的僧人去到长老住处后,经过讨价还价,均喜滋滋地离去,留下重八独自待着。重八他伸手索取自己的一份,却见高彬长老训斥道:"你跟着凑什么热闹! 寺里有规定,小僧人不得分!"说完,闭目不再理他。

重八不敢强求,愤愤不平地走出来,正好看到如悟从殿前走过,忙上去向他叙述此事。如悟说:"你别不服气了,我们在这里吃饱穿暖就不错了! 别做梦了!"

重八想想自己在寺内忍受的种种辛苦,虽说劳累,却不至于屈辱,而今天这事让他心里非常不爽,有种强烈的冲动,想冲出这间寺庙,寻求公平和正义。怀着这种心情,他快快地回到自己破旧的住处休息，躺在草床上想了很久很久才睡去。

　　不久，寺里又有几起法事，结果收入都被长老他们扣住了，重八和如悟等小僧人虽努力工作，却什么也得不到，还要继续忍受他们的训斥和支使，心里越发气愤。后来，重八做了皇帝，想起寺庙里小和尚的种种苦处，拟了一条针对此事的旨令，大意就是庙里做法事，收入必须寺里每位僧人都分一份，不论地位高低，长老、主持都不可克扣。

　　几起法事过后，已是十月深秋，天气逐渐转冷。这天早晨，重八一如既往早起去伽蓝佛殿上香点烛。他前脚进殿，就见高彬长老已经站在伽蓝佛前了，忙上去施礼问好。高彬长老脸色阴沉地转过脸来，手里拿着半根断蜡烛，盯着重八呵斥："瞧瞧，这么晚了才来，蜡烛都被老鼠咬断了！你也太不用心了，进寺这些天来，工作不卖力！难道寺里的饭都是白吃的！要想做个好和尚，首先就要能吃苦受累，这才是修身养性的基础，懂吗？再不好好工作，小心受罚！"

　　听他一番数落，重八好生烦恼，默默地垂着头。等高彬长老走出佛殿，重八才慢慢走到伽蓝佛前，重新拿起蜡烛，小心地安插好点上。他心里十分不快，朝着伽蓝佛嘟囔："佛祖有灵，怎么还让老鼠咬蜡烛？依我看，这都是你的错！"

　　恰好这句话被进殿的如悟听到了，悄声对重八说："你可真大胆，竟敢怪罪神佛！"

　　重八满肚子气，不客气地说："什么神佛？连面前的蜡烛都看不好，连累我受气，不怪他怪谁？"原来他虽然自幼与寺庙佛家有缘，却是个不拘于此的人，特别是屡经贫苦灾难，早让他失去对佛祖的信赖了，觉得他们并不能救苦救难。

他们二人说话间,就听外面喊道:"今天谁扫院子? 这么多落叶怎么还不打扫?"

发配伽蓝佛

重八听到有人喊扫院子,知道这是惠觉在找碴,忙从佛殿侧门溜出,找把扫帚打扫寺院。惠觉转了一圈,看见重八在工作,哼一声走开了。秋风劲吹,落叶满地,他扫了一遍,很快又是满院落叶,他不得不回头再扫一遍,三重院落,扫了大半个时辰依然不见干净。眼看着早餐时间快到了,肚子叫着,重八心里十分着急,快速地挥着扫帚扫落叶,想着刚才挨骂的事,越扫越气,越扫越急。

很快,重八再次扫到伽蓝殿附近,这里有十几个台阶,他一不留心竟被绊倒了,摔了个大跟斗,手中的扫帚飞出去老远,正好打在伽蓝佛像上。重八爬起来,进殿捡扫帚,忍不住用扫帚抽打了几下佛像,说:"好个泥塑的菩萨,白在这里接受供奉,却不知道护佑生灵,让我摔跤受气,真是罪过!"

重八边说边思索着如何惩治这尊让自己屡屡受气的佛像,这时正好有位僧人捧着文房四宝从此路过,急匆匆赶往长老处。重八略一沉思,有了主意,他忙喊住那僧人,拿起他捧着的一支毛笔,蘸好墨,转身走到伽蓝佛像后,挥笔写下几个字:"发配三千里",惩罚伽蓝佛没有看管好蜡烛,以及让自己摔倒之事。写完了,他端详着,心情好了许多。

那位捧着文房四宝的僧人等了会儿,不见重八出来,喊道:"喂,你干什么呢? 快把毛笔还我。"

重八这才慢慢步出佛像背后,将毛笔还给僧人,高高兴兴地走了。

这天夜里,于觉寺出了件怪事,伽蓝佛失踪了。这可不得了,全寺上下无不震惊,高彬长老亲自出马调查此事。可是搜遍寺内,并无发现盗窃痕迹。难道伽蓝佛不翼而飞?还是另有原因?一尊泥菩萨,又会有何用?大家慌乱猜测之际,慧净师父走出来神秘地说:"伽蓝佛被发配了,哪能留在寺内?现在已在三千里之外了。"

伽蓝菩萨

听到这番话,大多数僧人莫名其妙,纷纷询问隐情。慧净师父口诵佛号,摇头走了。在寺内,慧净一向少与人交往,所以大家对他有敬畏之心,看他古怪的言行觉得颇有蹊跷,于是私下议论他所说伽蓝佛被发配之事。这时,重八听到这句话,不禁大感惊讶,心想,难道我写在伽蓝佛背后的惩罚之语成真了?他一直敬重慧净师父,慌忙跑去探寻此事。果然,慧净师父笑呵呵地对他说:"昨天半夜,寺里大多数僧人都安寝了,老僧睡不着觉,起来观测星空,突然看见伽蓝殿升起一道亮光,随后伽蓝佛飘在半空飞走了,边飞边说'我被天子发配,要去三千里之外'。当时我以为是个梦,还跑出去追赶,伽蓝佛飞得很快,一会儿就消失不见了,看他的意思似乎怕误了行程。"

竟有这样的事,重八惊讶极了,想起昨天发配伽蓝佛的事,不由得暗暗惊喜,随口说:"我昨天在伽蓝佛背后写了'发配三千里'几个字,难道竟成了圣旨? 他非要遵从不成?"

慧净正在纳闷这件事,听重八这么一说,瞪大了眼睛盯着重八,好像不认识他一样。重八不解地拍打着脑门,等候慧净批评。事实上,慧净不但没有批评他,反而对他特别关照,念及伽蓝佛临行时所说"受天子发配"一语,以及个人对重八的了解,慧净觉得他的未来不可限量,念着佛号说:"真是灵异之事!"

不巧两个人的谈话被另外一名僧人听到了,他是惠觉的亲信,忙跑去将这件事告诉惠觉。惠觉听说伽蓝佛失踪与重八有关,当即带着人去捉拿重八。重八辩解说:"我不过在伽蓝佛身后写了几个字,怎么就能怪我呢?"

惠觉趾高气扬地说:"佛祖金身,岂容你随便写字? 来人,把他捆绑起来!"

几个壮年僧人上前压倒重八,三下两下就把他捆绑起来,带到前殿高彬长老处接受审讯。高彬长老正在苦苦思索伽蓝佛失踪之事,看到几个僧人叫叫嚷嚷把重八推进来,懒懒地问:"怎么回事?"

惠觉指着重八说:"长老,伽蓝佛失踪与他有关!"

高彬长老不解地问:"到底怎么回事? 他偷走了伽蓝佛?"

"不是,"惠觉说,"他在伽蓝佛背后写字。"

高彬长老更奇怪了,望着重八问:"写字? 写了什么字?"

重八就把在伽蓝佛背后写"发配三千里"的事说了。高彬长老听罢,吃惊不已,怎么伽蓝佛会听从重八的命令,说发配就被发配了? 难道重八有特殊本领? 还是具有无上法力? 无论如何,这件事如果是真的,只能说明重八不是个平凡人。想到这里,他忙命令惠觉松开捆绑重八的绳子,吩咐下去,此事不再追究,然后赶走诸位僧人。惠觉很不服气,嘟嚷着说:"明明是他写的字,为什么还要放他?"高彬长老瞪着惠觉,没好气地说:"你懂什么? 赶紧走。"重八莫名其妙被捉被放,还想申辩,也被高彬长老请了出去。

这件事过去不久,重八打扫殿堂时,又遇到一件怪事。

第三节　抒发心志

再显神异

那一天，有人请高彬长老去做大法事，他带着许多僧人走了，临行时吩咐重八趁着天气好，把大殿好好清扫一遍，以防冬季来临洒扫不方便。早些时候，于觉寺香火鼎盛，香客不断。大殿内外，一尘不染，而今连年灾荒，百姓生活窘迫，寺院里前来进香的人非常少，日子也渐渐不好过，威风不再，铅华已被洗尽。庙门上的彩釉也显露出一块块剥落的痕迹，两边的门盈也字迹模糊，透着颓败之象。

大殿已经多日不曾彻底打扫，佛像上落满了厚厚的一层尘土，打扫起来十分吃力。重八爬上爬下，做了一个时辰，才打扫到罗汉殿。此处塑像较多，碍手碍脚，很不方便。重八心里着急，一不小心差点摔倒，于是顺手在降龙罗汉屁股上打了一扫帚，嘴里还说："出去，出去，别在这里碍事。"本是一句气话，没有想到，诸位佛像竟真的挪动了笨重的脚步，扑通、扑通地相拥着出了大殿。被眼前景象吓呆了的重八，半晌没有回过神来，好在他一心记着打扫，也就顾不了许多，赶紧趁机将大殿里里外外打扫得干干净净，然后跑出院子，发现佛像身上的尘土全部掉落，变得很干净。

重八心里高兴，再加上身体劳累，躺在阳光下很快睡着了。初冬的阳光如此惬意舒适，照射着重八的全身。他睡得十分香甜，梦中还出现父母的身影，他们微笑着，好像在夸奖自己能干，还叮咛自己要吃饱饭。提起吃饭，重八肚子里一阵咕噜，口水顺着嘴角流下来。

就在他酣睡之际，突然屁股上挨了一脚，重八猛然惊醒，看到眼前站着高彬长老，身后还站着好几个僧人，他们做完法事归来了。重八揉揉睡眼，擦擦嘴角口水，爬起来施礼。高彬长老指着院子里的佛像，满脸怒气地问："你够大胆的，叫你工作不好好做，躺在大殿前睡大觉，满嘴流口水，像什么佛门中人！还把这些佛像都搬出来，你想干什么？"

重八这才记起刚才打扫殿堂时的怪事，据实回答："佛像们自己走出来的，我也不知道为何。"在他看来，也许每次打扫殿堂都会如此。

高彬长老大怒，斥责说："佛像是泥塑的，怎么会走路？你是不是请人来帮忙啦？"

旁边一位僧人插言："肯定有外人来了，前些日子我看见有人替他挑水呢！"

重八争辩说："没有，就是佛像自己走出来的。"

高彬长老刚想再次发火，就见另一位僧人低声在他耳边说："长老可记得前些天伽蓝佛之事？"

高彬长老猛一惊醒，随后沉默地注视着诸佛像，好久没有说话。这时，惠觉从寺外进来，看到眼前的景象吃惊地喊："怎么回事？佛像怎么会在院子里？"他说着看到重八垂头站在一边，立即上前喝问："又是你？想要毁坏寺庙吗？"

　　没等重八回答，高彬长老即刻喊住惠觉："不要说了！赶紧想办法把佛像请回大殿要紧。"说着，吩咐诸僧搬动佛像。佛像很沉重，他们费了九牛二虎之力也搬不动。这可怎么是好？旁边的重八想了想，默默念道："一位二位各回本位，一位二位各回本位，都回到自己的位置上去吧！"

　　说也奇怪，诸佛像像活了一样，又扑通扑通走回大殿。这次，高彬长老和其他僧人全都吓傻了，好半天无人言语。随后，他们冲进殿内，跪在佛像前又是诵佛又是磕头，全都以为佛像们显灵了，却全然不知重八刚才默念的话语。

　　此事引起轰动，附近百姓多来上香求佛，高彬长老又惊又喜，暗自得意。不过，通过这件事，他对重八有了更多的想法，觉得这个小和尚非比寻常，十分灵异，开始格外关注他。

　　过了几天，到了寺里定期周济百姓的日子。僧人们经过讨论，认为最近寺里收入不多，而且僧多粥少，眼看存粮日少，因此大多数人不同意周济百姓。可是百姓们早就涌到庙门，叫嚷着请求周济，还与拦截的僧人发生口角，大有一触即发之势。重八挑水回来，看到眼前情景，忙躲到树下观望。他看到僧人们凶巴巴地驱赶百姓。一群群人满怀希望而来，又十分失望地离去。他们互相搀扶着，许多人走到半路就昏倒在地，再也起不来了。重八看着，想起亡故的父母亲人，一阵心酸，泪水在眼眶里直打转。

　　突然，有人在重八肩头敲了一下，大声说："怎么一个人躲在这里哭？有何伤心事？"

　　重八吓了一跳，回头看去，立即破涕为笑，拉着那人就要进寺叙谈，究竟此人是谁呢？

吟诗述怀

拍打重八的是徐达。近些日子,他家里再也没有果腹之物,临近冬天,四野荒凉,连片野菜草根也不好寻觅,于是他再次决定外出逃荒,临行前,他来到于觉寺与重八告别。徐达已经好几天没有吃饭了,路过厨房时闻到饭菜味,脚步再也挪动不了了。

重八深知饥饿的滋味,悄悄跑进厨房偷出几个玉米饼塞给徐达。徐达两三口吃下几个饼,有了精神后,随着重八进厨房喝水。慧净师父今天不在,其他僧人都在前面讨论周济百姓的事,因此后院冷清清的。他们在厨房里寻觅出不少饭菜,蹲下来猛一顿吃喝。饭足人困,两人就躺在炉灶边,沉沉睡去。

也不知道过了多久,重八才睁开惺忪的睡眼,他看到灯光闪烁,已是黑夜时分。慧净师父正在灯下翻阅一本经书,看到重八醒来,笑呵呵地说:"醒了? 你和你的朋友睡得可真香啊。"

重八坐起来,看到徐达躺在另一边,沉沉睡着,不好意思地说:"慧净师父,给您添麻烦了。"

慧净笑着说:"这又不是你第一次给我添麻烦。"几年前,重八带着邓广逃避元军,也曾经躲到慧净先前出家的寺院。

重八也笑了,搔搔头皮说:"我的朋友要去逃荒,来这里和我告别,走到厨房就饿得走不动了,我带他进来吃了顿饱饭。师父,您看他这次外出运气怎样?"

慧净虽只是伙头僧,可是熟读经书,是位得道高僧。不过他不喜欢轻易显露,因此很少有人知道他的本事。重八与他有缘,当然了解他的能耐,所以才说出请他为徐达占卜未来的话。

慧净早就预测到重八的未来不同凡响,今天见了徐达,更觉

徐达墓

奇怪。他端详徐达半天，觉得徐达的品貌也是极富极贵的征象，心里好生诧异：这两个赤贫少年，穷困潦倒，衣食无着，会是什么让他们走向富贵？这在当时看来，可真是一大谜团。慧净听了重八的问话，指着徐达的额头说："此人面貌，将来会是大富大贵之命，不过我看他的富贵与你息息相关，看来你俩还有重逢之日。"

听了这番话，重八很高兴，在他年少的心目中，大富大贵会是什么样子呢？有田有地还是当官掌权？他没有仔细思量，也不去细想，只是觉得两人还能重逢，就非常不错了。

黎明时，徐达好不容易才睡醒。慧净师父为他准备了点干粮，送他上路。重八与徐达一起走出寺庙后门，却见门口横七竖八躺着许多难民，在此等候寺庙周济。看着这群可怜的百姓，重八心里好一阵难过，他想起寺里后院的粮仓，悄悄对徐达说："寺里还有粮食，我们打开庙门让这些灾民进去，要不他们都要饿死了。"

徐达当即同意，两人故意打开庙门，大声喊道："寺里开仓放粮了，开仓放粮了！"听到喊声，地下的灾民一下子全站了起来，蜂拥着冲进寺里。重八和徐达趁机离开，朝着远处的大道奔去。

路上,徐达提议让重八和自己一起逃荒,重八拒绝了,他说:"我留在寺里,万一你外出不顺,归来了也有个去处。"

就这样,两人走出老远,直到中午时分,重八才赶回寺里。而此时,于觉寺经过灾民抢粮,已经是一片狼藉。高彬长老带着僧人整理寺庙,并且追查这件事的元凶。重八从昨夜至今行踪诡秘,当然引起大伙的猜测,恰好重八从外面进来,被抓了个正着。重八知道此事关系重大,也不去隐瞒,承认放粮的事。

惠觉等人立即吵嚷着处罚重八,高彬长老思前想后,联想重八的种种奇异之处,不敢轻易做决定,只好将他暂时关押在后院柴草棚里,等候处理。

这天夜里,重八躺在狭小的草棚里,忍受着腹中的饥饿,四肢无法舒展,有种强烈的束缚和压抑之感,他望着天上惨淡的星斗,格外激动,想起进寺以来的各种经历,不禁脱口吟诵:

> 天为罗帐地为毡,日月星辰伴我眠。
> 夜间不敢长伸脚,恐踏山河社稷穿。

从诗中可见重八的气魄多么夺人,气度多么豁达,将天地比作睡毡,与日月星辰同在,把山河社稷看作自己脚下之物,何等豪气冲天,胸怀天下,这正是他不同常人的内在素质,也是他最终能够成就帝业的根本原因。

然而豪气虽大,困境却仍在眼前。第二天,重八爬起来,忍受着一天的饥饿,努力工作。可是傍晚时分,惠觉突然走过来,说要将重八撵出去,不再留他做和尚了,这下子,他将何去何从呢?

第十一章

再临困境 小僧人出外游方

寺庙危机，缺粮断炊，再次把重八逼上绝路。他不得不外出游方，踏上化缘之路。对于出家只有五十二天的重八来说，所谓化缘，与讨饭无异。世道艰难，放眼望去，到处都是逃难的灾民，重八能否在这条路上找到生存的希望？

在最苦难的岁月里，朱重八始终保持着乐观向上的心态。他不忘关注时事，足迹踏遍淮西各地，登临古代战场，抒发心志，将饥饿之旅化作探索之路，既锻炼了体魄，又增长了知识见闻，开阔了视野……

第一节　再临困境

寺庙危机

重八听说寺里要把自己赶走，当即跑去跟高彬长老理论，他觉得自己没有做错，认为救济百姓是寺庙和僧人应该做的事。重八出家不过一个多月，他的所作所为却早就引起高彬长老关注。特别是伽蓝佛失踪和佛像自己走路这件事，让高彬长老心生惊诧。最近几天，他总是发现重八身前身后红光笼罩，更觉神奇。因此昨天放粮过后，他没有着手处置重八，只是把他关押了。而今重八找上门来，他才深知惠觉等人容不得重八了，不觉左右为难，最后他训斥重八几句，让他先去工作再说。

重八脾气倔强，对于接连遭受的打击和不公当然不肯服气。这天，他外出挑水，正遇上雨雪天气。淮河岸边，难得下雪，此时细小的雨雪飘洒到身上、脸上，重八觉得十分寒冷，不由得几次放下水桶紧紧单薄的衲衣。路滑雪急，快到庙门时，重八一不小心摔倒了，水桶摔出去老远，人趴在地上半天都没有起来。

等他捡回水桶，发现水桶已经摔坏了，只好拿着破水桶回寺修理。说来也巧，他刚进门就遇到惠觉。惠觉看他把水桶摔烂了，当然不会放过他，揪住他又是一顿狠训。这次，重八再也忍受不了了，还嘴说："你就知道吵嚷，为什么不去挑水试试？路上那么滑,谁能不摔倒?"

惠觉没有想到重八敢顶嘴,气得满脸通红,指着他的脸骂道:"寺里收留你,不是叫你毁坏东西的! 我看你胆子越来愈大了,是不是不想在这里待了? 瞧瞧你那寒酸丑陋的样子,真是有辱我寺名声。"

看他口沫横飞地辱骂自己,重八忍无可忍,上去就是一拳,打得惠觉跌跌撞撞后退几步,差点摔倒在泥地上。惠觉挨打后,有些怕了,原来他虽然长得魁伟,胆量却不大,看着年少体壮、怒气冲冲的重八,竟然不敢还手,骂骂咧咧转身走了。

惠觉当然不会善罢罢休,他再次跑到高彬长老那里告状。而此时的高彬长老,却正为寺里缺粮少食的事忧愁。今年春夏两季灾荒,田里几乎颗粒不收,于觉寺的田租收不到,再加上年景不好,百姓四散逃荒,前来进香的人比较少,寺里的收入一天天减少,开支吃紧起来。现在,寺里的粮食所剩不多,高彬长老不得不决定驱走挂单的和尚。所谓挂单的和尚,指的是那些并非本寺僧人,而是云游至此,在寺里吃住诵经的和尚。在当时,此类和尚非常多,大多数名为交流佛学,实则为了吃住方便而已。一旦寺里情况紧急,那么他们就是首批被赶走的人。

高彬长老正在考虑此事,看见惠觉神色慌张地跑进来,气喘吁吁地说:"长老,那个朱重八太大胆了,他摔坏了水桶,还动手打人,你说,是不是该赶他走?!"

高彬长老看着惠觉,不紧不慢地说:"我正要找你商量大事呢! 你先不要为这点小事着急了。"说完,拿出一份账单给他看。

惠觉慌忙细看,这是挂单僧人在寺里开支的账单,数目不小。他看了一会儿问高彬长老:"长老,你打算怎么办? 把他们赶走？"

"只有如此啦。"高彬长老慢慢地回答。

惠觉趁机进言："也把那个朱重八一起赶走吧！他太嚣张了。我觉得自从他进寺后，寺里的情况一天比一天糟糕了。"

高彬长老不耐烦地说："小重八体貌奇异，举止非凡，怎么会给寺里带来厄运。依我看是你度量狭小，容不下人！"

惠觉不知道高彬长老为何如此看重重八，心里很不爽，想了想说："不管怎样，他打人都要受罚，要不寺里哪还有规矩？"

高彬长老说："好好，你看着办吧！不过先把这些挂单和尚赶走。不然，寺里难以过冬了。"

惠觉立即按照高彬长老的指示去安排此事。当然，他没有忘记带着人去吓唬重八，说他打了人也要被赶走。重八已经知道他的为人计谋，并不把他放在心上，对他不予理睬，照旧做着自己的工作。

可是，寺里的情况并没有因为赶走挂单和尚而发生多大的改善。很快，一些较有资历的本寺和尚也陆续离去，捧着钵盂开始云游四方，化缘度日。寺里的僧人越来越少，日常用度却越来越差，一日三餐改为一日两餐，早餐也省去了，大家基本上整日聚集在大殿内默读经文，保持体力。这天，慧净为大伙熬好粥饭，就再也没有起来，合上眼睛永远地离去了。重八十分伤心，慧净是他敬重的师父，也是他在寺里最亲近的人，给他安慰、帮助、关怀和指导，如今慧净悄然离世，对重八来说又是一次巨大的打击。按照寺里规定安葬完慧净后，高彬长老下决心让所有僧人外出游方，等过一阵子，寺里情况好转再回来。

这次，重八也难逃外出云游的命运，等待他的将是更为残酷的生存抗争。

被迫出游

这天,高彬长老召集所有僧人,宣布寺里的决定:除了长老和主要负责人以外,不管年龄大小、资历深浅,寺里僧人必须外出游方。由于各地和尚都不少,为了便于大伙化缘,还对化缘地做了界定,每个僧人需要按照地界去化缘。

这样,重八就吃亏了,因为他资历浅、年龄小,又有惠觉欺负,被派往淮西和河南方向。那里也是饥荒的主要地带,可想而知,化缘寻求活路会多么艰难!况且,重八剃度出家仅仅几十天,在寺里除了做些烦杂工作,还没有学会念经打坐,更不懂什么佛理玄机。他外出化缘,说好听点叫作云游,实际上与讨饭有何差别呢!

临行前,高彬长老特地找到了重八,对他说:"寺里养不起这么多僧人,只好让你也外出游方。你年纪小,进寺时间短,也没有经验,在外面受了苦,受了气,记住要忍耐,千万不要计较。"重八点点头,默默地记在了心里。

第二天,十六岁的重八头戴斗笠,手拿木鱼、钵盂,肩上背着一个小小的包袱,含泪与师父以及诸位师兄们告别。如悟也在外出之列,不过他与重八的路径不同,两人分手时格外伤心,真有种生离死别之感。

云游四海,到处化缘,重八所到之处,山川虽秀,百姓却都是民不聊生、苦不堪言。一路走来,一路肃杀,令人触目惊心。重八过定远,路张桥,白天奔着有炊烟的地方去讨口饭食,夜里就急忙寻找栖身之处,穿城越村,挨家挨户。寒风扑面,栖山露宿,他单薄的身影辗转东西南北，饥肠辘辘，好不凄凉。但是，重八始终没有气馁放弃，他顽强地与苦难抗争，不肯放过每一次求生的机会。每每敲开一扇化缘之门，对他都是一种考验，因为他面对的往往只是白眼、侮辱、谩骂和冷嘲热讽，这种考验无疑极大地刺伤着一个人的自尊，可是眼前的重八必须依靠讨饭生存，尊严在此时显得微不足道。

经过一个月的艰苦磨练，重八辗转到了合肥。原来他对路不熟，走着走着，没有西去，反而南下了。合肥古往今来就是淮南重镇，人口繁多，集市热闹，风土人情与濠州不同，一切风景在重八眼里都很新奇。在合肥停留一段时日后，重八才明白自己走错了方向，这时合肥的情况也日渐不妙，外出逃荒的越来越多。重八知道此处无法长期居留，决定西去。一路西行，越走地势越高，天气越冷，人烟越稀少，往往十几天都看不到一个像样的集镇。倒是山民纯朴热情，虽说生活吃紧，可是面对这个来自外乡的小和尚，总是积极提供食物。只是夜间恐怖凄凉，可怜他一个瘦弱少年，穿行山间，一旦错过住宿的地方，常常在荒山古刹或者废弃的草棚间里过夜。正如他在后来回忆起这段时光时所说："我何作为？百无所长。依亲自辱，仰天茫茫。即非可依，形影相将。突朝烟而急进，暮投古寺以趋跄。"

渐行渐西，已是寒冬腊月，行走在寒霜雨雪的山路上，前后几十里都没有人烟。重八想起亡故的亲人，禁不住悲从中来，泪流满面，就这样，"鸡声茅店月，人迹板桥霜"，备尝凄凉孤寂之苦，忍受严寒饥饿之痛，一步步往前行走，不知前途如何。这天，重八在山间走了大半天，始终不见一个人影，饥渴难耐，想在山里寻找处泉水解渴。可是他走来走去，发现自己迷路了，在山里转圈走不出去。这可如何是好？眼看夕阳西沉,夜晚来临,将如何过夜?

好一个大胆的朱重八,他停下行走,钻进一个山洞,仰面朝天酣然大睡。也不知睡了多久,等重八醒来时,看到洞口射进微弱的月光,估计已是深夜了。洞里凄冷,重八跑出来在月光下跺脚跑步取暖,又是一阵肚中咕噜。好不容易挨到鸡叫,重八望着满天星月逐渐惨淡退却,想到太阳马上就要露出笑脸,心里顿觉温暖,禁不住吟诵道:

鸡叫一声撅一撅,
鸡叫二声撅二撅。
三声四声天下白,
褪尽残星与晓月。

重八只上了一年学,缺少文化修养,吟诵的诗句简单质朴,但其中透露出一股霸气和积极向上的气势,令人读来顿感不俗。另外,"褪尽残星与晓月"一句也显示出他不可一世,希望像太阳一样独立天空,这也正是他不同于常人,能够最终从各路义军中脱颖而出,一举赶走元帝、建立大明的内在素质。

吟诵完毕,重八的心情略为好转,他想,附近鸡叫声声,想必一定有人家。我顺着太阳的方向前行,肯定会走出山林。于是,他打起精神,大步朝着东方而去。

第二节　游走四方

紫衣人相救

重八一路向东,终于走出山林。他望着初升的太阳,心里充满了暖意。不远处果然有个小村落,虽然只有几户人家,不过终究可以去试着讨口饭吃,这对重八来说是目前最要紧的事情。所以,他一步不停直奔那几户人家而去。

一夜饥寒交迫,重八身心俱疲,走着走着,突然头一歪,摔倒在地起不来了。重八觉得口干舌燥,浑身滚烫无力。他清楚,自己病了,病得很重,无法起身前行。躺在地上的重八渐渐神志不清,什么都不知道了。

似乎在梦中一般,重八的眼前突然出现两个身穿紫色衣服的人,他们上前扶起重八,给他喂水送饭。很快,重八觉得身上有了力气。然后两个紫衣人把他带进一家农舍,安抚他躺到床上休息。自始至终,两个紫衣人都没有说话,他们只是尽心尽力照顾重八,好像这是他们的工作。然而,重八的身体恢复得非常慢,多日奔波劳苦,年少的他已经身心疲惫不堪了,疾病挑战着他的斗志和生存的欲望。重八无时无刻不在努力挣扎,试图摆脱疾病的折磨,走出这场灾难。可是,病来如山倒,病去如抽丝,这次大病竟然让重八困在此地,接连半个多月没有好转的迹象。

　　重八时而昏迷,时而清醒,感觉自己有时躺在农舍里,有时又行走在山路上,有时不停地走路,有时又会好几天都无处可去。庆幸的是,不管在哪种情况下,那两个身穿紫色衣服的人始终伴随身边,不离左右,他们就像两道屏障,使得身患大病处于困顿、迷茫、极度不幸中的重八有了依靠,有了希望。

　　这天,重八突然清醒过来,看到自己躺在道观中,心里好生诧异,好半天也想不起自己是如何来到此处的。道观规模不大,只有三间房子,有些破旧和荒凉,似乎已经很久没有人在此出入了。重八挣扎着坐起来,向窗外观望,看到院子里站着两个紫衣人,觉得面熟,就大声喊道:"喂,你们是谁? 为什么不进来说话?"

　　奇怪的是,紫衣人听到喊声,突然闪身不见了。重八心里疑惑,刚想起身出去观望,就见观外走进一人,身穿道服,头戴道冠,五十岁上下年纪,面目清秀,精神抖擞,进观就高声说道:"贵人临门,小道有失远迎了。"说着走进重八所在屋子。

　　重八起身向道人问好,道人笑呵呵地说:"我听说贵人在此,急忙回观迎客,没想到贵人竟然是位少年英雄!"

　　重八不好意思地说:"在下不过是一个小僧人,出游在外,身染疾病,得到紫衣人相救,也不知道为何就到了贵观。"

　　道人说:"紫衣人托梦于我,说有贵客临门,我这才急忙回来了,看来小英雄福大命大,得到神灵护佑了。"

　　重八觉得有道理,忙回答:"既然如此,小僧也不客气,就在此打扰了。"

　　道人倒也爽快,立即准备饭菜,坐下来与重八交谈。两人谈论各自的教派特色、近来时局变化,十分投缘。经过交流,道人对重八有了深入的了解,觉得这个小和尚非常出色,不同常人,一时兴起,约他去见自己的好友"胡铁嘴"。胡铁嘴是个算命先生,因为算得准确,十分灵异,因此外号胡铁嘴。

胡铁嘴见到重八,不由得大吃一惊,他眼前这位小和尚虽然破衣烂衫,神情疲惫,身边只有一只钵盂、一顶破斗笠,但是长相奇特,气宇轩昂,眉宇间透着一股帝王之气。胡铁嘴看罢多时,联想紫衣人救助重八的事,不由得大声叫道:"此乃吉人天相。"

重八追根究底:"此话怎讲?"

胡铁嘴说:"你命里之贵,他日必贵不可言,富甲天下。"

重八听了,半是惊奇半是喜悦,他从小到大,好几次遇到人说他命中富贵之言,可是眼前窘迫之极,生死存亡难以自保,哪有富贵的迹象。想到这里,他很客套地说了一句:"他日我若发达了,必将重重酬谢先生。"

胡铁嘴哈哈大笑,拉着道人和重八去欣赏自己的菊花。菊花大多开在深秋时节,而他的菊花此时刚刚绽放花蕾,金黄色的花朵饱满滋润,清香四溢,煞是好看。

三人赏花交谈,好不惬意,相约吟诗助兴。道人和胡铁嘴各自作了首赞颂菊花的诗,诗词虽美,却无多大新意。轮到重八了,他一时高兴,想了想吟诵道:

> 百花发时我不发,我若发时都吓杀。
> 要与西风战一场,遍身穿就黄金甲。

听罢此诗,道人和胡铁嘴相视大惊,原来此诗虽然简单,文字看似不雅,实则蕴含深意,其中所言黄金甲更是暗指唐朝末年黄巢领导的黄巾军起义之事。唐朝末年,政治腐败,藩镇之间混战不断,导致人们的生活陷入水深火热之中,于是百姓揭竿而起,轰轰烈烈的黄巾军起义就此爆发。黄巢率领的义军头扎黄巾,势如燎原,攻占长安,动摇了强大的唐王朝根基。从整首诗作看,重八人小志大,有意效仿黄巾军起义反抗朝廷,伸展大丈夫的抱负,气概非凡。

　　道人惊讶之余,连连称赞重八的英雄气魄。胡铁嘴抿嘴不语,心里却有一种大胆的猜想,他认为眼前各地起义不断,元王朝摇摇欲坠,恐怕新的朝代和英雄人物就要横空出世,那么眼前这个小和尚会不会在新旧朝代中有所作为呢?他根据多年的相术经验观察,面前的小和尚虽已出家,心却在俗尘,必然不会错过施展雄心的机会,而他吟诵的诗句,更显示出这种欲望。

　　看到道人和胡铁嘴不同的反应,重八恭敬地请教:"在下书读得不多,才学鄙陋,献丑了。"

　　胡铁嘴这才哈哈笑着说:"小英雄客气了,我倒是有一事相求,不知道你能否答应?"

　　重八好奇地看着胡铁嘴,心想,自己身无一物,才无半斗,流落云游,讨饭过活,他会有什么相求呢?

珍珠翡翠白玉汤与虎皮豆腐

　　听说胡铁嘴有求于自己,重八颇感意外,忙回答:"先生尽管讲,只要我能帮忙,一定尽力而为。"

　　胡铁嘴笑着说:"我索取一份周游天下、免死免罪的诏书。"

　　重八和道人一听,都乐了,齐声说:"诏书是皇帝颁发的,重八上哪去索取去?"

　　可是胡铁嘴表情郑重,极其认真,似无玩笑之意。

　　重八反应灵敏,觉得与胡铁嘴接触半日以来,他的言行有些古怪奇特,于是半开玩笑半认真地说:"既然如此,如果我做了皇帝,一定许你这两样要求。"

　　胡铁嘴当即表示感谢。

　　朱重八称帝后,胡铁嘴果真进京索取诏书,于是,重八拿出自己的扇子,在上面题诗一首:

　　　　江南一老叟,腹内罗星斗。

　　　　许朕做君王,果应仙人口。

　　　　赐官官不要,赐金金不受。

　　　　持此一握扇,横行天下走。

　　几日后,朱重八告别道人和胡铁嘴,独自踏上化缘之路。这次,重八不管东西南北,听说哪里收入好就奔往哪里,这样东一榔头西一棒地走了大半个月,竟然不知不觉进入安徽南部地界。现在已是初春,又到了青黄不接的时候,村庄城镇到处一片饥馑荒凉之象,逃荒要饭的人成群结队。这天,重八路过休宁城郊,已经多日没有吃顿饱饭的他终于饿晕了,躺到城墙下再也无法起身。昏昏沉沉中,重八似乎闻到一股香气扑鼻而来,那么浓烈、那么诱人。在强烈的求生欲望之下,他挣扎着爬起来,看到不远处有两个乞丐正用破锅熬煮饭菜。重八心里充满了希望,他挪动脚步走过去。他要乞讨食物,他要生存下去。

　　两个乞丐看到衣衫褴褛、生命垂危的重八,动了恻隐之心,招呼他过去一同进食。重八上前端起破锅,一股脑儿将里面的

珍珠翡翠白玉汤

汤汤水水全部吞下肚，顿觉有了底气，回身说道："这顿饭菜真是太鲜美了。"

一个乞丐笑着问："你品尝出饭菜是什么做的吗？"

重八咂咂嘴，摇摇头说："不知道。是什么东西做的，竟然如此好吃？"

另一个乞丐笑着说："是我从一家大户人家乞讨的残羹剩汤，里面放上捡拾的树叶菜根。白色块状是豆腐，绿油油的就是菜叶子。"

重八想了想，觉得刚刚进肚的饭菜中似乎漂着白色块状，还有绿油油的东西，这才清楚食用何物。他没有因此沮丧，反而高兴地说："豆腐粒粒像珍珠，菜叶片片赛翡翠，如此美味佳肴，我看要有个动听的名字才可匹配。"

两个乞丐看他如此豁达乐观，忍不住齐声高叫："好，该给他取个名字。"

重八略一沉思，说道："就叫珍珠翡翠白玉汤，你们看如何？"

两个乞丐哪里听说过这等美妙字词，激动得目瞪口呆，好一会儿才欢呼道："太好了，没想到我们日日饮食的残羹剩汤还有这么好听的名字，我们也觉得荣幸啊！"

三个人越说越高兴，重八就在他们露宿的街头住下来。过了几天，两个乞丐乞讨了几块豆腐，吃不了就藏在附近的干草堆里。这天，重八决定告辞远行，继续自己的云游之路，一个乞丐说："四处乱哄哄的,我看你也不必走了,就待在这里吧! 好歹能要口饭吃。"

重八当即拒绝他的意见,说："我虽落魄潦倒,却是个僧人,不能混迹市井俗间。这些天来,我云游各地,了解风俗民情,眼界大开,我要继续我的探索之路。"当时,他对于前途可谓模糊不清,但是一颗积极向上的雄心时刻都不曾减弱,反而在云游途中越发强大起来。

听了重八的打算,另一个乞丐说："我们也不懂你们和尚的事。要说探索,我看你就探索探索老百姓怎么才能过上好日子,不再忍饥挨饿?"

"对,"第一个乞丐跟着说,"什么时候大家都吃饱饭了,这才是大事。"

重八何尝不曾想过这些事,而且在这次艰难求生的途中,他的见识增多,觉得世间处处不平,如何改变一般百姓的生活状况真是迫在眉睫之事。

三人又说了一会儿话,一个乞丐慌忙说："对了,重八要走,我们不是藏着几块豆腐吗? 拿来吃了。"说着,回身去寻找豆腐。

等他找到豆腐时,心里凉了半截。原来豆腐藏在干草堆里,时间一久,长了一层白毛,不能食用了。他垂头丧气拿着几块白毛豆腐回来,递给同伴说："不能吃了,我们再去讨点别的给重八吧!"

重八家里曾经做过豆腐,他自幼也没少吃豆腐,对豆腐可是相当了解。他看着这几块白毛豆腐,觉得扔了可惜,接过来说："不要扔,这几块豆腐还可以吃。"说着,他架锅生火,在破锅里倒上点油,然后将豆腐切成薄片放进去煎。一会儿,香味四溢,豆腐煎透了，他们围上来一尝，竟然出奇地鲜美好吃，真是大饱口福。

虎皮豆腐

朱重八入伍后，1357年，一次，他率领大军到徽州休宁一带驻营时，记起少年时油煎白毛豆腐之事，特命随军炊厨在当地做此美味，这道白毛豆腐就被流传下来。后来朱重八做了皇帝，油煎毛豆腐便成了御膳房必备佳肴。经过改良，这道菜以屯溪、休宁一带特产的毛豆腐（长有寸许白色茸毛）为主料，用油煎后，佐以葱、姜、糖、盐及肉清汤、酱油等烩烧而成。因其豆腐两脸色黄，呈现虎皮条纹，故被命名为"虎皮毛豆腐"，上桌时以辣椒酱佐食，鲜醇爽口，芳香诱人，并且有开胃功效，为徽州地区特殊风味菜，流传至今，已经成为享誉世界的中外名菜。

再说重八，吃饱饭后，与两个乞丐朋友告辞，踏上西去的道路，这一去，山高水长，前途茫茫，不知道还会遇到什么事？

第三节 逆境探索

登临古台

随着云游日深,年龄渐长,朱重八就像一只出了笼的小鸟,展翅高飞,见了世面,开阔了视野,增长了各方面的知识。在遍尝人世间辛酸苦辣,饱经风餐露宿之苦的同时,他更加坚强,也更加冷静地审视社会和人生。这一切磨练为他应付即将发生的社会大动荡提供了不可多得的经验。这个看似求生的过程实则蕴含着一个少年苦苦探索人生道路的成长历程。其间,他经历了生与死的考验,更经历了思想的大激荡,接触到各地风云暗涌的社会变革之势,为他最终走上起义道路奠定了基础。

但是,生活的磨难让重八首先学会隐忍,变得沉稳,学会保护自己,让自己生存下去。这种务实的态度和做法,伴随重八一生。面对来自各方面的正面或负面的压力,他都要尽量将它们转化为可以利用的资源,推动自己进步,推动事业发展。

眼前,重八正艰难地走在通往河南息县的道路上。他从固始县出发,走了已有两三天了,沿途看到农人们已经开始耕种,田里有了稀稀落落的禾苗。今年开春就下了几场小雨,也许不会像去年那么干旱了。看到耕作的农民,重八想起故去的父兄,想起他们辛勤劳作的情景,眼中一阵模糊,泪水夺眶而出。中午时分,他拐过一条小路,前方出现一家小客店,重八想了想,捧着钵盂准备进去化缘。

快要走到客店时,从另外一条路上走来一位老者,身背大包裹,步履沉重,满脸疲惫之色,眼看就要走不动了。重八忙过去扶住老者,对他说:"老人家,我来帮您背包裹吧!"

那位老者站直身躯,细细打量重八,见他宽额头,大下巴,深褐色的眼睛放着光彩,身高体瘦,年龄不大,身上的衲衣表明他是位和尚。于是老者放下包裹,喘着粗气说:"唉,这些书太重了,背不动。"

听说老者背的是书,重八大感意外,不由得说道:"世道艰难,吃穿都很困难,您还如此看重书籍,实在难得。"

老者心爱地抚摸着包裹,脸上堆满笑意,似乎抚摸着的是自己的儿女,语重心长地说:"不管如何,书籍不能丢啊!这里面有先人们留给我们的财富,比金钱更贵重。"

重八记起小时候读书的事,心里一阵激动,问道:"老人家,您要到哪里去?我云游四方,行踪自由,可以送您一程。"

老者很高兴,指着西北方向说:"我去息县,你与我同路吗?"

重八行踪无所定,当即回答:"我愿意与老人家同往。"

此后,重八为老人背书前行,一路上两人交谈甚为投机,谈论路经各处的风情典故、人文故事,倒也不失为乐事。临别时,老人对重八说:"我略懂相术,活了这把年纪识人无数,却从来没有见过像你这般贵重的面相,你要好自珍重。"说着,还为重八指明前行的道路,利往西北,不利东南。重八漫游无所适,敬重老者,也就听从他的意思一路往西北而去。

重八继续穿行在淮河上游和大别山、桐柏山的余脉之间。

此处自古号称兵戎之地,官府称为盗贼出没之所。山川纵横,平泽交纵,平原地区,多湖泽水域,芦苇茂密,是藏身的好地方;山岭地段,地险林深,狼嚎猿啼,人迹罕至,常是盗贼们窝藏相聚之所。他在后来的回忆中描述出没其间的境况:"仰穹崖崔嵬而倚碧,听猿啼夜月而凄凉。魂悠悠而觅父母无有,志落魄而泱伴。"

处境艰险,前途茫茫,重八并没有因此消磨意志,堕落消沉。相反,他在不停的游走和探索中,总能发现激发心志的东西。有一次,他登临金刚台山,看到山顶开阔,周围方圆十几里,土质肥沃,溪水流畅,情不自禁开口说:"在此安营扎寨,足可以驻守数千部队,进可以攻退可以守。"说完,他自己也吃了一惊,原来他心中时刻怀有大志,竟然在穷困潦倒之际还能想着兵戎大事,关注天下局势,真是不可多得。

随后,重八还登临过确山和桐柏山之间的栲栳山。这座山与金刚台山相似,山峦起伏,溪水潺潺,山脉连绵数百里不绝。重八听那位背书的老者说,此山曾经屯驻过兵马,所以前来观览。唐朝时,吴元济造反,占据此山,攻取淮、蔡两地,震惊朝野。重八爬上栲栳山,看到山峦间还残留着城墙、台基、栏杆、石址,脑海里浮现出当时上万义军驻守其间,习兵练武,意气风发,以及他们攻城掠地的无限豪情壮志。他慢慢地边走边看,似乎自己当年也曾出没其间,留下过辉煌的战斗功绩。最后,他登上一块高高的台基,这里曾经是吴元济检阅兵马的地方。他放眼四望,好像看到千军万马正在下面欢呼雀跃,声动山峦,势震天地。可是,好景不长,奉命讨伐吴元济的节度使李愬带领官兵围剿过来。李愬是位很有头脑的将军。他诚以待兵,严肃军纪,同时,派人打入吴军内部,洞悉栲栳山地形以及义军情况,在全面了解敌军军情、掌控周围环境的情况下,雪夜下蔡州,夺取吴军的主要根据地,进而瓦解吴军,平定了这次叛乱。

重八站在台基上,遥想当年战况的点点滴滴,感慨地说:"吴元济勇于起兵,并且拿下淮、蔡,可见是位英雄人物,但他没有抓住时机发展壮大,而被军事才能更加突出的李愬击败,胜负之间,难道仅在一念之差吗? 治兵用军,是多么神奇又充满魅力的事情啊!"

以前,朱重八只是从人们的口里、从书中了解历史人物,接触激荡人心的故事。 如今,他云游四方,实地观看那些曾经发生过的战争场地,站在古人的脚印上联想战事,登临古战台,抒发心志,显示了一位军事天才对于军事的无比向往之情。

白莲教兴起

重八外出云游,大部分时间都是在淮西各地度过的。他从信阳北上,抵达过临汝、淮阳,穿越鹿邑,在亳州、颖州生活过。这段时间里,老百姓虽然度过了灾荒年景,可是遭受过严重创伤之后,他们的生活已经无法恢复原来的模样。而此时的元王朝,上自天子下至群臣,依靠苛捐杂税盘剥来的钱财,依然过着挥霍无度、奢侈糜烂的生活,根本不顾百姓死活。

元顺帝自从驱赶了文宗皇后母子,觉得内部统治稳定了,生活变得更加腐朽。他为了享乐,亲自设计龙舟,长 120 尺,宽 20 尺,上边建有五殿,以五彩金饰装饰,派 24 名水手划船,水手们身穿金紫衣服,装饰华丽。这条大龙舟日夜运行在宫内湖上,元顺帝不理国务,经常和嫔妃、宫女们在上面嬉闹游乐,纵情享受。元顺帝喜欢看舞蹈,就命人在厚载门高阁建了高高的舞台,常常通宵达旦地欣赏,遇到国家大事,也不去理会。更有甚者,元顺帝宠幸佞人哈玛尔,请番僧和西僧传授邪术,在宫禁密室聚众纵乐,闻者无不掩耳躲避。

这时,脱脱在太平丞相的帮助下,再次复出为相。太平为人正直不阿,从不拉帮结派,因此从不提起对脱脱的帮忙。而这件事却被哈玛尔找到机会,他多次极力向脱脱诉说,说自己如何设法营救脱脱,脱脱信以为真,对他非常感激。哈玛尔为人奸佞,诡计多端,趁机挑拨脱脱和太平的关系,朝廷内部抗争十分激烈。后来,在元顺帝的袒护下,太平遭到撤职,中书省大部分忠臣被罢免,使得元王朝民族矛盾更加尖锐。如此一来,尽管脱脱依然尽忠尽责,努力支撑元王朝的危局,情势却一日不如一日。当他听到太子诉说皇帝的恶行之后,也曾经出面规劝顺帝,奏请他查办哈玛尔。可是顺帝却说:"人生几何,及时行乐为是。军国大政,有卿主持,朕可放心,卿可少言,朕但能常乐如此足亦。"

然而,国家危亡,脱脱哪有能力独立支撑下去?而且,由于顺帝偏听偏信,重用哈玛尔,脱脱的权力也名存实亡,元王朝的统治病入膏肓,处在崩溃的边缘。

面对残酷的压迫剥削,各地灾民经常聚集起义,反抗朝廷的残酷压迫。重八漫游在淮西大地上,接触最多的一个组织就是白莲教。相传,白莲教是南宋时期吴郡昆山的茅子元创建的。茅子元十九岁时落发出家,在延祥寺做了一名普通僧人,修炼止观禅法。南宋高宗绍兴初年,有一天,他在禅室中听到乌鸦叫声,顿时口诵偈语:"二十余年纸上寻,寻来寻去转沉吟,忽然听得慈鸦叫,始信从前用错心。"此后,他在昆山淀山湖建白莲堂,自称白莲导师,接受善男信女膜拜。白莲教起源于佛教,却又与

白莲教教众

其有着许多不同之处，它组织严密，严格师徒和宗门关系，以"普、觉、妙、道"四字为信徒取名，作为行辈的依据。

元朝时，白莲教屡次遭受打压，又屡次被开禁流行。到了元朝末年，淮西一带白莲教发展迅速，规模相当庞大，已经呈现势不可当之势。

朱重八身为僧人游走淮西，无牵无挂，自然十分容易接触到白莲教。当时，他听到最多的是关于郭菩萨、棒胡等白莲教头目的消息，他们盛传"弥勒佛当有天下"，鼓励百姓起来反抗元朝统治。其中，公元1337年时，棒胡曾经发动了一场造反，不过被镇压下去。但是当地人们口耳相传，依旧对那场运动怀念不已。

在与白莲教接触的过程中，重八虽然也参与他们的活动，比如夜间相聚、膜拜弥勒佛祖等等，但他始终没有深入其中，而是保持自己正宗的和尚身份。不久，河北人韩山童传教的一支白莲教日益蓬勃壮大起来。这支教徒由韩山童的祖父一手发展。他是名教书先生，因不满元朝统治，曾经利用传教的形式，暗地组织农民反抗元朝，被官府发现后，充军到永年（今河北邯郸东北）。韩山童就在永年长大，他继续组织白莲会，聚集了不少受苦受难的农民，烧香拜佛。韩山童对他们说："现在天下大乱，佛祖将要派弥勒佛下凡，拯救百姓。"这个传说很快就传到河南和江淮一带，百姓们都盼望着有那么一天，弥勒佛真会下凡来。于是组织迅速扩大，影响深远。

关于弥勒佛转世拯救苦难百姓的故事，也是由来已久的传说。据说，弥勒佛是西方一个小国的国王，曾经听佛祖释迦牟尼说法。释迦牟尼说："许多年以后，弥勒佛将转世拯救众生。"在众多寺院里，弥勒佛的塑像都是身背大布袋，大肚皮，笑口常开的形象。在中国，弥勒佛则成为五代时期游方僧人契此的化身，他游走四方，常常用一根木棍挑着布袋，随处坐卧，四方化缘，人称布袋和尚。他在公元917年时，来到岳林寺，坐在一块石头上高声唱着"弥勒真弥勒，分身千百亿，时时示时人，时人自不识"而圆寂。

如今，天道昏暗，百姓苦于生存，企盼世道光明，呼唤明王出世，这种高呼弥勒转世、造福人间的传教方式自然十分盛行。重八在淮西时，正赶上白莲教最兴盛的时期，这对一个十七八岁的少年来说，无疑产生了很大的影响。他不但亲身经历苦难的岁月，还领略了广大劳苦百姓为了求生勇于反抗的抗争精神。在这种火与血的锻炼当中，重八一步步成熟着，一天天思考着、观察着，胸中涌动着万千波涛，时时憧憬着崭新的生活。

第十二章 天下大乱 刘基寻访识英主

在游方过程中，重八结识了一个重要的人——他就是刘基。刘基不满元朝统治，夜观天象发现了天子气，于是走遍天下寻明主，结果遇到朱重八，被他的容貌和豪气冲天的气概深深吸引。在结伴同游过程中，两人赋诗论英雄，使得刘基坚定了自己的预测……

随后，重八回归寺庙，闭门读书。此时，红巾军起义势如燎原，拉开了轰轰烈烈的元末农民运动的帷幕……

天下大乱，各地回应红巾军起义的人层出不穷。在乱世面前，朱重八会踏上起义之路吗？

第一节　刘基访天下

刘基得天书

就在年轻的朱重八在淮西辗转云游、承受着风云暗涌的时代大潮冲击的时候,远在浙江,有位通晓天文地理、神通广大的人物开始寻访天下,希望能发现英雄豪杰,拯救黎民百姓。此人姓刘名基,字伯温,浙江青田九都南田山武阳村人,自幼喜读诗书,博闻强记,尤其擅长天文、地理、卜筮之说,是有名的才子,考取功名后,出任地方县令。

刘基虽然做了一方父母官,但是胸怀大志,对元朝的统治非常不满。他生性嫉恶如仇,不肯巴结贿赂长官,因此在官场难以施展才华,心情郁闷,于是辞官在家乡过着隐居生活。刘基的家乡有座南田山,位于青田南 150 里处。山虽不大,但是山色秀丽,景致雅静,是个散心的好去处。真应了那句"山不在高,有仙则名。水不在深,有龙则灵"。在他的眼中,此山相当灵异,时人描述此山乃万山之巅,独开平壤数十里,号南田福地。闲来无事时,他经常去山中漫步游玩,或者赋诗自娱,或者登山抒志。有一段时间,他发现南田山中时常飘动奇异的云朵,忽而缥缈不定,忽而聚拢山巅,似游龙穿云,煞是引人关注。刘基精通天文地理,擅长占卜预测,对于奇异景象历来都有独特的见解。他觉得这团云朵不简单,于是更加频繁地往山里跑,观测这个现象。他母亲对他要求很严,看到他时常不在家,不免加以责备。刘基很孝顺,对母亲讲了这个现象。他母亲也读过诗书,懂得卜筮之术,听说后对他说:"游云似龙,注定有灵异之物在此,你可以趁着早晨湿气重的时候追踪而去,必定有所发现。"

刘基像

刘基按照母亲的叮嘱,第二天一大早就跑到青田山下,果然看到山巅卧着一条睡龙,他心里大喜,急忙攀岩追随而上。等他攀到山顶,游龙早已没了身影,不过在游龙睡卧处,突然多了一道山门。山门紧闭,上面写着四个大字"遇基而开"。刘基看罢,心潮澎湃,对着山门拜了三拜,高声说:"在下刘基拜见。"说完,就见山门缓缓启动,原来是两块巨大的青石,一左一右掩闭着。费了好大工夫,山门完全打开,里面冲出一阵潮湿的气息,扑打在刘基的脸上。他来不及细想,伸头向里观望,只见里面黑洞洞的,什么也看不见。刘基心想,既然此山门是特地为我打开的,我要是不进去看看,岂不可惜。他艺高人胆大,不顾洞黑路滑,悄悄地走进洞里。

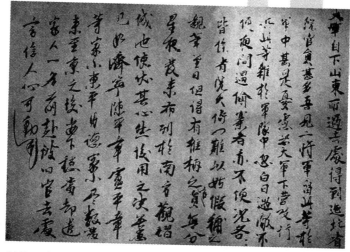

刘基手迹

　　说也奇怪,刘基进洞后,里面突然亮如白昼。就见四下里石墙敦厚,安置着石凳石桌,看起来像是有人居住过。他边走边细心观察,突然前面出现一开阔地带,中间有一条很干净的石凳,上面放着一本发黄的书籍!刘基大吃一惊,山洞中怎么会有书呢?难道有仙人在此?他想着,走过去拿起书本翻阅。刘基从小博览群书,读过的书不可计数,但眼前这本书却与以往书籍大不相同,令他大开眼界,他知道得遇奇宝,急忙藏好书籍匆匆下山。

　　回到家中,他拿出书给母亲看,母亲半是欣悦半是忧愁地说:"自古奇书难得,今天你有幸得到了,是你的缘分;但是奇书往往教授人们奇异的思想和行为,让人不同于俗,这又会让你活得很辛苦。"刘基琢磨着母亲的话,一时没有参透其中深意。他见母亲不反对自己读这本书,也就不再细想,关起门来刻苦研读。

　　经过攻读，刘基的学问和见识大增，有种卓然于世之感。他看到各地纷乱渐生，百姓惨遭涂炭之苦，元王朝腐朽不堪，官僚们无心为民谋福，天下即将发生大变动，不禁做诗抒发感慨：

> 结发事远游，逍遥观四方。
> 天地一何阔，山川杳茫茫。
> 众鸟各自飞，乔木空苍凉。
> 登高见万里，怀古使心伤。
> 伫立望浮云，安得凌风翔！

　　听了他的这首诗，母亲知道儿子志在四方，胸有韬略，不肯蜗居一方，淡漠平生，于是对他说："我知道你从小就有志向，现在天下即将发生大乱，你何不出去寻找明主，一图大业？"

　　刘基没有想到母亲如此支持自己，当即高兴地辞别母亲和妻子，带着简单的行李踏上北去之路。他之所以选择北方，也是透过观望天象所得，这其中还有段非常有趣的故事。

天子气何在

　　在隐居家乡的日子里，刘基心怀天下，日夜苦读求进，不忘时刻关注时局。有一次，他与人结伴同游杭州，他们来到西湖岸边，欣赏美色盛景，并且在酒馆里饮酒闲聊。不一会儿，他们突然发现一股异云起自西北方，光映湖水中，煞是壮观。同游者无不惊喜喝彩，都说这是片庆云，显示国家昌盛之意。两位友人鲁道原和宇文公谅还即兴赋诗,盛赞美景良世。唯独刘基饮酒不停,不理会众人的赞誉之词。鲁道原奇怪地问:"伯温,平时你最爱观摩异境奇志,今日见到如此祥云,为何一言不发?"

刘基放下酒杯,看着异云大声说:"那不是什么庆云,而是天子气,应在集庆。十年后,必有英雄在集庆建立新朝,我当辅佐他。"

当时杭州是元朝比较繁华稳定的地区,人烟稠密,经济发达,周围人群听到刘基这句近似发狂的话,一个个趋闪躲避。鲁道原连声说:"你不要酒后乱语,小心连累我们受

王冕像

害!"但是,刘基好像并不在意,继续与门人沈与京饮酒谈笑,大醉方归。

此后,刘基回到家乡,依然不忘在西湖发现的天子气,他暗地里也多研究西北方向的名人异士,企图从他们当中发现未来的真龙天子。所以这次母亲提议他外出寻访明主,正合了他的心意,于是他朝着北方急进。说来当时的名人异士也有不少,刘基边走边寻访,这天来到了会稽城下。他到这里来有一个目的,就是拜访名士王冕。王冕是元末有名的画家,他出身寒微,但是依靠个人奋斗取得成功,名声显赫。

刘基想来想去,觉得一路上见到的名人不少,但是大家谈古论今,赋诗品茗,似乎很难看出什么奇异之处。这次,他想了个

方法,决定不去正面拜见王冕,而采取一个意外相遇的方式。刘基不愧足智多谋,他打听到王冕经常去竹林散步,于是趁机带着书童藏在竹林边。等到王冕出现时,他悄悄吩咐书童点燃一串爆竹。突然劈里啪啦一阵脆响,王冕吓得脸色骤变,抱头外逃。看到这个场面,刘基心里十分失望,叹气说:"王冕虽是名家,但他胆量小,难以成就大事业。"他所说的大事业当然是天下政事,想来王冕一介文人,没有这个胆量与志向也很正常。

刘基志在天下,素有野心,虽拜见许多名家,无一令他满意钦佩。这天,他带着书童来到海昌。海昌也有位名人,此人叫贾铭,喜好结交,时人以他为豪杰。刘基慕名前往,到他家时恰好贾铭外出会客。刘基独自在他家客厅等候,看到他家装修华丽,家具精美,院落修筑得精致美观,来往的下人打扮得鲜丽干净,给人一尘不染、超凡脱俗之感。他心里觉得十分别扭,想了想,张口往洁净如玻璃的地板上吐了口水。这时,贾铭正好进屋,见此眉头紧皱,脸色难看,连忙吩咐下人打扫刘基吐的口水。此后,两人的交谈可想而知,不冷不热,甚不投机。

走出贾铭家时,书童不解地问:"老爷,你为何偏偏往他家地板上吐口水?"

刘基笑呵呵地说:"心里装着天下的人,哪会顾虑这些琐碎事情?我看到他家那么洁净,猜测贾铭必不是志向高远的人物,故意试探他,结果果真如此。他这么小气,哪有成就天下大事的可能?!"

书童这才明白刘基的目的,联想一路无所获,不由得泄气地说:"老爷,我们走了这么久,也没有寻访到真正的英雄,你说我们下一步该去哪里?"

刘基观望天象，指着西北方说："天子气就在西北方，我们还要继续往前走。"

这一去就来到淮河岸边，这里风土人情与以往大有不同，不知道他能否发现真正的天子？

少年朱元璋

少年朱元璋

少年朱元璋

少年朱元璋

第二节　慧眼识英雄

睡卧石龙河

刘基顺着天子气一路寻访，很快来到淮河岸边。这天，他站立在临淮街头，看到过往行人气宇轩昂、谈吐直爽豪气，与以往所见名士文人大有不同，言行举止间流露出铮铮骨气，心头为之一震，想到如今世道离乱，文人名士缺乏担当重任的英豪气概，看这方百姓，其气魄胆量倒很是可贵。

他正在胡思乱想，身旁的书童拉着他悄声说："老爷，你快看。"

刘基顺着他手指的方向望去，原来不远处有位卖肉的屠夫，身高体壮，甚是威猛：他手起刀落，割肉如断发，轻松自如，十分自得惬意。刘基和书童看得投入，觉得此人绝非一般人物。这时，有位中年人走过去买肉，买好了，付过钱后，

刘基像

掂在手里觉得有些少，竟对屠夫说："今天家里来客人，这块肉少了点，你再多给点。"

屠夫听了这话，立即挥刀割肉，又给顾客加了一块。中年人高兴地谢过屠夫，转身离去。刘基奇怪地看着这个现象，心想，屠夫多给顾客肉，顾客也没有多付钱，此处风情果真奇异。他又站了会儿，看到前去买肉的人很多，好几次顾客向屠夫要求多给点，屠夫都爽快地满足他们。这种豁达直爽的民风，让刘基大开眼界，他接连转了好几个市集，发现此处的民情大致相同，人们大多豪爽，不拘泥于小节。

了解当地民情之后，刘基在夜间观测天象，不无惊叹地说："此地多豪杰，必有天子出世，我看这么多人如此侠义豪情，将来都是从龙之人，前途远大！"所谓从龙之人，就是跟随天子打天下的人，红巾军起义后，许多淮西人投军入伍，成为元末农民运动的主力军。而跟随朱重八南征北战、创建帝业的将领也大多出身淮西，他们从龙而动，成就辉煌事业。

而刘基本人，寻访到天子气所在之地后，当然不会轻易罢休，更加深入地探访查询。这天，他带着书童穿山越岭，也不知道到了何方地界，只觉得口干舌燥，行走艰难，看看远处有条溪水，便拼命奔过去。

还没走到河边，刘基突然看到红光闪耀，直射天际。他大吃一惊，心想，这里有什么灵异之物，会放射这等光芒？他慢慢上前仔细查看，不由得更加奇怪，岸边沙滩上，一位少年四仰八叉躺在那里，头顶上方还摆着一根长长的木棍，红光正是从这里发出的。刘基看那少年睡得正熟，也不便打扰，就在旁边细细打量。这一琢磨不要紧，他心里猛然一颤，原来，少年卧睡河边，伸展的四肢和头顶的木棍恰好组成一个"天"字,联想红光映空,刘基心想,我苦苦寻访天子气,难道应在这个少年身上?

这时,卧睡的少年翻转身体,将一条腿压在另一条腿上,紧缩着上半身,一直观看的刘基怎么看都觉得少年这个姿势像"子"字,他激动地想,刚才是"天",现在是"子",这不是"天子"吗? 想到这里,他再也无法控制自己的心情,上前推醒少年,打算与他进行一番交流深谈。

少年被人喊醒,打着哈欠翻身坐起,揉着睡眼看看刘基,迷糊地问:"你是谁? 叫我有事吗?"

刘基好好端详少年,见他奇骨灌顶,神态镇定,当即拱手说:"在下浙江青田人,路过此地,前来取水解渴,方才看到红光映天,不知道是何物,近前观看原来是从你身上发出去的,大感惊讶。不知道你叫什么? 为何在此仰天大睡?"

少年已经清醒过来,他看到眼前的人四十岁左右,打扮得像位教书先生,言行举止流露出文人气质,也很客气地回答了他。这位少年正是朱重八,他浪迹淮西各地,已经到了颍州地界,颍州是白莲教非常活跃的地区。前几天,朱重八在一位白莲教众带领下前去膜拜弥勒佛,听韩山童等人传教,结果遭到官府驱散,教众们一哄而散。重八在混乱中逃跑,也不知道跑了多久,到了这条石龙河边,依靠采食河边山上的野果度日。今天,他腹中饥饿,胡乱喝了几口水就昏昏睡去了,没想到被刘基遇见,并且发现他的天子气。

听了重八的身世,刘基大感惊奇:这位少年出身寒微,文武不精,流落求生,真可以说赤贫之极,才学不济,将来靠什么建立基业呢? 他不禁对自己的相术产生怀疑,也不由得再次细细打量重八。眼前的重八身穿破旧的衣衫,手捧一只钵盂,身边一条木棍,除此以外,确实身无长物。但是,他目光深远,言行举止豁达不俗,流露出的英豪气概难以掩盖,难道这就是他成功的资本吗?刘基读书无数,阅人甚多,今天与重八相逢对他来说可算是个考验,尽管他凭经验认为重八身上散发出英雄气,但他实在很难一下子将重八与未来的天子联系起来。

刘基论英雄

朱重八并不知道刘基的打算,看到这位先生谈吐高雅,见识渊博,很高兴与他交往,指着身边的大河说:"这条河叫作石龙河,据说有条龙违反天规,受到玉帝惩罚,被贬做石龙埋没河间。"

刘基听罢,灵机一动,指着石龙河说:"世间多英雄,可是像石龙一样遭到埋没的也有很多啊!"

重八素来喜欢谈论英雄人物,忙说:"所谓英雄,应该出乎天地,不受羁绊,似游龙在天,如猛虎呼啸山林,如果轻易就被埋没,也不是真正的英雄人物。"

刘基心生惊讶,觉得重八身上有股贯穿天地之间的气概,接着说:"如今天下不宁,四方多有义士豪杰举事,他们可算是英雄人物。"

重八脸色平静,眉毛微动,轻轻地说:"依我看,这些人以传教迷惑世人,聚众闹事,最多只会掀起一阵阵风波,最终难成大事,不是大丈夫所为。"

刘基更加惊叹,立即问:"那么依你之见,大丈夫应该如何作为呢?"

刘基庙

重八镇静地说："唐宗宋祖，振臂高呼，天下响应，兵戎之间，驱除旧政，建立伟业，这才是真正的大丈夫所为！"他极其自然地说起这些话，似乎这些话在胸中酝酿了好久。

刘基不得不暗自点头了，看来自己的相术没有错，眼前少年果真有着超人的理想和不俗的境界，日后必然能够出类拔萃。想到这里，刘基大为高兴，提议与重八一道漫游。

重八欣然同意，近些日子，他听说家乡年景好转，萌生思乡情怀，刘基也打算从颖州东进，于是两人踏上回濠州的路途。一路上，他们交谈日渐深入，彼此甚是投机。

有一天，两人在客栈用餐，他们坐在窗下，对面是滔滔江水，气势如虹，甚为壮观。他们边吃饭边交谈，刘基诗兴大发，提议赋诗助兴。重八笑着说："好啊！我们就以眼前景物作诗如何？"

刘基点头同意，他看着重八手中的筷子随口吟诵："一对湘江玉并肩,二妃曾洒泪痕斑。"筷子是竹子做的,刘基引用娥皇女英的典故形容手中的筷子。重八听了,微笑着说:"先生所作,太过文人气了。"刘基并不答话,继续自己的诗作:"汉家四百年天下,尽在张良一借间。"他话锋一转,以张良借箸代筹的典故,描述另一种情景和抱负。当年,高祖刘邦起义后,谋臣张良为他运筹帷幄,一次谈得兴起,他借用刘邦手中的筷子来比划天下局势,所以才有了借箸代筹这个故事。

　　重八素来喜欢历史故事,对于刘邦、张良等人物可谓耳熟能详,听到刘基这两句诗词,当即高兴地说:"先生胸怀谋略,志向不俗,可比西汉张良啊!"此语日后果得印证,刘基谋划天下,奇计迭出,屡立战功,与李善长、徐达一起,被比作西汉张良、萧何、韩信,是辅佐重八建立帝业的第一大功臣。

　　刘基笑呵呵地说:"见笑了,我要是西汉张良,您可就是高祖刘邦啦。"他有意说的话,重八哪里明白。重八他并未细想,琢磨一下,望着江边若钢铸铜浇一般屹立、任风吹浪打岿然不动的一块坚石,随即赋诗:"燕子矶兮一秤砣。"燕子矶是长江岸边南京附近的一处名胜,重八用它比喻眼前风景。

　　他刚吟诵完毕,就见立在刘基身后的书童噗哧笑出声来,低声嘟囔:"这叫什么诗?狗屁不通,还不如一句大白话呢!"刘基也觉得奇怪,目不转睛盯着重八,等候他的下文。就见重八起身站在窗前,放眼远望,继续诵道:

　　　　燕子矶兮一秤砣,
　　　　长虹做杆又如何。
　　　　天边弯月是挂钩,

称我江山有几多。

吟罢，久久伫立窗前，似有万千思绪澎湃在心头。刘基站在他身后，连声称赞说："好诗，好诗，气贯长虹，势比日月，果真是大丈夫气概。"诗中，重八把燕子矶比作秤砣，长虹比作秤杆，弯月比作秤钩，来称大好江山，气度不凡，令人叹为观止。刘基这番与重八赋诗，彻底看到了重八身上具有的天子气魄，心里无比喜悦。

不久，重八和刘基辗转回到濠州，恰好刘基接到家信，说他母亲病重。刘基不再停留，告别重八踏上归程。两人分手时，刘基对重八说："天下将乱，反王并起，你可相机行事，以图大业。"

重八并不知道刘基的心事，只觉得他才学出众，擅长谋略，是个人才，也就随口答应，却回到了于觉寺继续自己的僧业。

谁能想到，两人这次分手，相见却在十年之后。那时，重八已经改名元璋，成为一支义军领袖，攻占了集庆（今南京），采取高筑广积策略稳固发展。而刘基在浙江，与当地名人结寨自保，对抗活动在周围的各种乱军。朱元璋派人南下请刘基，这才有了相会之期。

第三节　世人盼明王

石人一只眼

朱重八回归于觉寺后，看到寺庙更添了几分破败，外出的僧人大多没有回来，留守的高彬长老眼见衰老了许多，说话和走路大不如从前精神。他看到重八回来，很高兴地欢迎了他，还腾出一间空房，让重八居住。重八住下后才得知，前几年，寺里生活困难，惠觉带着部分僧人走了，所以，目前的寺内除了高彬长老还有几个新近入寺的小僧人外，别无他人。现在，重八已经年满二十岁了，不但体格健壮，心智也到了成熟时期，几年云游开阔了他的视野，他完全可以担当起一份重任。高彬长老很识时务地安排他做些法事，教授他一些佛经典籍，不再让他承担洒扫的打杂工作。

但是目前的于觉寺早就没了往日的兴盛，香客稀少，法事不多，因此重八住在寺内，名为僧人，实则如同过客，寺庙不过是处住处而已。云游的经历，让重八感触最深的就是文化和知识的重要性。他知道自己当初读的书太少了，那点启蒙教育太浅薄了，他渴望继续读书、渴望丰富自己。想起与刘基交往过程中，对方深厚的文化底蕴对自己产生的影响，重八坐不住了。他到处搜寻书籍，日夜苦读。在寺庙里，他接触最多的是经书，但他对经书兴趣不大,他依旧迷恋古往今来的史书、战书以及各种有关帝王将相的书籍,他时常为了借一本书徒步上百里,借到书后就废寝忘食地攻读。好在此时的于觉寺没了往日的那些规矩,不管他读哪些书,高彬长老对他的管制都不多。相反,只要有机会,高彬长老还会与他谈论时事,问讯他云游淮西的各种经历,并且向他推荐一些经典书籍。

一年后,重八的学识增长不少。这时,经常可以听到各地叛乱的消息。高彬长老在这时圆寂,临终时将寺里的重任交给重八,对他说:"你出家虽然不久,但是聪慧能干,本寺历经几十年风风雨雨,没想到在贫僧手里走向衰败,眼下各地都不安宁,你也是个有志向的,不过不管你做什么,寺里的大事托付给你,你不要忘了兴盛寺庙的事业。"这份嘱托对重八来说十分沉重,毕竟他的志向不在佛寺,他又怎么能够安心于此?况且,从眼前境况来看,寺里的生活依旧很吃紧,能否度过危机确实难说。但是重八已经几经亲人离世,看着奄奄一息的高彬长老,他还是点头答应了这最后的吩咐和期望。其实,重八心里也很明白,高彬长老不是不知道寺庙的现状和前景,不然也不会放任自己苦读各种书籍,只是身为佛门弟子,他不得不交代重八这些事情。

来年,公元1350年,元王朝统治下的华夏大地在历经多次天灾人祸之后,再次发生了一件大事。这件事情加快了百姓们反抗的速度,直接导致元王朝走向衰亡。

此事还要从公元1344年说起。由于元朝政府不关心生产,水利设施年久失修,淮河两岸发生特大灾荒,黄河也接连决口、泛滥成灾,殃及面极广,导致百姓大量死亡、田地荒芜,元政府收入锐减。加上奸佞当权,朝政极端腐败,元顺帝君臣骄奢淫逸,大肆挥霍浪费,弄得国库虚竭,财政极度困难。为了弥补财政亏空,元政府除了增加赋税以外,于至正十年,也就是公元 1350 年发行"至正宝钞"的新纸币,代替早已通行的"中统宝钞"和"至元宝钞"。新钞发行后,规定新钞一贯相当于铜钱一千文,准折至元宝钞二贯、中统宝钞十贯。在政府支持下,新钞大量印制,货币迅速贬值。在大都,钞十锭(相当于铜钱 5 万文)还买不到一斗米。更换新钞造成了恶性的通货膨胀,使人民的生活更为困难,百姓们揭竿而起的局势已经近在眼前。

第二年,黄河在白茅堤决口,接着又下了二十多天大雨,洪水泛滥,两岸百姓遭受严重水灾。丞相脱脱看到百姓流离失所、大片土地荒芜,了解到各地农民起义风云暗涌的情况,心里无比担心。他上奏折请求兴修水利,把决口的地方堵上,另外在黄陵冈(今山东曹县西南)开挖河道,疏通河水,造福百姓,缓解朝廷危机。元顺帝同意了这条提议,于至正十一年(公元 1351 年)下令征调农民和兵士十几万人治理黄河。脱脱虽好意治河,但他仅从元朝统治者的角度出发,没有看清局势动向,不清楚百姓的生活之苦及百姓对朝廷的失望早已到了不可调和的地步。结果,执行治河任务的官兵横行霸道,暴虐修河民工,造成民工强烈不满。黄河两岸农民本已饱受灾荒之苦,到工地上又横遭监工的鞭打,被克扣口粮,个个无比愤怒。

十几万人愤怒了,这件事被白莲教主韩山童及时掌握,他发动群众,先派几百会徒去做挑河民工,在工地上传播一支民谣:"石人一只眼,挑动黄河天下反。"民工们不懂这歌谣是什么意思,但听到"天下反"三个字,就觉得世界要变,好日子快要到来了。

刘福通红巾军

开河开到了黄陵冈，有几个民工挖呀挖呀，忽然挖出一座石人。大家好奇地聚拢来一瞧，只见石人脸上正有一只眼，不禁呆住了。这件新鲜事很快地在十几万民工中传开来，大家心中暗想，既然民谣应验，石人出来了，那天下造反的日子自然来到了。

看到群情激昂，韩山童和同伙刘福通非常高兴。他们商量说："元朝压迫百姓这么深，人们处在水深火热之中，时刻想念着宋朝。我们不如打着恢复宋朝的旗帜，自然会得到天下人拥护。"他们一致赞同这个主张，于是跟大家宣布，说韩山童本不姓韩，而姓赵，是宋徽宗的第八代孙子，如今他要带领大家推翻元朝，恢复宋朝。

经过策划，韩山童、刘福通挑选个日子，聚集会徒，杀白马黑牛，祭告天地，准备在颍州颍上（今安徽阜阳、颍上）起义，约定以红巾裹头作为起义军的标记。从此，元末轰轰烈烈的红巾军起义爆发，掀开了历史新的一页。

纷乱四起

韩山童、刘福通聚集会徒歃血立誓的时候，不幸走漏了消息。官府派兵士包围聚会地点，把韩山童抓去杀了。韩山童的妻子带着她儿子韩林儿，逃脱了官府追捕，到武安（今河北武安）躲了起来。

刘福通逃脱包围，把约定起义的会徒重新召集起来，迅速攻占了颍州等一些城镇。在黄陵冈开河的民工得到消息，纷纷起义，投奔刘福通的队伍。不到十天时间，红巾军已经发展到十多万人。

声势浩大的红巾军吓坏了元王朝统治者，他们赶忙调动了六千名色目人组成的阿速军和几支汉军

红巾军装束

前去镇压红巾军。阿速军本来是元王朝的一支精锐的队伍，跃马纵戈，驰骋天下，但是几十年来坐享其成，过着腐朽堕落的生活，早已失去原来凶猛骠悍、所向无敌的作风，变得不堪一击。在与红巾军交战的过程中，他们往往还没交锋，主将就带头挥着马鞭子，骑马向后逃奔，嘴里还不停地叫喊着："阿卜！阿卜！"（阿卜是走的意思）将士们见此，哪有心思恋战，纷纷抱头鼠窜。

不到一个月时间，刘福通的红巾军连续攻下淮西一些城池，江淮一带百姓早就受到白莲教的影响，因此无不响应投靠。在刘福通部快速发展的同时，各地不断涌现新的义军力量，蕲水（今湖北浠水）的匠人徐寿辉也打着红巾军的旗号造反，并且很快建立天完政权。所谓天完，就是在"大元"两字上面加上一横和宝盖头，意思是盖住元朝，建立新政。徐州的生意人芝麻李带着8个人勇闯徐州，成功夺取城池。福建的渔夫方国珍再次举

徐寿辉像

旗造反,盐贩子张士诚也不甘落后,聚集人马攻城略地。烽烟四起,战火不断,元王朝迅速陷入巨大的危机之中。战火纷乱的关头,红巾军高唱战歌:"天造魔军杀太平,不平人杀不平人。不平人杀不平者,杀尽不平方太平。"战歌快速传遍大江南北,鼓舞天下豪侠志士。此时的朱重八身在寺庙,心却随着战歌随处飘扬,他跃跃欲试,关注着起义大事,期待着机遇的来临。

第十三章
好友相邀　弃佛投军勇入伍

　　于觉寺惨遭涂炭，走投无路的朱重八毅然脱下僧衣，勇敢地迈进红巾军队伍中。他出色的才能很快得到重视，被郭子兴招赘为婿。濠州城里各路义军互不服气，明争暗斗，朱重八改名元璋，担负起调和内部矛盾的重任。

　　身为末座将领，元璋十分明白自己当前的处境，他机智地周旋在各路义军之间，试图团结各路人才，但是他的所作所为招致猜疑，处境十分危险……

第一节　汤和来信

接到密信

红巾军如燎原之势，迅速攻占了淮河两岸的众多城镇。战火纷乱，生灵涂炭，在寺里苦读求进的重八坐不住了。他从进出寺庙的香客口中，经常耳闻哪里有个布贩子揭竿而起，带着几十个兄弟夺城占地，成为一方统帅；哪里有个土财主，召集人马结寨自保，势力日隆等等，消息不一而足，使得胸中有韬略、不肯淡漠平生的重八心情激昂，时时步出寺庙，遥望远方。

在战乱中，又一年过去了。这天，重八正站在寺前张望，早春料峭，寒意难消，他觉得身上一阵阵发冷。就在这时，有人从寺前经过，为他送来一封书信。重八好生奇怪，自己出家几年，从来未曾收到书信，这又是谁写给自己的信呢？他翻来覆去看了几遍，觉得笔迹有些熟悉，却又想不起到底为何人所写，暗自揣摩着走进庙内，回到住处仔细阅读。

不读不知道，一读吓一跳，此信是汤和托人捎来的。原来，汤和自从几年前逃荒投亲之后，在外面闯荡几年，结识不少豪杰朋友，去年更是加入了郭子兴的部队，成为一名义军将领。说起郭子兴，可是非常有名的人物。他是定远人，家财万贯，眼看各地义军风起云涌，攻城略地，各自为王，元王朝却毫无办法，于是郭子兴不甘落后，也组织部分百姓，以红巾为号，回应刘福通、韩林儿的聚众起义，并且很快攻下濠州，占据此城，自称郭元帅。汤和因为作战勇敢，很会带兵，已经成为郭子兴的手下大将。汤和在濠州城内，思念儿时好友，想着重八、徐达、周德兴等人都是有勇有谋的人才，所以写信邀请他们一同入伍，共同作战对抗元朝，建功立业。

郭子兴像

读完书信，重八心情复杂，他首先就着灯火烧掉书信，而后打坐细思。在他看来，推翻元朝统治，为百姓谋求福利固然是好事，可是从各路义军的表现来看，他们打到哪里，就在哪里烧杀掠夺，做了不少坏事，破坏百姓生活，也引起百姓的反感。而且，就从眼前这些义军的作战能力看，多是乌合之众，根本没有作战能力，长此以往，要是元王朝大兵压境，恐怕义军会很难与之对抗，这样的话，投军就是一条充满危险的道路。想来想去，不觉已是夜晚时分，重八简单吃过几口饭菜，决心回到孤庄村和周德兴商量此事。周德兴逃荒归来后一直在家里耕种田地，空闲时也会来寺里和重八闲聊，两人走动密切。况且，汤和写信特地提醒重八，让他多带些兄弟前去。

借着微弱的月光,重八行走在通往孤庄村的道路上。这条路对他来说实在太熟悉了。以前,他经常往返这里,陪着母亲进香求佛,陪着父亲卖豆腐,后来还从这里走进寺庙,做了和尚。如今,他每年都会往返几次,有时候为父母烧香,有时候受人邀请做做法事。总之,这条道路留下了重八太多的脚印,是他真正的成长之路。

重八很快就进了村子,三拐两拐找到周德兴家,敲门喊人。不一会儿,周德兴披着破夹衣跑了出来,听出重八的声音,格外兴奋地说:"是重八吗? 这么晚了你来有事?"说着,吱呀一声打开柴门,让重八进屋叙谈。

重八默默走进去,看看屋里并无他人,就把汤和写来书信一事讲给周德兴,征求他的意见。周德兴也很感吃惊,他琢磨了一会儿说:"现在天下大乱,各地都闹哄哄的,朝廷不断派遣军队镇压义军,我们要是投军,会不会遇到危险啊?"

重八沉着地说:"危险肯定不可避免,问题是我们要是不去投军,难道就这样浑浑噩噩度过一生吗? 说实在的,我真不甘心!"说着,他重重拍打身边桌案,力量之大,竟然砸断桌角。

周德兴吓了一跳,望着断裂的桌角,迟疑着说:"徐达逃荒还没有归来,他要是在,我们还可以与他商量商量。"

重八说:"情势迫在眉睫,去还是留应该早做决断。我在淮西云游的几年中,曾经多次接触各种反抗朝廷的教派,人数巨大,众望所归,我看朝廷已经很难支撑危局了。听说丞相脱脱奉命南征,却被朝中官员暗地做了手脚,撤职查办。如今元王朝已如大厦将倾,没有希望了。"

听重八的意思,投军立功正是时机,可是周德兴胆量小,做事谨慎，思虑再三，依然不敢决断，思忖着说："可是红巾军也不是什么好组织，鱼龙混杂，一样杀人放火抢东西，我们去了，能够建立什么功业？"

两个人促膝长谈，天光放亮了，还没有决定下来。重八看看天色，告辞周德兴准备回寺，两人走到村口，就见好几个壮年汉子匆匆逃回村中，边跑边喊："不好了，元军抓人了。快逃！"

重八和周德兴闪身躲进一间破草屋，屏息静气地倾听着。当时，元军已经非常腐朽，作战能力极低，他们不能打击红巾军，就在江淮一带抓捕年轻男子，在他们头上包块红巾，谎称抓住了红巾军，以此领赏。所以，当地百姓家里的年轻男子不敢轻易露面，生怕被抓无辜受死。重八和周德兴藏了大半个时辰，听到外面安静了，才悄悄走出草屋，他们相视叹息，齐声说道："要是不去参加义军，恐怕也难逃被捉的危险。"心中犹疑不定。

占卜未来

朱重八辞别周德兴，急匆匆赶回于觉寺，刚进庙门，就见一位小僧人神秘兮兮地上前拉着他，一声不吭把他拉到殿房偏角，低声说："今天一大早就来了位客人，询问你有没有接到城里来信。我说你外出有事，没有回来，那人还在殿堂等你，你去了可要仔细回答。"

重八知道事情严重，定定心神来到殿堂，果然看见位穿着像是官员的人，他上前合掌施礼，规规矩矩站在一边。那人上下打量重八，好一会儿才神色严肃地说："听说昨天你接到了城里的一封书信，此事是真的吗？书信现在哪里？都说了些什么？"

重八从容答道："是，昨天有人从城里捎来封书信，是我小时候的一位朋友写来的,我们已经多年没有见面了。他听说我云游归来,特地写信问候,并无其他事情。我害怕有人说我勾结反贼,与反贼关系密切,看完书信就烧掉了。"

那人似信非信地看着重八,觉得他态度诚恳,不像隐瞒了什么,端起茶水喝了一口,表情严厉地说:"嗯,你是个出家人,就应该本本分分做和尚,不要想东想西,不务正业,害了自己。"说完,他再次喝口茶水,环视殿内诸僧人,大声说:"实不相瞒,最近朝廷已经派遣大军前来平定叛乱了,你们别看濠州城里那些反贼叫嚣得厉害,等到大军一到,他们肯定不堪一击,四分五裂,不会有好下场的。"

重八诸僧随声附和,不敢与他理论辩解。那人又坐了一会儿,这才起身离去。

望着那人离去的身影,重八十分害怕,悄悄擦拭掉额头细密的汗珠,躲进屋内想下一步的计划。参不参加义军,成为他人生中面临的最大、最难的选择。

第二天,重八决定再去孤庄村找周德兴,不巧周德兴昨夜躲到亲戚家去了。重八想,当前情势危急,不能拖延时日,应该尽快想出解决问题的办法。因此,他没有停留,寻着周德兴的亲戚家而去。两人见面后,重八说起昨天被查问的事,并说:"这几天官府不断派人抓壮丁,义军也抓年轻男子扩军,我看躲也不是个办法,不如走出去一试。"

周德兴叹口气说:"官逼民反,这也是没有办法的事。我昨夜突然记起小时候我们玩皇帝游戏的事来,也觉得说不定我们走出去了,将来有一天你还真的做了天子呢!不过,这件事关系重大,牵连全家人性命,我看我们不如先去占卜一下,你看如何?"

重八孤身一人,了无牵挂,而周德兴还有父母兄妹,自然顾及家人。重八点头说:"好,我们就回于觉寺占卜一下。"

两人不敢白天赶路,一直到了傍黑时分,才步履如飞,穿过小道,匆匆回到于觉寺,令他们万万没有想到的是,重八外出不过一天工夫,于觉寺却遭受了灭顶之灾。只见寺庙内殿堂倒塌,佛像被砸,垣墙破损,支离破碎,一片狼藉,却不见一人行踪,好端端一座寺庙成了残垣断壁,毁于一旦。望着这副情景,重八心惊之极,慌忙呼喊寺内的小师弟们,可怜他喊叫半天,无人应答,空寂破败的寺庙更显凄凉。他在废墟中走来走去,在毁坏的伽蓝殿里发现了算卦用的两块爻,赶紧喊过周德兴来一起卜卦。

重八先在心里默默祈祷:阴爻外出云游,阳爻留下来,一阴一阳去濠州投军。默祷之后,他将爻掷向地面,结果显示一阴一阳,再次投掷,结果相同,一连三次都是一阴一阳。望着这个结果,重八心情激动难耐,霍然站立起身,斩钉截铁地说:"神灵所示,要我朱重八投军起义,我不能违抗佛祖指示。"说着,他大步走出废墟,朝着破败的于觉寺拜了三拜,算是最后的告别。

从此,重八脱下衲衣,恢复自由身,开始了人生当中最为重大的一次转变,幸运之神终于向这个经历了二十三年苦难的农家子弟伸出手,指引他踏上一条走向辉煌和成功的道路。当然,这条道路并非一帆风顺,相反,依然充满了数不清的危险和艰难。

第二节　从军行伍

改名元璋

重八决心投军，夜里在废墟旁简单休息一下，第二天与周德兴辞行后，直奔濠州城。周德兴送他走出老远，叮咛说："要是城里情况好，我回去安顿一下家人，也去与你们聚会。"

这是农历的四月初，春光明媚，鸟语花香，树木葱郁，景色宜人。本是春耕农忙时节，由于战火纷纷，沿途的农田里还看不见人影，田里依然呈现荒芜气象。附近的村舍路上也看不见行人走动，处处毫无生气可言。重八投军心切，顾不得欣赏周围风景，低头急匆匆赶路，盼望早一点赶到城里，参加义军。

此去濠州，路途并不遥远，对于曾经云游淮西各地三四年的重八来说，可算是非常轻松。他以前也经常去濠州，对此地十分熟悉，但是这次进城与以往又有不同。此时的濠州城内外一片紧张忙碌的气氛，城墙外面一群群百姓在挖壕堑、垒路障、巩固城堡，阻挡元军进攻。而那些头戴红巾或身穿盔甲的士兵，则手执兵器吆喝指挥，督促百姓行动。再看濠州城头，已经遍插旌旗，旌旗随风招展，旗下执矛握盾的将士们来回巡逻，自有一番气势。重八远远见到这些场景，雄心激荡，恨不得立即进城，参与到大军的行动当中。

　　自从濠州被红巾军占领,元军只是远远包围,并没有发动真正的进攻。但是城内郭子兴等人只有一万余兵马,他们担心守不住城郭,就抓了附近农民来建构工事,坚固城防。这样,红巾军和元军两相对峙,僵持不下。其实,自从去年红巾军起义以来,元军并没有真正与他们交过锋、对过阵,大多数情况下,元军闻红巾军名声,已不战自溃,连连败退,红巾军却凯歌高奏,一路直进。

　　再说朱重八,他望着如火如荼的建筑工事场面,脚步加快,很快来到城下,不想被守城军士发现了。两军对峙阶段,城门守卫历来特别严格。军士们见重八个子高大,面目奇特,身穿破烂衣衫,但双眼放着光彩,很有精神,看起来不同于一般农民,当即拦住他不让他进去。重八忙言明自己是汤和介绍来的,有意参加红巾军。守城军士哪肯轻易相信他,对他又是搜身又是盘查,一来一往,双方语言冲突,争执起来。重八力气大,这几年修身养性学了几路拳脚,两三下就把军士打趴下了。这可不得了,其他军士一哄而上,七手八脚与他打斗,重八一拳敌不过四掌,很快被他们压倒在地,捆绑起来准备带去见长官。

　　吵闹打斗声传出很远,引起一人注意。此人就是郭子兴,他正带着人巡城,听到城门处吵吵嚷嚷,赶紧打马过来巡查,发现军士们抓住一人,将他五花大绑,忙问怎么回事。军士回禀:"郭元帅,这个人行踪诡秘,谎称前来投军,我们看他像个奸细,就把他拿下了。"

　　重八听到军士喊"郭元帅",抬头一看,见面前站着个四十岁左右的中年人,相貌威武,穿着与一般军士不同,心想此人必是郭子兴。重八心思细密,反应迅捷,大声喊道:"冤枉,郭元帅,在下冤枉。我不是奸细，我受朋友汤和所邀，前来投靠明军，请元帅详查。"

郭子兴做事精细，当下正需要人手，看到重八身高体壮，言谈得体，眉宇间流露出威武气概，不同于一般百姓流民，心里已经有几分喜爱，盘算一下问道："你叫什么？是哪里人？以前做过什么？"

重八如实回答，并说了汤和写信相邀之事。

郭子兴以前是商人，曾经去过于觉寺进香，听了重八的自我介绍，料想不会出错，当下命人松开绳索，将重八引进自己的队伍里。

从此，重八成为了一名最普通的红巾军战士，开始了崭新的戎马生活。他操练习兵，守城克敌，年轻的生命迸发出激越的火花。他的聪明、机灵以及才学很快得到重用。这支农民队伍里缺少有知识、有资历的人，因此，曾经苦学的重八很快凸显出来。有时候，郭子兴需要处理文件书信，重八可以帮忙；郭子兴需要与人交往商讨战局，重八也可以进言；队伍人多，各种账目开支管理不是小事，这时，重八也可以帮助有关人员出出主意，想想办法。不几天，郭子兴就发现重八是个人才，而且重八在淮西待过几年，见识广博，因此他被委派为九夫长，成为郭子兴身边亲兵。

身为亲兵，重八得以经常与郭子兴相见，了解队伍内部管理事务，在处理许多问题时，他的机灵善辩、务实进取给郭子兴留下很深的印象。不久，郭子兴就提议朱重八改名字，他觉得重八这个名字太土气了，他说："以前你是一般农民，在田里耕作名字用处不大，现在不一样了，你是将士，将来有可能统领大军，成为大将军,名字的用处越来越大,所以必须改名。"

这倒也合乎重八的心意。本来,他小时候的先生为他取字兴宗,但重八想了想,依然觉得不好:太俗气,不合心愿。那么自己的心愿是什么呢? 其实,在他心里最渴望的事情就是国家昌盛,百姓富足,于是他自己取名国瑞,指国家兴旺之意。

玉璋

郭子兴文化不深,觉得国瑞这个名字不错,也就点头同意了。可是没过两天,朱重八做梦时,梦到有位仙人从天而降,在他怀里放了件玉器,而后飘然而去。第二天,他把这个梦讲给郭子兴。郭子兴觉得是个吉兆,于是请人解梦。那人推算一番,指出重八梦中出现的玉器叫作璋,是古代的一种玉器,形状像半个圭,他指着东方说:"天降瑰玉在人间,必有英雄出凡尘。我看此梦大吉,暗示朱公子前程光明。"郭子兴听罢大喜,连忙感谢解梦人,更加看重重八。

重八却从这件事上受到启发,他经过仔细思量,反复琢磨,再次找到郭子兴,对他说:"既然仙人托梦,我看我也应该有所表示,我觉得国瑞一名过于俗气,不如顺应仙人意思,就叫元璋如何?"璋是玉器,元璋自然就是天下第一的玉器了。郭子兴听完解释后,拍着重八的肩膀说:"元璋,太好了,这才与你的气质匹配。"从此,朱元璋这个名字就被沿用下来,重八也就无人提及。

招赘朱公子

元璋入伍之时,濠州城内的红巾军正面临一大难题。当初,郭子兴等人遵禀小明王韩林儿帐下大将杜遵道的指示占据濠州城。进城时共有五路兵马,各路头目都号称元帅。除了实力最强的郭子兴外,另外四个元帅分别姓孙、俞、鲁、潘,这四个人中又以孙德崖势力最强。进城后,各路兵马相处并不融洽。特别是孙德崖,他勾结其他三路元帅,意图打击郭子兴,自己占据濠州,因此经常与郭子兴部发生摩擦,双方矛盾很大。幸亏城外元军围困,他们必须一致对外,不然恐怕这些元帅们早就分道扬镳了。因此,摆在濠州城内万余红巾军面前的首要任务,不是如何抵抗元军,而是如何化解内部矛盾,团结起来协调作战。

面对这个巨大的难题,郭子兴深感苦恼,为了协调关系,必须经常开会,制订措施来相互约束。但是,这些红巾军领袖大多缺少知识,行为粗莽,胸襟狭小,目光短浅,他们只看得到眼前谁得到的利益多,谁的权力大,为此争吵不休,全然不顾及未来和大局。因此每每开会,都以吵闹结束。而郭子兴仗着人多势众,意图控制其他四路兵马,不把他们放在眼里,常常对他们大呼小叫,遇到不同意见,要么激烈反对,要么冷嘲热讽,弄得其他四人非常恼怒反感,关系进一步恶化。

这天,郭子兴再次召集会议,结果如同前几次一样,也是不欢而散。郭子兴气愤地甩手离开会议现场,从此,他很少参与会议,而是经常带着亲兵去巡城、喝酒,将队伍交给两个儿子管理。身为亲兵,元璋看在眼里,急在心头。他知道这种局面一日不解决,红巾军的前途就一日没有着落。有一次,他陪着郭子兴饮酒时,趁机进言说:"元帅,现在大敌当前,在下以为与孙德崖部应该以和为上。只要我们坚持等到元军撤退，那时再图发展也不迟。如果您现在不去参加会议，不去发表自己的意见，不去管理队伍，时间久了，大权旁落，军士们也就将您淡忘了，到时候恐怕很难收回权力。"

听到此言，郭子兴吓出一身冷汗，发觉自己的负气行为太幼稚了。他当即听从元璋建议，打起精神继续与孙德崖等人周旋。可是他性格过于刚强，很多事虽然心里想到了，做起来依然十分吃力；元璋却很有耐心，总是站在他身边，劝解安慰，帮助他出主意。如此一来，郭子兴对元璋愈发亲近，每日都离不开元璋。

元璋的所作所为引起一个人的注意，她就是郭子兴的二夫人小张夫人。小张夫人很聪慧，也有些胆量，经常帮着郭子兴出主意，她见朱元璋年轻有为，是个人才，就劝丈夫："如今世道这么乱，我们起义需要人手，我看元璋有见识、有眼光，能力比一般士卒要强许多，值得重用。你看看，孙德崖等人虎视眈眈，我们没有几个贴心可靠的人才，怎么与他们周旋？我想不如将女儿嫁给元璋，一来多个得力帮手，二来也对得起老朋友在天之灵。"

听了小张夫人这番言论，郭子兴心里着实一动。小张夫人说的女儿是他的养女。早些年，郭子兴外出经商，在淮北宿州认识了位姓马的朋友，两人气味相投，义结金兰，成了拜把兄弟。去年马公带着女儿躲避战事，投奔郭子兴，两人讨论时局，认为朝廷大势已去，决定分头行动起义。马公考虑到路途艰险，就把女儿留在郭子兴家里，自己北上准备起义，可是走到半途就不幸去世了。郭子兴有三个儿子，大儿子战死了，现在两个儿子在手下处理军务，唯独没有女儿，于是把马姑娘收为义女，并交给小张夫人抚养，对之非常疼爱，视如己出。马姑娘呢？她自小聪颖大方,为人处事合乎礼仪,虽然出身不算高贵,却很有大家风范,很讨郭子兴家人喜欢。

经过一番思虑,郭子兴先向马姑娘提起此事,问她是否愿意嫁给元璋。这些天来,马姑娘进进出出,已经多次听人提起这个新入伍的亲兵,对他智劝郭子兴的事也十分赞同;有几次还偷偷从房内观望过,觉得他年轻体壮,气质高昂,印象不错,也就含羞地说愿意遵从义父义母的决定。得到她的认可,元璋方面的问题就

马皇后像

好解决了。郭子兴邀他上门喝酒,席间提及此事。元璋已经二十四岁了,以前在寺里做和尚,自然无法谈及婚嫁,今天竟然得到郭子兴赏识,要将女儿嫁给自己,当然万分同意。

婚事就在战火中完成。从此,朱元璋有了自己的家,结束了长达八年无家可归的生活。他的结发妻子马姑娘就是后来有名的马皇后。她贤良淑德,名载史册,为文臣武将敬重,为后人敬仰。

成家的朱元璋并没有沉溺于温柔乡中,也没有止步于元帅女婿的身份,而是时刻关注队伍的情况,关注天下大势发展。在他心中,红巾军的前途超出其他一切,国家和个人的命运更是牢牢地牵系着他。那么,在乱哄哄的濠州城里,在鱼龙混杂、形势极不明朗的各路军队互相挤压的情况下,他该怎么做呢?

第三节　渐得重视

末座将领

朱元璋一跃成为郭子兴的女婿，身份地位发生很大变化，濠州城内各路兵马都以朱公子来称呼他。得到尊崇的元璋并没有骄傲，反而更加谨慎、勤恳地工作，在协助郭子兴处理与其他四位元帅关系的过程中，他的作用越来越大，渐渐地，郭子兴把这份工作全部交给他，由他处理这些内部矛盾。

元璋做起这件事来得心应手，很快赢得各路兵马的称赞。原来，他采取了两条措施，一是尊敬各路元帅，不以自己的身份抬高自己，他每次与孙德崖等人交往，总是礼数周到，恭恭敬敬，不给对方挑剔的机会；二是加强与各部之间的联络，增进感情。经过他处理，各路兵马之间的矛盾暂趋缓和，剑拔弩张的局面得到缓解。同时，朱元璋的名声渐渐提高，濠州城内无人不知朱公子。

不久，元军攻打濠州城，虽然没有攻下，却损坏了城墙。修固城墙成了当务之急，但是如何给各路兵马分派工作，却很令人头疼，大家都想少做工作，多得好处。这件事该如何处理呢？郭子兴再次将此事委托给朱元璋。朱元璋经过深思熟虑，想好了一条计策。这天，他命人在大厅按照次序准备了好几排凳子，然后亲自到各路元帅处，申明修固城墙的重要性，并且请他们派人参加会议商讨办法。很快，各路兵马的代表陆续来到大厅，这些人多是参加过战斗并立有战功的将领，一个个自恃功高，横眉立目，根本不把朱元璋放在眼里。他们进厅后，特地坐到位置靠前、地位显赫的座位上。最后，只有靠门边、最末尾的一个座位空着。这时，朱元璋稳步走出来，逐个见过大家后，默不作声做到末座上，然后一言不发。

　　参加会议的各路将领们本来就瞧不起朱元璋，如今看他不敢靠前坐，话也不敢说，更不把他放在心上。他们吵吵嚷嚷，你一言，我一语，最终各自分了段城墙，回去带人修固。朱元璋自始至终很少说话，只在最后同意了分派给他的任务，随后就默不作声出去了。

　　这件事传到郭子兴耳朵里，他吃惊地找来元璋问："元璋，我让你负责修固城墙，你怎么不去分派任务，而被他们吓得话都不敢说？"

　　元璋微微笑道："请元帅放心，元璋自有妙计。"

　　看他胸有成竹的样子，郭子兴半信半疑让他走了。

　　过了几天，限期修固城墙的日期到了。朱元璋再次命人在大厅按次序放置凳子。这次，他毫不客气坐在最前面，然后派人召集各路负责修固城墙的将领。将领们陆陆续续赶到，看到朱元璋威风凛凛坐在上面，一个个暗自吃惊。等到人员到齐，朱元璋怒拍桌案，高声喝道："前几天，我们在此开会，商量修固城墙一事。当时各位将军各抒己见，分领任务，约定日期，今天时间已到，我们就要按照规定检验各路兵马修固的情况，根据事先约定进行奖惩，不知道大家意下如何？"

　　他这么一说，可吓坏了下面的各路将领。原来他们那天见朱元璋老实可欺，胡乱商量个办法，这几天根本没有用心修固城墙，哪会想到这是朱元璋有意为之？再看朱元璋，挥手喊上十几个军士，让他们鸣金开道，邀请各路元帅去检阅修固的城墙。

　　这可热闹了，各路元帅在军士们簇拥下来到城墙边，只见这段城墙歪歪扭扭，那段城墙破损未修，大部分修固工作毫无进展。走到朱元璋负责的段落时，情况为之一变，只见这里的城墙已经修固完毕，砖厚城坚，十分牢固可靠。负责修固城墙的那些将领们看到差距，羞得脸红脖子粗，恨不能有个地缝钻进去。他们再也不敢小觑元璋，乖乖地按照要求完成修固任务。

　　经过这件事，各路兵马对朱元璋产生敬畏之心。事后，郭子兴高兴地对他说："元璋，你可为我们出了口气。"元璋说："修固城墙是大事，我地位低、资历浅，要想分派给他们任务，他们肯定不听，所以我才采取这种措施，逼迫他们完成。"

智救郭子兴

　　就在元璋努力理顺内部关系时，元军发动了围剿红巾军的大行动，元朝大将贾鲁带领兵马南下濠州，将其团团围住。这时，徐州彭大、赵均用的义军被打败，他们带着残兵败将逃到濠州。他们资历深，又经历过大仗，骁勇善战，很快就夺取濠州城的领导权。这样一来，原来濠州城内的各路兵马重新分化组合，分别投靠到彭大和赵均用手下。郭子兴与彭大关系密切，而孙德崖与赵均用走得近乎，形势更加复杂微妙。

　　此时的朱元璋不过是郭子兴手下的一个普通将领，他在变化复杂的形势面前，果断地周旋在各路兵马之间，试图融合内部关系。可是这种努力微乎其微，各路草莽出身的元帅为了眼前利益，依旧互不服气，争斗非常激烈、明显。有一次，朱元璋奉命到淮北征粮，他前脚刚走，后面郭子兴就跟孙德崖闹了起来。结果孙德崖联合潘、俞、鲁三人到赵均用处告状，把郭子兴抓了起来，关进自己家中，严刑拷打，要他承认私通元军，准备里应外合，献城纳降。

朱元璋走到半路，听说这件事后连夜赶回濠州。进门一看，郭子兴家里只有女人，连半个男人的踪影都没有，他着急地询问两个公子和舅爷张天佑的消息，想请他们共同商量营救郭子兴的大事。但是，郭子兴家人在复杂的局势面前，不敢轻易相信任何人，何况她们觉得朱元璋与各路兵马都有联系，担心他会出卖两位公子，因此都不跟他说实话。情急之下，朱元璋请出小张夫人，跪在地上诚恳地说："郭元帅对我有大恩大德，我又是郭家女婿。马姑娘是您抚养的，您也清楚她的为人，请您一定相信我，我找公子和舅爷，是想商量营救元帅的办法。"小张夫人临危不乱，果敢地相信了朱元璋，派人找回躲藏起来的郭天叙、郭天爵和张天佑，几个人开始紧张地商量对策。

郭天叙和张天佑认为应该抓住孙德崖，以其人之道还治其人之身，换回郭子兴。郭天爵脾气急躁，主张带兵马冲进孙德崖家，将其一家老小杀个干净，救出父亲。朱元璋连忙摆手否认他们的意见，分析说："孙德崖既然已经抓住郭元帅，必然警觉性很高，我们要想抓他，不会那么容易，而且目前彭大、赵均用的态度如何，我们还不清楚，如果贸然出手，弄不好激化事变，后果不堪设想。我觉得我们不管采取何种行动，首先必须保证郭元帅的安全，不然，就失去意义了。"

　　这番分析得到大家认可,他接着提出自己的意见:"孙德崖之所以敢抓人,很可能与赵均用有关,目前他还没有杀人,一是缺少确凿的证据,二是我们还有一支军队。我想,既然孙德崖找赵均用,我们何不找彭大。如果彭大出面,营救郭元帅的问题就容易了。"

　　大家一听,觉得很有道理,立即请出大张夫人,请她带着两位公子去彭大处喊冤。可是大张夫人性格软弱,从不抛头露面,听说喊冤救夫,急得当场哭了。还是小张夫人勇敢果决,当即说由她带着公子去见彭大。

　　为了确保万一,朱元璋全面安排了求见彭大的事情。他只挑选几个精干家丁保护夫人和公子前行,然后安排舅爷掌管军队,一旦情形不利,迅速接应。他自己则带领数十名兄弟,便装打扮,暗藏兵刃,远远地跟在夫人他们后面,伺机行事。

　　彭大听说郭子兴被抓,勃然大怒,当即喊来亲兵,准备亲自去孙德崖家搜人。元璋见此,立即回郭家组织兵马,披挂整齐追随前往救人。他们将孙家团团围住,很快就打败守卫人员,冲进府中从地窖中救出了郭子兴。

　　这件事以后,孙、郭两家成为世仇,只是慑于彭大的威力,加上大敌当前,双方都不敢轻举妄动。为此,元璋从中周旋多日的成果也毁于一旦。元璋面对这种结果,内心充满困惑,感到前景迷茫。而此时,元军将濠州围得水泄不通,打算将红巾军困死城中。在缺粮断炊的困境面前,元璋依旧不肯放弃自己的想法,尽可能维持各路兵马之间的合作关系。有一次,他在街上遇到孙德崖部的熟人,就上前招呼说话,没想到这件事被郭天叙兄弟知道了。这对兄弟才能有限,眼看元璋在队伍中的地位一日日提高,大家除了知道郭元帅,就尊崇朱元璋,完全不把他们兄弟放在眼里,自然十分嫉妒,总想着寻找机会惩治元璋。无奈郭子兴信任重用元璋,根本不听他们的。现在机会来了,他们当然不会错过,立刻跑到郭子兴那里告状,说元璋里通外合,卖主求荣。郭子兴十分生气,下令把元璋关押进柴房,不给吃喝。

　　朱元璋被关,他的妻子马姑娘非常着急,立即找到小张夫人诉说此事。小张夫人知道这是郭天叙兄弟嫉妒元璋,很生气,马上找到郭子兴理论。在她劝说下,郭子兴明白自己冤枉了元璋,不但将他放了,还把两个儿子臭骂一顿。马姑娘救了丈夫后,经常到两位张夫人处走动,缓解元璋与郭家的矛盾。而且,在围城粮荒期间,她还尽可能省下口粮给元璋吃。有一次,她弄到两个热馒头,怕人看见,藏在胸前带给元璋,结果被烫出了伤疤。对于妻子的帮助,元璋非常感动,晚年妻子去世后,他经常想起这些事情,依然充满感激怀念之情。

第十四章 高筑广积 大智大勇建帝业

元璋终于看清义军内部不可调和的矛盾，他决定招募新兵，南下定远，开辟更加广阔的根据地。

南下的过程中，元璋果断行事，团结文人儒士，其军事和政治才能得到进一步发挥。他严格治军，推行仁政，声望突出，其军队不仅发展迅速，还得到广大百姓的支持。在诸多儒士、将领的辅佐下，他的事业迅速推进，攻占集庆，建立了稳固的根据地。

随后，他采取"高筑墙，广积粮，缓称王"策略，巩固势力，削平群雄，挥旗北上，一举推翻了元朝统治，建立了统一的大明王朝。

第一节　南下定远

收服驴牌寨

濠州城被围七个多月,弹尽粮绝,死伤无数,各路兵马损失严重。其间,筹集粮草成了头等大事。朱元璋虽然遭到郭家兄弟陷害,但他依然不忘勤奋奔波。他从朋友处弄了几引盐,换回几千斤粮食,送回濠州解救燃眉之急。

元军撤退后,濠州城已元气大伤,红巾军人数骤减,不足举事时的十分之一。此时,彭大、赵均用自封为王,各路元帅为了发展兵马,许愿封官:无论何人,只要能够招来兵马,招多少,给多大官,绝不食言。

筹集粮草归来的元璋得知消息,立即找到汤和商量,一致认为回太平乡招兵把握很大。他们请假回乡,竖起招兵旗。当时,兵荒马乱,年景歉收,缺衣少食,听说当兵可以管饭管住,参军者很踊跃。特别是大家对元璋和汤和十分熟悉,看到这两个昔日的草根孩子,今日成了威风凛凛的将军,他们儿时的伙伴都很羡慕,周德兴、徐达、邓广等人蜂拥而至,报名参加。在他们带动下,许多年轻男子也参与进来。不到半个月时间,元璋等人就招募七百多人。

他们回归濠州后,郭子兴大喜,提升元璋为镇抚,管理这支队伍。有了自己的队伍,元璋可以按照自己的计划来训练军士。他早就发现各路红巾军军纪散漫,烧杀掠夺,危害百姓,作战能力低下,失去民心。因此,他严明军纪,加紧训练。他的队伍进步迅速,在多次小规模与敌战斗中,常常以少胜多,以弱胜强,名声渐起,扩展迅速。

　　就在元璋努力发展自身军队的时候,濠州城内红巾军的情况却更加糟糕。彭大、赵均用矛盾激化,城内原来的五位元帅之间也时有冲突,明争暗斗,气氛紧张。眼看这种局势无法化解,元璋心里明白,与其耗在其中,不如外出寻求更广阔的空间发展。他把自己的想法告诉郭子兴,打算南下定远。定远是郭子兴的老家,他听说后很高兴地同意了。

　　于是,朱元璋从自己的队伍中挑选出 24 人,带着他们踏上南下之路。这 24 个人后来成为朱元璋的心腹将帅,他们攻城略地,驱逐鞑虏,与元璋一起开创大明王朝,名载史册。

　　不幸的是,元璋忽然病重不能前行,首次南下的计划半路夭折,他们只得返回。

　　在家里调养半个月后,元璋身体刚刚复原。一天,他听到门外郭子兴的叹息声,忙问是怎么回事。马姑娘上前回答:"义父有位朋友,占据定远驴牌寨,手下有几千人,目前处境艰难,打算投靠过来,却又拿不定主意。义父有心派人去说服他,却一时没有合适人选,因此叹息发愁。"

　　元璋听罢,连忙强撑着病体起身去见郭子兴,请求再次南下定远,说服这支队伍。郭子兴等的就是元璋这句话。他大喜过望,向元璋详细介绍了朋友的情况,并声称担心日久生变,督促元璋早日启程。

朱元璋大病初愈,连上马都很困难,但他考虑到此事关系重大,毅然坚持着南下定远,身边只带了费聚和 9 名士卒。费聚是元璋回太平乡招募的新兵,也是他前次去定远时带的 24 人中的一位。他们马不停蹄赶到驴牌寨时,对方严守城寨,张弓拔刀不让他们进去。随行的士卒见此,吓得战战兢兢,不敢靠前。元璋十分镇定,鼓舞他们说:"对方不知我们的底细,不知道是敌是友,不会轻易出手。大家沉住气,跟着我,坦然大方地走过去,吉凶自有分晓。"说着,大步走上前去,随行士卒见此,也抬头挺胸紧随其后。

进入山寨,朱元璋见到对方头领,试探地说:"我是郭元帅的女婿,元帅得知贵处缺少粮草,又有仇人虎视眈眈,特地派我来通知您。如果您愿意去濠州暂避时日,元帅非常欢迎;如果不方便前行,也请您赶快转移,免遭仇人偷袭。"

头领听他这般诚恳相告,顿时消除敌意,如实诉说了自己的困境。原来他手下的几千乡兵,本来是为了抗拒土匪和乱兵骚扰而组织起来的,战斗力低。日前,仇人廖大亨正准备吞并自己,处境艰险,因此他一直思虑着转移的事。听了元璋的话,他觉得郭子兴为自己着想,非常感激,当即表示愿意去濠州,并且解下随身携带的香囊,交给元璋做信物。随后,他安排酒筵款待元璋,与元璋相谈甚欢,并对元璋说:"你先回去禀报郭元帅,我这里收拾几天,安顿完毕即刻启程。"

没想到事情如此顺利,元璋一面高兴,一面又有些不放心,于是留下费聚督促头领,而后自己带着士卒回濠州。

事情果然起了波折。第三天凌晨,费聚快马加鞭赶回濠州,报告说驴牌寨那边改变了主意。原来头领得悉濠州城内情况复杂,红巾军内部抗争激烈,他不愿来这个是非之地趟这个浑水。元璋听后,仔细思索,认为驴牌寨这几千兵马在当下来说太重要了,必须握在手里,于是即刻叫上前次南下定远时带的二十四人,并且从朋友处借了三百人,飞速赶往驴牌寨。

此次相见,元璋再次以情打动对方头领,他指着身后三百人说:"郭元帅听说您的仇人就在附近,吩咐我带三百人给您做先锋。人虽不多,可是他们都是元帅手下最骁勇善战的军士,每次作战,都奋勇杀敌,屡立战功,所以元帅总是让他们做先锋。元帅还说您这里人虽多,恐怕缺少久经战场的攻坚力量。他特意嘱咐我,帮助您对付仇人事大,去不去濠州可以以后再说。"

头领再次被感动,他连忙吩咐手下安排食宿,热情接待元璋和他的随从人员。

在驴牌寨住了两天,元璋发现一个问题,那就是每次与头领见面,他身边总是站着剑拔弩张的随从,对自己冷眉横目,防守甚严。元璋明白,头领对自己心存怀疑,如此下去夜长梦多,不知道会发生什么不测,不如先下手为强。他思虑如何智取的时候,一个熟悉的身影出现在眼前,此人就是刘大奎。刘大奎这几天外出筹粮,没有在寨内,等他回来时,听说郭子兴派人来说服他们,当即赶到前面去见来使。当他看到朱元璋、汤和等人时,格外激动,连忙答应劝说头领。

朱元璋与他分析形势,认为必须采取非常手段智取。刘大奎假装去请头领,说郭元帅来到山寨了,请他去议事。头领没有怀疑刘大奎,欣然前往。结果元璋早就做了安排,他吩咐随行的三百人:"等头领来时,大伙一拥而上,装作围观的样子,趁他不备,将他捆绑起来,然后立即带着他离开营寨,走得越快越远越好，记住，出寨门时大家一定要围紧，不能让守门军士发觉异常。如果他们盘问，只说是郭元帅来了，我们出门迎接。"

大家依计行事，不费力气擒获了头领，将他团团围在中间，300多人前呼后拥地出了营门。走出去大约十几里路，朱元璋派人回去传令驴牌寨士卒，说头领已随郭元帅前去勘查营地了，请大伙出发跟随。寨中本已断粮，附近又有强敌窥视，早就计划转移的士卒们听到命令，毫不怀疑，当即拔营出发。等到他们全部开拔完毕，朱元璋命人一把火烧了驴牌寨，断绝他们的归路。

自此，这支队伍顺利归到元璋手下，他从中挑选三千精壮士卒，让自己带去的24人带领，训练7天后，队伍基本掌握在自己人手里，精神风貌也大大改观。这时，元璋准备用这支队伍进行一下实战演练，一是检验自己的训练成果，二是攻占更广大的地域，扩展势力。

广纳人才

朱元璋成功收复驴牌寨，手中掌握了第一支较有规模的队伍，他打算从驴牌寨的仇人下手，迅速夺取更大胜利。当他宣布攻打廖大亨，为驴牌寨报仇时，士卒们欢呼雀跃，情绪高涨，兴奋不已。元璋见群情激昂，士气大振，十分高兴，吩咐埋锅造饭，让弟兄们吃饱喝足，趁夜间偷袭敌人。

廖大亨盘踞定远横涧山，手下有民兵两万人，势力很大。元军攻打濠州时，他曾经协助元军攻城，因此被朝廷封为义军元帅。元军撤走后，他害怕红巾军找他报仇，带着两万民兵退守横涧山，企图自保。廖大亨一直虎视驴牌寨，妄图霸占驴牌寨作为根据地。但是他手下民兵缺少训练，作战经验不足，也就不敢轻举妄动。

现在,朱元璋带着3000名原驴牌寨士卒找上横涧山报仇,廖大亨着实乱了手脚。半夜时分,朱元璋已经指挥兵马团团围住廖大亨的营寨,一声令下,四面八方火把齐燃,亮如白昼,飞箭如蝗,鼓噪喧天。士卒们一鼓作气拿下寨门,冲进营去。夜黑心慌,廖大亨哪会知道敌人兵力有多少,更没有良策应付来势汹汹的敌人,只好带着儿子趁乱逃走。主帅一逃,军士们大乱,朱元璋的兵马很快占领横涧山,截获了很多物资,俘虏大多数民兵,还扣留了廖大亨的家眷。

再说廖大亨,他逃跑后不甘心失败,整顿残兵,摆开阵势,打算与朱元璋决一死战。这时,朱元璋并没有与他正面交锋,而是先做通廖大亨叔父廖贞的工作,告诉他只要廖大亨投降,不但不杀他,还继续让他统帅原来兵马,归还他的家眷亲人。廖贞立即把这个消息传达给廖大亨,言明朱元璋的意思。廖大亨得到这个消息,着实惊喜。他想:自己的老营都被占据了,家属又在对方手里,就是交战,看对方军队盔甲鲜亮,士气高昂,恐怕自己也不是对手,于是很快答应投降。这样一来,廖大亨控制的地区约有7万人,全部归属到元璋手下,经过精心选拔,朱元璋从中挑选2万人,与驴牌寨的3000人重新组合搭配,交给汤和、徐达、费聚等人带领。廖大亨是位儒生,依旧掌管自己的旧部,积极参与元璋部队的训练。

通过收复驴牌寨,进而攻陷横涧山,朱元璋从一位末等将领一跃成为拥有上万将士,并有自己地盘的将军。他参军时间虽短,但是早就从彭大、赵均用等人身上看出红巾军内部存在的问题,对他们专横跋扈、强取豪夺的行为极为不满,对红巾军缺乏正规训练、缺少群众支持的现状十分明了。红巾军目光短浅、缺少理想，照此发展下去，只有死路一条。元璋很清楚，要想长远发展，必须严明军纪，加强训练。只有军纪好，才会得到百姓拥护支持；只有训练刻苦，作战才可能取胜。在元璋的强调之下，队伍发展良好，并且很快得到周围人的称赞和响应。

第一批响应朱元璋的人就是冯国用、冯国胜兄弟。自从红巾军起义，各地乱军、土匪横行，肆虐乡间，百姓深受其苦。定远人冯国用、冯国胜兄弟出自书香门第，家产殷实，他们为了自我保护，联合附近乡绅组成乡军，对付乱兵和土匪的抢劫烧杀。但是，他们人数有限，作战能力又低，很难对抗强大的敌人，因此依旧胆颤心惊，时时渴望寻求较强的靠山来保护自己。冯国用、冯国胜曾经熟读兵书，有些战略眼光，他们在不停地打探各路兵马消息的过程中，听说朱元璋的部队军纪好，训练强，很有前途，决定带着人前去投靠。结果，双方见面交谈，冯氏兄弟被元璋高人一筹的气度和眼光征服，当即归顺。

很快，第二批前来投靠的人也来了。他叫华云龙，也带来不少乡勇兵丁。同时，费聚等人带着部下四处活动，成功招降豁鼻山等处兵马，一时间，元璋在定远家喻户晓，实力与日俱增，成为此地规模最大的义军团队。

这时，又有一人慕名前来相投，他对元璋的事业将产生巨大影响。此人就是李善长，定远名人，幼读诗书，才学过人，对法家学说多有研究，擅长预测分析，年已四十，做过小吏。乱兵流寇不断骚扰之际，他携带家小在乡村避乱，因他胸怀韬略，眼见世道离乱，不肯趋于平淡，听说冯国用兄弟、廖大亨等人都投靠朱元璋，心有所动，暗地打探朱元璋为人及其军队情况。查访以

冯国用像

后,对朱元璋严格治军的做法十分赞同,欣然前来相投。

朱元璋年纪轻,书读得少,经验不够丰富,对于年长自己十几岁、才学丰富的李善长格外器重,经常与他促膝交谈,知无不言,言无不尽,与之相处极其融洽投机。由于元璋重视读书人,随后前来投靠他的文人也很多。在这些读书人面前,他总是诚恳求教,极尽礼遇,只要有时间就向他们请教目前的时局、今后的发展方向等大问题。在李善长等读书人影响下,元璋与当时各路红巾军将领都有所不同,他身上体现出的气魄、志向已经超越一般将领,呈现独树一帜之势。可以说,招揽并重用读书人是朱元璋从各路义军中脱颖而出并最终胜出的重要因素。

第二节　智勇双全建基业

滁和之间显身手

朱元璋在定远取得成功之后,开始考虑下一步计划。定远离濠州不远,几年来历经战火,凋敝破败,缺粮少草。几万军队驻扎此地,供给吃紧,不是长久之计。于是,他召集诸将和参谋们商量何去何从。大伙议论纷纷,有人说回濠州,有人说西下淮西,意见不一。元璋蹙眉细听,觉得这些意见都不合意。这时,冯国用站起来说:"淮西这几年来屡受灾荒,生产遭到破坏,百姓生活极为贫困,根本养不起几万人的军队。将军这次南下定远,本来也是因为濠州缺粮,要是回去,同样面临这个问题。万一元军打过来,我们内无粮草,外无救兵,情势会十分危急。我综观时局,认为目前往东南一带发展比较合适。一,东南是产粮区,粮草供给比较丰富;二,东南地区元军不多。元军主力集中在淮北与小明王部下刘福通交战,另外,西边的徐寿辉挡住元军东进的路线,南边杭州的彭莹玉部义军已被剿灭,留守元军不多。而东面张士诚的义军,占据了泰州、高邮,元军被他们纠缠,无暇后顾。我们现在可以选择盱眙、泗州和集庆(今南京市)两处地方发展。而去盱眙、泗州又要经过濠州,彭大、赵均用为人不善,军纪又差,绝非大将之才,难成大气候,与其与他们纠缠,不如直接去集庆。集庆是六朝古都,虎踞龙盘,古称'石头城',易守难攻,自古以来都是繁华昌盛之镇,人口密集,经济发达,只要拿下集庆,我们这几万人的日子就好过了。"

冯国用像

真是听君一言,茅塞顿开,朱元璋激动地握住冯国用的手,连声说:"先生所说,正合我意。"从此,他格外重用冯国用,任命他为亲兵队长,随从左右,随时议事。

当时,元璋已经开始考虑如何在各地割据势力中站稳脚跟的问题。冯国用建议他注意收抚民心,不能乱杀人、抢东西、掠妇女。否则,光靠武力攻取一些地盘,虽然一时风光,却不长久。只有依靠群众的支持,才能取得长足发展。元璋听此言论,大为赞赏,从此更加关注民心向背的问题。

从定远南下集庆,路上必须经过滁州。滁州是历史名城,宋太祖赵匡胤当年就是在滁州一战中,以少胜多,确立了自己在北周将领中的特殊地位。今天,滁州城元军守卫不多,朱元璋带领几万兵马轻松取下滁州,扩展了势力。就在这时,濠州城内的彭大、赵均用等人开始向盱眙、泗州一带发展、取粮。孙德崖、郭子兴等将领被迫随行。在这个过程中,彭大病死,郭子兴与他们的矛盾进一步恶化,赵均用和孙德崖几次陷害郭子兴,但因惧怕远在滁州的朱元璋部队,打算将元璋调回一并除掉。

接到北上盱眙的命令,朱元璋立即与李善长等人计议,大家

滁州

一致认为这是个陷阱，不可前去受死。那么怎样才能既不用北上，又能稳住赵均用等人呢？

朱元璋果断采取办法，由李善长起草一封书信，推说南边和州的元军正往滁州逼近，暂时不能撤退北上。朱元璋命人带信去见赵均用。他知道赵均用是个贪婪之人，特意准备财宝进献，以此麻痹他们。果然，赵均用见钱眼开，相信了朱元璋，对郭子兴的态度也大为好转。不久，郭子兴借口南下筹粮，带着一万兵马来到了滁州。

此时的滁州城内，朱元璋的三万兵马经过训练，斗志昂扬，秩序井然。郭子兴来到后，朱元璋即刻交出兵权，郭子兴大喜。因为城内兵多粮少，他们一方面分兵各处攻打城池、山寨，获取食物，一方面互为掎角之势，遥相呼应。

可是，郭子兴来到滁州仅仅两个月，他与朱元璋的冲突就显露出来了。原来，郭子兴旧部人员倚老卖老，常常不把朱元璋一

李善长像

手创建的队伍放在眼里。而且他们看到元璋威名远播,大多数军士对他俯首听命,心里十分嫉妒。于是,许多旧将跑到郭子兴处告状,言说朱元璋倚仗兵多将广,必有反心等等。郭子兴气量狭小,眼见朱元璋名声超越自己,早就万分不痛快,听了这些言论,更加容不下元璋。有一次,有人举报元璋贪污金银珠宝,郭子兴趁机大发雷霆,斥责元璋目中无人,不知道孝敬自己,不够忠心,将元璋身边的许多重要将领和参谋调走,企图孤立元璋,削弱他的势力。其实,朱元璋胸怀天下,岂是贪图财宝之人?他每每外出打仗,凡有战利品,自己从来一点不留,而是按照功绩奖赏手下战士们,这也是他的部下肯卖力作战的主要原因,哪里是郭子兴等辈所能想得到的?

朱元璋遭到孤立,李善长却始终对元璋忠心耿耿,经常劝解元璋要忍住气,不能计较小事。同时李善长也积极活动在元璋部将之间,让徐达、汤和、费聚等人将缴获的财宝交出来,透过元璋的妻子马姑娘进献给两位张夫人。如此谨慎周旋,局势略微缓和。

恰在此时,东部的张士诚在扬州打败元军,自立为诚王,震惊朝野,元王朝再度启用脱脱,让他率兵南下讨伐叛军。张士诚孤军奋战,难以抵抗强大的元军,屡屡失败。滁州东面的六合城也陷入围困之中,张士诚派人向滁州求援。

郭子兴向来心胸狭窄,缺乏战略目光,是个有仇必报的人,不肯发兵解围。情急时刻,朱元璋不顾得罪郭子兴,出面要求出兵解救六合之围,并说六合失守,滁州也就危险了。郭子兴害怕滁州遭殃,听说元大军所过城镇,红巾军无不溃败,高邮也要失守了,心里很慌乱。这时,许多将领也心存胆怯,不敢出面与元军对抗。关键时刻,元璋挺身而出,主动请求率兵出征解救六合。临行前,郭子兴让他占卜一下,元璋断然拒绝说:"出师顺利与否,应该根据事情发展的具体情况来判断,不能由占卜来决定战事!"

解救六合,是场充满困难和危险的事。当时,元军对六合展开疯狂的进攻,元璋他们几次被敌人攻破防守,几次连夜垒好工事,继续抵抗。最后实在无力抵挡,元璋决定撤往滁州。撤退的时候,他组织兵马保护老弱妇孺及耕牛物资先行撤出,并派精兵断后。退到滁州后,元璋即刻安排伏击战,派兵马埋伏在滁州西涧沟边,让一队人马诈败引诱元军。元军乘胜追击,哪会料到有埋伏,结果猝不及防,被打了个落花流水,丢下马匹和兵器仓惶逃跑。

一战全胜,俘获无数马匹,滁州城内的将士们十分欢喜,在屡次与元军作战中,他们常常吃元骑兵的亏。现在有了马匹,以后可以重新装备部队,好好与敌人大战一场了。但是,元璋的想法与大家不同,他认为,元军遭到伏击,不会轻易就此罢休,肯定会组织大部兵马卷土重来。目前,滁州力量薄弱,绝不是元大军

的对手,为了防止成为第二个高邮,他认为此时应该采取低姿态
与元军交往,建议送还元军马匹,并且为他们提供部分军需物
资,以此换取他们的信任,麻痹他们,让他们停止进攻滁州。

滁州

　　这个出其不意的想法果然取得很好的效果。元军以为滁州
城内不过是些自发组织的乡兵,威胁不大,收下马匹和物资后高
高兴兴地撤走了。

　　化解滁州之险,显示出元璋随机应变的高超本领。其后,郭
子兴准备称王,也被元璋否决了。不久,元璋的大嫂和二姐夫分
别带着孩子找到滁州,前来与元璋相认。多少年与亲人失去联
系的元璋看到侄子、外甥都已成长为风华正茂的少年郎时,抱住
他们放声大哭。他为两个孩子分别取名朱文正、李文忠,对他们
加以培养教导,更是将朱文正视如己出,关爱有加。这两个孩子
没有辜负元璋的养育,在日后的战斗中屡立战功,成为明朝开国

功臣之一。

随后,到了青黄不接的春天,粮食供给再度威胁这支新生的义军。元璋根据冯国用的建议,力劝郭子兴南下集庆,以求发展壮大。可是,南下集庆,必须首先攻克和州。和州是元军重点防守之镇,城池坚固,粮食充足,易守难攻。和州拿不下,南下就是泡影。朱元璋哪会不知道攻克和州的难处,但他没有就此畏缩,反而积极想办法、求建议。经过反复商讨,元璋制订出了智取和州的计策:他命人仿照俘获的庐州路(元朝行政单位,相当于省)义军的制服赶制了三千套服装,派遣三千精兵穿戴整齐,驱赶着装备财宝物资的骆驼和马匹,扮作劳军使者的模样,前去和州慰劳将士。另外,他派一万精兵随后悄悄跟进。和州城里的元军见到劳军队伍,肯定开城迎接,三千兵马进城后,就放火发信号,与随后的一万兵马里应外合,攻占和州。

兵马按照事先安排行事,先行的三千兵马果然顺利进城,可惜随后的一万兵马没有等到信号就急于攻城,被元军击溃逃散。郭子兴见到逃回的兵马,以为一万三千精兵全军覆灭了,迁怒于元璋,责令他火速去和州,收容溃散的兵马。元璋一面前行,一面收容溃散的兵马,快到和州时,他命令部队停下休息,让每个士卒手拿十个火把,不得出击,不得移动,迷惑敌人;他自己则带着徐达、李善长等五十人到和州城下观察敌情。详察之下,才知先行的三千人已经占领和州,正受到元军猛烈围攻。这下元璋放心了,他立即率军进城,带领将士们坚守城池,顽强抵抗元军攻击。

和州安定下来后,元璋的声望更高了,郭子兴不得不委任他为和州总兵。身为一方统帅,元璋继续严肃军纪,安抚百姓,实行王者之治。有一天,他从州衙出来,看到一个五六岁的孩子探头探脑,向里观望,就上前询问他要干什么。小孩子回答说等他的父亲,他父亲给军人喂马,他母亲也被抓了进来,不知道干什么。这个回答让元璋甚为心酸。原来,军队占据和州后,原红巾军部分将领不遵守军纪,特别是郭子兴安插进来的将士们,他们掠夺惯了,进城后依旧抢夺百姓财产,霸占他人妻女,行径非常恶劣。以前元璋官职低、权限小,只能管理自己的手下,现在他身为和州总兵,管辖范围扩大,知道必须采取措施管理军队,安抚一方,争取民心,不然自己也会与其他红巾军将领一样,难有出路和进展。

第二天,他即刻召集将领宣布,放回抢夺的女人,让她们回家与家人团聚。消息传出,州衙前挤满了百姓,前来等候认领妻女。一会儿,女人们鱼贯而出,不少家庭得以团聚。这件事情很快传扬开,许多苦于战乱之苦、无所躲避的百姓纷纷来到和州,寻求保护,更有不少具有实力但人数不多的队伍前来投靠和归附。经过一段时间的安抚,和州城内外的居民越来越多。他们耕种劳作,商贩买卖,集市逐渐活跃,和州成为兵荒马乱局势下一方安宁和平的小天地,部队的补给问题也得到暂时缓解。

随后,元璋率领军民成功击退元军进攻,并且在郭子兴

韩林儿发行的钱币

病逝后,受到小明王任命,成为部队副统帅。小明王指的是韩林儿,在各地乱军之中,刘福通资历最高,他经过几年战斗后,占据淮北河南大部地区,遵奉韩林儿为明王,年号龙凤。在接到委任状时,元璋慨然说:"大丈夫宁能受制于人!"表示了自己不肯听命于人,要创建大业的心胸。

　　此时郭天叙子承父业,为都元帅,朱元璋为副职。但滁州、和州均是元璋攻占的,军队也大部分控制在元璋的手里,因此元璋的实际权力远远超过郭天叙,进而成为这支义军的真正领袖。当然,郭天叙兄弟不会就此认命,他们千方百计陷害元璋,欲除之而后快,却不知朱元璋要如何应付。

三攻集庆

　　郭天叙兄弟意欲除掉朱元璋,经常对他流露出强烈的敌意。特别是郭天爵,几次酒醉后扬言要杀了这个外来的野和尚。对于他们的所作所想,朱元璋非常明白。因此元璋一方面积极采取措施应对他们的陷害,一方面努力寻找过江的机会。但长江上元朝水军日夜巡逻,防备严密,要想过江取集庆,谈何容易!

　　不久,机会来了。和州西南面的巢湖内有支千余艘船的水军,本属于红巾军徐寿辉部,近来遭到元军攻击,被困湖中出不来。他们听说朱元璋的军队纪律好,战斗力强,便派人来联络,希望借助元璋的力量解脱困境,并表示愿意归附。元璋正为缺少水军发愁,没想到天赐良机,决定亲自去巢湖,查看事情真伪。

　　果然,困在湖中的水军因为两个月无法突围,弹尽粮绝,见到元璋后表示只要能够突围,愿意听从他的一切调遣。元璋查看船只,发现船只虽小,但是足以运送人马,十分高兴,于是趁着

巢湖

天降大雨,巢湖水涨,把守的通道增多,带领水军从支流顺利脱险。

有了水军,渡江就成为比较简单的事。大家一致认为可以直取集庆,唯独元璋认为集庆是重镇,防守毕竟严密,要想成功进取,必须稳扎稳打,步步为营,如果一不小心,则易功亏一篑。在他主张安排下,部队采取分步行动计划,首先攻占防守松弛的牛渚矶,接着占领采石镇。采石镇是元军军需物资储备之地,元璋率领兵马攻下采石镇后,久历粮荒的将士们见到如此丰富的物资粮食,立即放下手中武器,开始搬运粮食,抢夺财物,打算运回和州。

见到这场面,朱元璋大吃一惊,他知道将士们这是准备回和州过小日子,无心求大发展。他连忙命令亲兵将领郭英、郭兴带人将装满粮食的船只砍断缆绳,推入江中,任其顺流飘走。望着辛苦装运的粮食漂流江中,将士们纷纷跑到元璋处告状,说郭英等人破坏军需。眼见前来告状的人越来越多,朱元璋高声说:"几船粮食值几个钱?前面就是太平镇了,镇上金银财宝有的是,谁抢到就是谁的。"听到这句话,将士们欢欣鼓舞,马上埋锅造饭,吃饱后争抢着出发抢夺财宝。

这时,太平守军听说采石镇被攻破,正准备出城救援,猛然看到红巾军如下山猛虎一样冲杀过来,吓得赶紧关闭城门固守不出。可是,他们哪里抵挡得住来势凶猛、志在必得的军队。不到两个时辰,城门被攻破,守将狼狈逃窜。义军也不追赶,跑在最前面的人还记得元璋说过可以抢掠的话,很快消失在高门大宅里。等他们拎着包裹、捧着珠宝走出来时,却发现事情有变,只见大街上整齐地排列着队队士卒,他们手持利刃,神情严肃,将领们来回走动,毫不懈怠。这是怎么啦?那些抢掠财物者赶紧打听事情原委,这才知道城里贴满了安民告示:士卒不准杀害百姓,不准放火,不准抢掠财物,否则,杀无赦!得此消息,有些人非常不满,埋怨元璋说话不算话,当初说好了可以抢掠,现在又反悔了,这不是拿兄弟们的性命开玩笑吗?

元璋当然不会放纵部下祸害百姓,但他也不会失信于部下,他出面向大家解释说:"骚扰无辜百姓,这是绝对不允许的,我方才所说抢掠归属问题,是指你们可以抢掠豪强地主家的财物,但是这些财物也要根据战功进行分配,这样才可以鼓励勇者,惩治怯者,不知道大家是否同意这个意见?"

正义永远站在大多数人一边,将士们对元璋这番合情合理的解说十分认同,积极响应,那些贪图小利、不肯卖力战斗的人听了,吓得躲进人群里,再也不敢叫嚣理论。

　　占据太平，实行仁政，朱元璋和他的军队得到百姓拥护，远近驰名的文人能士大多前来归附，其中著名的有精通《周易》、弟子遍天下的陶安，素习儒业、为父老称重的李习年，元璋对他们两人极为尊重，经常向他们请教时事。陶安和李习年认为元璋的军队纪律好，远非流寇可比，极力赞同他攻取集庆的方略。

　　从侧面印证了自己的方略，元璋很高兴，马上组建基层政权，任命李习年为太平知府，设置太平、兴国翼元帅府，自任大元帅。至此，元璋和他的军队基本独立于其他政权之外，形成了自己的政权机构，开始了进攻集庆、夺取天下的大行动。

　　看着元璋的队伍攻城略地、战果辉煌，郭天叙兄弟坐不住了。他们知道自己必须作最后一搏，在攻取集庆的最后战斗中分得一杯羹，才有可能稳固自己的地位。于是，他们提出由他们带领队伍攻占集庆。在这个关键时刻，朱元璋清楚郭天叙兄弟的意图，不想因内部纷争造成过大伤害，因此同意他们的主张，把攻占集庆的任务交给他们。

　　但是，郭天叙兄弟缺少才干，所带部队战斗力不强，遇上驻守集庆的元军顽强的抵抗，很快就被打得溃散一片，大败而回。损兵折将不说，在元璋面前也觉得很没面子，双方矛盾进一步升级。

　　两个月后，郭天叙再次率兵攻占集庆。这次，他集中郭家军所有兵力，打算来个决一死战。结果，他们再次遭到元军猛烈阻挡，郭天叙和舅父张天佑当场阵亡，手下将士大多淹死在秦淮河里，郭子兴的家底在这一战中折损大半。负责后勤供应的朱元璋部也受到牵连，损失不少兵马。战斗结束，朱元璋认为是时候清剿内部反对力量、增进凝聚力、全心全意对付元军了，于是下令处决郭天爵,同时肃清郭子兴部反对自己的主要人员。经过整顿,队伍内部秩序肃然,各派力量得到凝结,战斗能力极大提高,朱元璋个人的威信也空前提高,他出色的军事和政治才能得到体现和发挥,为下一步成功进占集庆,进而夺取天下理清了道路和方向。

由于前两次进攻集庆兵马受损,朱元璋首先采取整训工作,训练军队,寻找时机。在这个过程中,他内法外仁,招抚四方豪杰,安抚地方百姓,释放元军将领,提高声望;同时,他加强内部管理,清理反对势力,巩固个人地位。经过半年努力,元璋全面掌控了整支队伍,成为当时各路义军中非常出色的领袖人物。第二年,也就是元顺帝至正十六年,不足二十八岁的朱元璋在全面策划、精心准备之下,率领军队攻克集庆,占据江南重镇,进而确立了自己和队伍的重要地位。

在作战过程中,元璋曾经赋诗纪念征战的辛苦,表达攻占天下的决心,其诗作如下:

忙着征衣快着鞭,
回头月挂柳梢边;
两三点露不成雨,
七八个星犹在天。
茅店鸡声人过语,
竹篱犬吠客惊眠;
等闲推出扶桑日,
社稷山河在眼前。

进城后,朱元璋发表演说,安定人心。他表示:"朝政腐败,导致兵戈四起,百姓流离失所,朝不保夕。你们身处危城之中,性命、财产不能自保。我这次率兵前来,是为大家清除苛政,除暴安良,请大家各安旧业,不要慌乱害怕。志士贤人有愿意跟随我驱除鞑虏、建功立业的,我一定礼遇优待。此后,做官的不能横暴欺民,凡是元朝政府不妥当的政令,我们将全部去除改正。"以前百姓对元璋部队不杀人、不扰民、推行仁政的做法多有耳闻,如今听了他的演说,看见部队进城后对百姓丝毫未犯,大为喜悦,民心得以稳定。

集庆具备优越的地理位置和自然条件,仓库充实,人口众多,现在据而有之,让元璋格外喜悦,他认为这是上天对他的赏赐,因此将集庆改名应天府,表示上应天意。至此,轰轰烈烈进行了五年之久的红巾军起义形成新的格局:刘福通率领的小明王主力活动在安徽北部,牵制了元军主力;占据湖南、湖北的徐寿辉建立天完政权,拥有长江中游的军事重镇;从高邮、泰州发迹的张士诚南下夺取江阴、常州、平江等地,地处繁华富庶地区,人烟稠密,势力日渐雄厚;另外,还有浙江温州的方国珍,也是一支劲旅。那么,刚刚占据集庆,地盘局限于江苏西部、安徽南部这一狭窄地区的元璋,究竟该如何在复杂的局势中站稳脚跟,并且最终胜出呢?

第三节　驱除胡虏　恢复中华

高筑广积

占据集庆,朱元璋取得历史性胜利,成为元末各路义军中不可忽视的一支力量。他推行仁政,鼓励生产,所占区域经济得到恢复。面对如此大好的形势,朱元璋不免有些沾沾自喜。当时,各路义军领袖要么称帝,要么称王,一时间风光无限。朱元璋既有强大的军队,又有富饶的土地,也想称王称霸。他的心思被将领们猜到,拥护他称王的人大有人在。

但是,就在朱元璋踌躇满志的时候,有人对他提出反对意见。此人是江南名儒朱升,慕名前来归附朱元璋,眼见义军将领们被胜利所迷惑,大胆指陈。他认为,自从红巾军起义以来,称王称霸者多如牛毛,进而引起元军高度关注,派兵打压而灭亡者也不计其数。因此,要想真正创立伟业,称王称霸并不重要,重要的是迅速扩充势力,攻占地盘,壮大自我。听了这番话,朱元璋觉得很有道理,他忙请教:"依先生之见,目前我们该如何发展才能壮大起来呢?"

朱升说:"目前,我军地狭粮少,孤军独守,东有张士诚,占据富庶之地;西有徐寿辉,兵马强壮;北有明王,资历深厚。他们势力强大,不在我军之下,对我们虎视眈眈。我们本来属于小明王

朱升之墓

部下,如果我们自立为王,势必引起小明王反感,要是徐寿辉和张士诚与我们抢夺地盘,失去小明王支持,那么我们的处境就很危险。况且,一旦称王,必会引起元朝廷关注,容易把大部队元兵吸引过来,那时我们内外受到攻击,情势会十分危急。依我看,元帅可以采取'高筑墙,广积粮,缓称王'之计,依旧依附小明王,让其阻断北部元兵对我军的骚扰,趁机恢复生产,发展势力,巩固周边环境,强大内部力量,待到足以与敌对抗时,再称王一图霸业不迟。"所谓"高筑墙,广积粮,缓称王",就是扩充兵力,巩固后方军事;发展生产,增强经济实力;讲究抗争策略,不要急于称王。

朱元璋顿如醍醐灌顶,恍然清醒,他握着朱升的手说:"先生所言,真是黑夜里的曙光,照亮我军前进的道路啊!"他立刻按照朱升建议,向小明王报告攻占集庆的喜讯,并且送去很多战利品,表示依旧遵从小明王的龙凤年号。小明王很高兴,下令封朱元璋为都元帅,全面负责江南事宜。接着,朱元璋派重兵防守东西两面,以防张士诚部和徐寿辉部骚扰。同时,他积极鼓励部下攻城夺地,扩展地盘,在攻下的城镇继续推行仁政,减免田租、税收,鼓励百姓积极生产、开荒种田。他还下令修水渠,帮助百姓度过灾害;实行屯田制度,实现军队自给,减少对百姓的剥削。

通过一系列措施,集庆呈现欣欣向荣的景象,恢复古都风貌。

当然,就在朱元璋采取措施巩固自己的势力时,如火如荼的战事依然在各地不断上演。张士诚接连攻下数十城后,占据了江苏东部以及浙江大部,不把朱元璋放在眼里。一次,朱元璋派人前去祝贺他获胜,表示:元朝政纲紊乱,其土地和百姓人人都可以得而有之,听说足下占有浙江富庶之地,特此祝贺。现在你我为邻,希望我们彼此和睦相处。

张士诚像

没想到张士诚接到贺信,认为朱元璋人少势微,竟敢和自己平起平坐,勃然大怒,扣下来使,发兵攻打元璋新近占领的镇江。

义军之间不可避免的战斗开始了。朱元璋派遣大将徐达、沐英迎战张士诚部,经过几个月殊死争斗,将张士诚部驱赶到了江阴、常熟、长兴与其间的太湖一线以东,从此遏制住了张士诚西进的通道,为其后朱元璋、陈友谅之战,解除了后顾之忧。

那么陈友谅为何许人也?他为何又成为朱元璋前进路上的一大障碍呢?

东征西讨

陈友谅是徐寿辉手下大将,公元1360年,陈友谅发动兵变杀了徐寿辉,迅速夺取天完政权,改国号为汉,自称汉王。陈友谅为人阴险奢靡。他称王后,倚仗势力强大,不断发动对周围义军的攻击,妄图夺取更多地盘。而他个人不顾军士和百姓的生命、生活,过着奢侈糜烂的生活,更引起部下强烈不满。

陈友谅墓

据说,他嫔妃成群,多达数百人,都是锦衣玉食,极尽奢侈。为了享乐,他命人雕刻镂金床,并修建了一座占地面积广大的园林,里面养着许多麋鹿。

陈友谅经常带着自己的妃子在江边骑鹿游玩,他让妃子们举行骑鹿比赛,谁骑得快、骑得好,谁就得到奖赏。有时候,前方传来紧急战报,他也不去理会,依旧观赏妃子们骑鹿比赛。为了维持这种纵乐的生活,他不得不下令加重赋税;为了扩展地盘,他又驱民为兵,强迫百姓为他卖力,百姓们无法忍受这种酷政,对他非常痛恨。

然而,陈友谅是个心狠手辣的人,他杀死徐寿辉后,采取铁腕统治巩固自己的势力。在他强压政策下,将士们只好奋力战斗。本来他在当时各地割据势力中就是最强大的,经过他疯狂的扩展,不停征战,他们地盘更加扩大,对其他义军形成强大的威胁。

在朱元璋的部队里,诸多将士都畏惧陈友谅的势力。有一次,陈友谅部围攻集庆,很快攻占了采石、太平两镇。这两个地方是朱元璋进取集庆时最早攻占的地盘,如今轻松落入敌手,就连元璋本人也有些犹豫了,不知道该如何对付陈友谅部。这天早会，朱元璋召集部将商量对策，有人主张投降，有人主张逃跑，却无人提出与陈友谅决一死战。这时，唯独归附不久的刘基大睁着眼睛，一言不发。朱元璋很奇怪，散会后单独召见刘基，问他为何不说话。刘基说："请元帅给我一把宝剑，我先杀了那些主张投降和逃跑的人再说话。"

朱元璋一听，明白刘基力主与敌对战，心里又高兴又担心，于是问："先生力主对战，可是我军势力薄弱，敌人气势强大，怎么样才能取胜呢？"

刘基说："两军作战，兵力强弱并不代表胜负，我认为只要士气高过对方，就有取胜的可能。现在将领们不战而栗，必定减弱士气，如此一来，与不战而败有什么两样？所以我请求先斩杀那些胆怯的将领，以此鼓舞士气。"

朱元璋在他鼓励下，终于坚定了与陈友谅对战的决心，采取诱敌深入之法，击退陈友谅部的多次进攻。事后，刘基又根据天下局势，献上《时务十八策》，提出当下朱元璋要想在江南站稳脚跟，重点不在张士诚，而在陈友谅。他认为，虽然大多数将领认为张士诚部较弱，陈友谅部强大，应该先弱后强，逐渐扩张势力，但陈友

张士诚像

谅为人骄傲，胆大妄为，失去民心，根基不稳；而张士诚部虽弱小，但为人狡诈，左右摇摆，既与元王朝保持联系，又与陈友谅有来往，如果朱元璋部率先消灭张士诚，陈友谅必然出手从背后偷袭。而集中兵力与陈友谅对战，张士诚绝对不会帮助陈友谅。

而且，一旦解决了陈友谅，张士诚不攻自破，江南局势基本可定。

结果，朱元璋按照刘基的计策行事，经过四年艰苦卓绝的抗争，最后在鄱阳湖与陈友谅展开为期四个月的决战，最终消灭了陈友谅主力。在这些数不清的战斗中，朱元璋赋诗励志，曾经写道：

　　杀尽江南百万兵，
　　腰间宝剑血犹腥。

可见当时战争场面的残酷血腥，也映射出元璋豪气冲天、势在必得的决心和勇气。在多次送别将士参加战斗时，元璋也写下许多诗篇，鼓励战士们勇赴前线，杀敌立功，其中一首写道：

　　大将南征胆气豪，
　　腰横秋水雁翎刀。
　　风吹鼍鼓山河动，
　　电闪旌旗日月高。
　　天上麒麟原有种，
　　穴中蝼蚁岂能逃。
　　太平待诏归来日，
　　朕与先生解战袍。

经过几年努力，朱元璋逐步巩固和发展了自己的根据地，军事和经济实力迅速壮大。从至正二十年（公元 1360 年）陈友谅进攻朱元璋，朱元璋进行反击，开始与群雄逐鹿中原，到至正二

十三年(公元 1363 年)灭陈友谅,至正二十七年(公元 1367 年)
灭张士诚,降割据四川的方国珍,朱元璋基本控制江南地区,开
始下一步北伐的战争。

朱陈鄱阳湖之战古战场

后来,朱元璋曾经与群臣议论:"以张士诚之富,陈友谅之
强,为何最终败在我的手下?"群臣各抒己见,说法各不相同。朱
元璋看着大伙,语重心长地说:"张士诚恃富,陈友谅恃强,朕独
无所恃。唯不嗜杀人,布信义,行节俭,与卿等同心共济。"

恢复中华

挫败群雄的朱元璋没有停止前进的脚步,他在至正二十七
年(公元 1367 年),命徐达、常遇春率军二十五万开始了北伐战
争。此时,朱元璋称吴王,不久,小明王韩林儿溺水而亡。北伐
之战,势在驱除元朝的统治。为了鼓舞全国人民的士气,元璋特

意发布告北方官民的文告。文告提出"驱逐胡虏，恢复中华，立纲陈纪，救济斯民"的纲领，对北方人民反抗民族压迫颇具号召力。

韩林儿印

北伐之战，在全面精心准备下顺利推进。元顺帝至正二十八年（公元1368年），徐达攻克山东后，正月初四日，朱元璋即皇帝位，国号明，建元洪武，是为明太祖。为了区分与明王韩林儿的龙凤政权，他特将国号称为大明。七月，徐达率领的北伐军逼近大都，元顺帝携后妃、太子仓皇出逃

上都，统治中国九十八年的元朝灭亡。此后，统一战争仍在继续，同年，汤和率领的南征军灭方国珍、陈友定，福建、两广尽入版图。洪武四年（公元1371），四川平定。十四年平云南。至二十年，山西、陕西以及东北平定，全国统一。

朱元璋凭借卓越的军事才能削平群雄、统一南北。在这个过程中，他注意吸取历史的经验与教训，着手稳固新建王朝的统治，制定了一系列的政策和制度，使专制主义中央集权进一步强化和发展。这些措施主要有以下几方面：

一、改革行政机构，加强君主权力

朱元璋下令废除行中书省，分设承宣布政使司、都指挥使司和提刑按察使司，分管行政（包括财政）、军事和司法。三司长官地位平等，共商一省政务，最后均归皇帝领导，彼此不相统辖。到了洪武十三年（公元1380年），由于左丞相胡惟庸擅权弄政，形成一个政治集团，危及大明江山，朱元璋果断地罢除丞相，撤

消了中书省,由吏、户、礼、兵、刑、工六部分理中央政务,直接对皇帝负责。秦汉以来的丞相制度从此废止,全国的军政大权都集中到皇帝一人手里,君主专制的中央集权制度空前地加强了。

二、六部分理朝政

朱元璋废中书省罢丞相后,由六部分理中央政务,据《明史·职官志》记载,其分工如下:吏部尚书"掌天下官吏选授、考课之政令";户部尚书"掌天下户口、田赋之政令";礼部尚书"掌天下礼议、祭祀、宴飨、贡举之政令";兵部尚书"掌天下武卫军官选授、简(选)练之政令";刑部尚书"掌天下刑名及徒隶、勾覆、关禁之政令";工部尚书"掌天下百官、山泽之政令"。这些制度沿用几百年,后来清朝承明制,六部分工依旧如此。

三、实行内阁制度

朱元璋设置大学士制度,由他们负责协助皇帝处理政务。内阁制度也承袭明、清两朝,而且内阁成员的权力和地位越来越高,实际上具有丞相的作用。

在改革政权制度的同时,朱元璋还特别重视恢复和发展社会生产措施的制定和推行。这些措施主要如下:

移民垦荒

朱元璋实行休养生息的经济政策,采取奖励垦荒,实行民屯、军屯、商屯等屯田制度,在全国推广桑、麻、棉等经济作物的种植等一系列有利于恢复和发展农业生产的措施,成功地使明朝社会经济较快地得到了恢复和发展。另外,西南屯田还实现了贵州、云南第一次真正意义上的大开发。

编制黄册和鱼鳞图册

为了掌握人口和土地情况,朱元璋下令清丈土地,编制赋役黄册、鱼鳞图册，建立里甲和粮长制，不但使国家征税有了依据，还肯定了农民垦荒的土地所有权。无论官绅、地主还是农民的土地都被汇编成册，使各阶层人民的负担相对合理化，减轻了农民负担。

兴修水利

水利修建关乎民计大事，朱元璋攻下南京后就重视水利事业。其后，他更是大力支持兴修水利。据统计，在朱元璋为政期间，全国河渠修治多达 162 处，开塘堰 40987 处，修筑堤岸 5048 处，这些水利工程，保障了农业的恢复和发展。

废除奴隶制残余，改善工匠地位

元朝蒙古贵族统治，带有浓厚的奴隶制残余。到了明初，这些风俗还很流行。朱元璋颁布法令，严刑禁止蓄养奴隶，使人身获得自由，增加了社会生产的劳动力。另外，他废除元朝的工匠制度，允许工匠们自由生产买卖，打破官府垄断技术、产品的局面，促进工商业繁荣。

透过这些积极有效的措施，明初社会生产力得到较快的恢复和发展。到了洪武二十六年（公元 1393 年）全国户口比元朝最高户数增加三百四十万，人口增加七百万，耕地面积达八百五十多万顷，人均十四亩多，国家已有大批储粮。

另外，朱元璋还重视文化和教育事业的发展，完善科举制度，为国家选拔和录用了大批有用人才。明朝时，科学技术得到推广发展，李时珍的《本草纲目》流传后世，影响巨大；文学艺术也空前繁荣，出现了《三国演义》、《水浒传》、《西游记》等传世巨著。

而且，朱元璋鉴于元朝官吏贪污腐败以致亡国的教训，决意整顿吏治。洪武初年，地方官贪污60两银子以上的，一律砍头示众。他主张令行禁止，不避亲贵，一时间官场风气大为改观。朱元璋下令制定《大明律》，经过多次修改删订，颁行全国，奠定了明代立法的基础。

总之，朱元璋创建明朝后勤奋治国三十一年，整肃吏治，严惩贪官，创立卫所，巩固边防，重视农业，对社会的稳定、国家的统一和发展，都起到积极作用。他一生辛苦治国，每天天不亮就起床批阅公文直到深夜，年复一年，没有休息日。他力行节俭，从不奢华。他下令在皇宫御花园中种植蔬菜，供应皇宫日常消费，所以他没有御花园，只有御菜园。有一次，有人提议用一种名贵的大理石为他铺垫宫内地板，被他谢绝。他在晚年曾经说过："朕膺天命三十一年，忧危积心，日勤不怠。"此话确实不假。

身为杰出的政治家，朱元璋是成功的。他夺取天下，其军事才能更为后世津津乐道，有人评价他"胸怀韬略，深谋远虑，善于驾驭战争，掌握主动权。在群雄对峙中，巧择战机，各个击破。每战持重用兵，力避两面受敌，并适时集中兵力歼灭敌人。注重招贤纳士，广采众议，严格治军，完善军制，练兵育将，强调将领要识、谋、仁、勇兼备。他主张寓兵于农，且耕且战，保持一支强大的武装力量"。其思想对后世产生了深远影响。

明太祖 大事年表

公元 1328 年（元天顺帝天历元年） 出生

九月丁丑，朱元璋出生。

公元 1344 年（元至正四年） 17 岁

春，淮北大旱，继而爆发瘟疫，朱元璋父、母、长兄皆病死。

秋九月，朱元璋入皇觉寺为行童，云游淮西颖州一带。

公元 1348 年（元至正八年） 21 岁

年底，朱元璋回到皇觉寺。

公元 1352 年（元至正十二年） 25 岁

闰三月，朱元璋投郭子兴部下为兵。

公元 1353 年（元至正十三年） 26 岁

朱元璋占领定远，攻下滁州。

此时张士诚起义，攻占泰州、高邮，称诚王，国号大周，建元天佑。

公元 1355 年（元至正十五年，宋小明王龙凤元年） 28 岁

正月，朱元璋克和州，奉郭子兴命领诸将。

二月，刘福通等迎立韩林儿为皇帝，号小明王，国号宋，建都亳州，建元龙凤。

公元 1361 年（元至正二十一年，宋龙凤七年）　34 岁

朱元璋攻陈友谅于江州，败之。

小明王封朱元璋为吴国公。

公元 1364 年（元至正二十四年，宋龙凤十年）　37 岁

朱元璋自立为吴王，建百官。

公元 1366 年（元至正二十六年，宋龙凤十二年）　39 岁

五月，朱元璋命徐达、常遇春攻张士诚。

十二月，朱元璋遣廖永忠迎小明王于滁州，中途沉之于江，宋亡。

公元 1367 年（元至正二十七年，宋龙凤十三年）　40 岁

灭张士诚。

公元 1368 年（明太祖洪武元年，元顺帝至正二十八年　41 岁

正月，朱元璋称帝，国号大明，建元洪武，是为明太祖。

立世子标为皇太子，妻马氏为皇后。

公元 1376 年（洪武九年）　49 岁

宣布废除行中书省，设立承宣布政使司、都指挥使司和提刑按察使司。

公元 1380 年（洪武十三年）　53 岁

以谋反罪杀左丞相胡惟庸，并大改中央官制。

公元 1382 年（洪武十五年）　55 岁

皇后马氏卒。

空印案发，冤死者不计其数。

公元 1390 年（洪武二十三年）　63 岁

韩国公李善长党胡惟庸案发，坐诛，牵连死者甚众。

公元 1392 年（洪武二十五年）　65 岁

皇太子标死,立长孙允炆为皇太孙。

公元 1398 年（洪武三十一年）　71 岁

闰五月,朱元璋卒,年七十一。太孙允炆继位,是为明惠帝。